唐诗中的二十一种孤独

浮世本来多聚散

蔡丹君 著

中信出版集团｜北京

图书在版编目（CIP）数据

浮世本来多聚散：唐诗中的二十一种孤独 / 蔡丹君著. -- 北京：中信出版社，2021.1(2021.12重印)
ISBN 978-7-5217-1833-1

Ⅰ. ①浮⋯　Ⅱ. ①蔡⋯　Ⅲ. ①唐诗－诗歌欣赏　Ⅳ. ① I207.227.42

中国版本图书馆CIP数据核字(2020)第070795号

浮世本来多聚散——唐诗中的二十一种孤独

著　　者：蔡丹君
出版发行：中信出版集团股份有限公司
　　　　（北京市朝阳区惠新东街甲4号富盛大厦2座　邮编　100029）
承　印　者：北京尚唐印刷包装有限公司

开　本：880mm×1230mm　1/32　　印　张：12　　字　数：234千字
版　次：2021年1月第1版　　　　　印　次：2021年12月第4次印刷
书　号：ISBN 978-7-5217-1833-1
定　价：68.00元

版权所有·侵权必究
如有印刷、装订问题，本公司负责调换。
服务热线：400-600-8099
投稿邮箱：author@citicpub.com

十里桐陰覆紫苔先
生閒試藤眠此生已
謝功名念清夢應無
到古槐 唐寅畫

目次

谁见幽人

序 · 从唐诗中寻找孤独的答案　　001

壹 · 花间一壶酒　　015

在这个繁华的京都,虽然是满眼人烟,却并没有依傍交心之人。
手持一壶酒,却邀不来一个朋友。他邀请月亮共饮,然而月亮以亘古以来的沉默拒绝了他的要求。

贰 · 孤云独去闲　　030

傍晚是自然界昼与夜的分野,是人世间群居与独处的分野,是心中喧哗与孤寂的分野。唐代的傍晚,催生了多少以"暮归"为背景的孤独。

叁 · 恨无知音赏　　043

当别离总是比相聚更多,
能够填补不圆满之感的,
只有对于重逢的深深期许。

肆 · 天地一沙鸥　　052

回顾一生,仿佛是天地之间一只渺小的、孤独的沙鸥,辛苦地飞去飞来,
却不知道何去何从。

伍 · 独钓寒江雪　　062

这些人迹罕至的地方,
只有孤独的人才会去发现。

惆怅旧欢

陆 · 一寸相思一寸灰   089

李商隐并不打算告诉我们事情的真相，
只是传达出一种爱情求之不得的苦痛和孤独感。

柒 · 只是当时已惘然   103

李商隐有一种先验的敏感，他的孤独感往往比别人来得更早、更透彻、更深刻。"断无消息石榴红"，是谜底揭晓之后的遗憾。"只是当时已惘然"，则是在爱情的开始，就预料到了必将悔恨的结局。

捌 · 浮世本来多聚散   137

那是秋风吹动桂花树的声响，
不是你起来的声音。
我再也等不到你了。

聚散有时

玖 · 世事两茫茫 — 159

他并不知道,今夕竟是最后的相逢,
自己再也回不到长安了。
在这样的乱世里,一别之后,
永隔山岳。

拾 · 把君诗卷灯前读 — 172

孤独的人,会不厌其烦地将自己在异乡的生活细节,悉数告诉朋友,希望得到对方的回应。在写下这些文字,寄出这些期待的时候,孤独之中便会感觉到跨越空间的温暖陪伴。

拾壹 · 巴山楚水凄凉地 — 184

我看到你的帆,逆湘江而上,转过一座山。谁料,从此你从我的生命中消失了。
十四年后归来,刚正耿直之气仍在,只是增添了无尽的孤独与悲凉。当年一起看桃花的柳宗元,没有能够看到今日的玄都观,刘禹锡是只身回到长安的。

拾贰 · 空山松子落 — 200

思念的深情再次归于平淡,消散于满山落叶之中。
偌大的滁州,唯一人可怀。

天涯倦旅

拾叁 · 愿作鸳鸯不羡仙　　　　　　215

　　热闹是伪装的,社交是被迫的,偌大的城市中,
　　找不到真正能够相识相知的人,
　　人人都是城市中的陌生人。

拾肆 · 孤城遥望玉门关　　　　　　230

　　在陇右边塞,酒和音乐是悲壮与孤独的引子,
　　它们让人沉醉于刹那的美丽和欢纵,忘却战争
　　的惨烈和行戍的孤独。

拾伍 · 漂泊西南天地间　　　　　　246

　　既然贤达与愚钝之人同尽黄土,那么自己流
　　落天涯,音书断绝无人问津,也就任由它这
　　般孤独寂寥吧。

拾陆 · 夕贬潮州路八千　　　　　　260

　　他以这样一种荒诞而幽默的方式,来破解这
　　次贬谪之旅,也是整个人生的苦难之旅。而
　　荒诞和幽默的自我表演之下,是他那颗耿介
　　执拗的孤独之心。

拾柒 · 旧时王谢堂前燕　　　　　　277

　　存活于唐诗中的"纸上金陵",已成历史空
　　间中的幻灭之城,是唐人走不出的六朝声色,
　　又是现实中进不去的长安镜像。

人生独行

拾捌 · 灯下草虫鸣　　　　297

一个渺小的、无力的、孤独的生命，既自我否定，又倔强坚持。

拾玖 · 天长地久有时尽　　　　308

活着的人通过梦见死去的人，来纾解内心的痛苦和孤独。如果死者的魂魄不愿意入梦而来，则是对尚存者极大的折磨。

贰拾 · 日暮乡关何处是　　　　328

对于漂泊的游子而言，身在异域时，那些欢快的时刻中也浸透着孤独的底蕴。

这些承载童年和故乡记忆的景致风物，在旅人的眼中消失，又在记忆中重现，成为慰藉乡愁之孤独与伤感的唯一解药。

贰拾壹 · 人生代代无穷已　　　　341

张若虚是少年的你我，《春江花月夜》是青春觉醒的孤独。这孤独，见宇宙，见众生。

参考文献　　　　359

附录　各章节诗文篇目　　　　369

序 从唐诗中寻找孤独的答案

一

什么是孤独？

在什么样的情况下，人会深陷于孤独？

孤独和孤单、独处、焦虑有什么不同？

人该如何面对孤独的自己？

面对这些问题，不妨从唐诗中寻找答案。那些童年时期就背诵如流的诗歌中，或许藏有诗人孤独的身影。在《月下独酌四首·其一》中，诗人李白只能和月亮、和自己的影子对饮。"举杯邀明月，对影成三人"，在花团锦簇的人间，他找不到可以共饮的人。然而，月亮拒绝了他，"月既不解饮，影徒随我身"。李白只能与自己的影子约定，"永结无情游，相期邈云汉"，结伴到遥远的、超越人间喜怒哀乐的"云汉"去游玩，一起去寻找月。

与李白不同的是，杜甫即便是在人生中最为欢快的时刻，也浸透着孤独的底色。蜀中五年是杜甫漂泊生涯中相对安逸的一段时光，在此期间创作了很多欢快明亮的诗歌，比如《绝句·两个黄鹂鸣翠柳》。客蜀期间，杜甫曾多次想要沿江而下，到东吴，或者再北上回到洛阳、回到长安。然而，东吴只是一个想象的去处，在这样的乱世里，他是无家可归、无地可留的。这种悲凉，潜藏在"门泊东吴万里船"中，"泊"字暴露了杜甫的犹豫。这种无路可走的孤独，可以从客蜀时期的其他很多诗歌中得到印证。令人悲伤的是，杜甫在到达"东吴"之前，病死在舟中，终究没有能够回到北方。

李白和杜甫，可以称作中国古代诗坛的双子星。之所以采撷这两位最具代表性的诗人，以及他们流传较广的诗篇来看唐诗中的孤独，是因为它们正好代表了古人关于孤独书写中的两端：李白的《月下独酌四首·其一》代表了出世的这一端，杜甫的《绝句·两个黄鹂鸣翠柳》代表了入世的这一端。

如果溯文学之溪而上，在溪水的源头，屈原在《离骚》中孤独地上下求索，想要摆脱"地狱"一般的人间，寻找一处美好的"天堂"以寄托灵魂。天、云汉、月，这些都是属于遥远而神秘的"天堂"，不妨用"天堂"来代指屈原、李白这一类的孤独模式，他们将在人间遭受的痛苦和孤独，通过上升到"天堂"来消散。当然，"天堂"终究是他们这一类的孤独者的自我陶醉的假想。杜甫他们的孤独始终不离开人间，即便人间已经是豺虎横行的"地狱"，杜甫在他著名的"三吏三别"中，便揭示了一个恶鬼横行的"地狱"般的人间。但是他始终悲悯民生，眼睁睁地看着与自己一同遭受战乱的众生，却无能为力，无法摆脱这种来自"地狱"的苦痛，又不能像李白这样逃往"云汉"、飞升"天堂"来消散苦痛与孤独，只能自己默默地担荷、承受。

实际上，"地狱和天堂共享一个边界：处在两者边界范围的地形与习俗如此接近，以致只需最轻微的、可知觉的移动就令我们知道已从天堂滑入地狱"（宇文所安《中国传统诗歌与诗学》）。"天堂"和"地狱"，是孤独的两副面孔。飞升"天堂"与坠入"地狱"，往往在于一念之间，杂糅在同一个李白或者同一个杜甫的心中，多数时候，李白的孤独集中呈现出"天堂"这一端的样子，杜甫的孤独集中呈现出"地狱"这一端的样子。当然，李白的诗中，也会关注人间的悲苦，他在飞升天堂的时候，还不忘看到人间正遭受着安禄山叛军的屠凌，"俯视洛阳川，茫茫走胡兵。流血涂野草，豺狼尽冠缨"（李白《古诗五十五首·其十九》），人间俨然是豺狼（用华丽冠缨伪装的恶人）横行的地狱；而杜甫有时候也享受着"天堂"——田园山水的安宁，"水流心不竞，云在意俱迟"（杜甫《江亭》），这种超然物外的理趣哲思，足以与陶渊明媲美。

换言之，这种对于孤独之两端的划分是粗略的。这不是说李白一类诗人的孤独就是属于"天堂"这一端的，杜甫一类诗人的孤独就是属于"地狱"这一端的。也不能说，某一首诗中的孤独感是完全属于哪一端的，"天堂"与"地狱"是杂糅在一起的，互为表里，就像人有时候会哭，有时候会笑。孤独的人，游走在理想的"天堂"和现实的"地狱"之间。而"天堂"和"地狱"，只是人间的、孤独者内心的想象。

二

在富有智慧的唐诗中，就有关于孤独三个问题的答案，尽管不是很精确。

孤独是作为主体的"我"，对于失去的、缺席的、求之不得的"客体"的渴望，当渴望得不到回应和满足，孤独便油然而生。

孤独必然含有一些痛苦，它与孤单、独处和沮丧有着本质的区别。孤独的人喜欢独处，孤独的独处是一种主动的自我隔离，是对世界和他人的一种否定和对立；但是独处并不一定是痛苦的，心情平和的独处，是对孤独的享受和救赎，是与世界和他人的和解。所以，有人说，"孤独表达着孤单之痛苦，而独处则表达着孤单之荣耀"。孤独又绝不是沮丧，孤独者总是怀着希望的，沮丧则是孤独过后的万念俱灰。即便如"孤舟蓑笠翁，独钓寒江雪"（柳宗元《江雪》）这样的肃杀、寂灭的孤独中，依然能够感受到孤独者倔强的坚守，感受到渺茫之中仍有希望的力量。

因此，无论哪种形式的孤独，都可以理解成"我"与"客体"之间的一种否定、对立关系。"我"是现实中的我，"客体"则包括"理想之我"、我所接触的其他人、我所处的文化环境和社会环境、人类所处的宇宙空间等多个方面。从微观到宏观，次第来看：

孤独，首先是对自我的认知，是独处之时，现实之我与想象之我的对立。在或漫长、或短暂的生命旅途中，遇见怎样的风景虽然不可把握，欣赏怎样的风景却是可以选择的。"花间一壶酒，独酌无相亲"（李白《月下独酌四首·其一》），这是李白与自己的和解；"薄暮空潭曲，安禅制毒龙"（王维《过香积寺》），这是王维对自我心灵的安置。本书第一部分"谁见幽人"，将分析唐代诗人在陷入孤独的时候，如何面对自己，如何安放自己的心灵，如何进行孤独的救赎，如何构建属于自己的人生风景。

孤独，又是陪伴自己的人的缺席，包括家人、所爱慕之人、所钦慕之友朋，是我与他人的"对立"。人生如同一场必将结束的盛筵，人们在筵席开始的时候相遇，在筵席中渴望着交流，渴望被认可、被理解。然而，人与人之间又往往难以真正地理解，于是孤独的人开始拒绝交流，保持着必要的距离。筵席过后，人们陷入长久的分离，感叹着盛筵难再。本书第二部分"惆怅旧欢"、第三部分"聚散有时"，分别从爱情、友情两个维度，来看唐代诗歌中因"爱别离"而起的孤独。

孤独，还是人与空间的隔离和对立。这里的空间是广义的概念，包括自然、社会、历史空间。孤独是自我与外在自然空间的隔离。国家、城市或者村落、山川、寺庙、屋宇，人处于不同的空间中，便会有不同的孤独感：身处易代的亡国之人，总有"知我者谓我心忧，不知我者谓我何求"（《诗经·王风·黍离》）的黍离之悲；四处干谒的落第士子，身处政治中心的京城，也不免有"残杯与冷炙，到处潜悲辛"（杜甫《奉赠韦左丞丈二十二韵》）之叹；而贬谪岭南潇湘，厕身远州的郡斋庙宇的官员士大夫，岂能无"好收吾骨瘴江边"（韩愈《左迁至蓝关示侄孙湘》）之托？孤独也源自个体与其所处的社会空间的对立。人们接受历史文化的熏染，也经受着当下社会环境的冲击、改变。当自身坚守的传统的道德、文化、价值观念被现实冲击、蹂躏的时候，有的士子选择了倔强地对立，有的士子通过咏怀古迹或者历史人物，从过去的空间中寻找心灵的安慰。这种对立，是无数的隐士、贬谪士人孤独的缘起。本书的第四部分"天涯倦旅"，将撷取不同诗人在不同人生阶段的遭遇，细细品味唐代士子如何面对人生逆旅中的孤独。

孤独，更是生命与时空的"对立"。面对浩渺的宇宙和浩瀚的历史，渺小的人类及其孤独的个体，将何去何从？在古人的思想世界里，死亡（通常以疾病、衰老、返回故乡、憧憬明日以及追忆过去等形式出现在诗歌中）、信仰（往往以学佛修道、远游升仙或谈玄等形式出现在诗歌中）是孤独的终极归宿。不同的诗人给出了不一样的答案。本书的终章"人生独行"，将探讨这一孤独的终极命题。

人生而孤独，孤独起于无端，孤独无处不在。

三

这本小书，并不是一本研究唐诗的学术著作或者诗评，也不是半学术性的札记或者杂文。它甚至也不是单纯的散文作品、诗歌赏析读物，虽然书中也有对一百四十七篇诗文的文本细读。与诗文赏析品评稍有不同的是，这本小书中对每一篇文本的细读，都是围绕着"孤独"这一个主题展开的。在"孤独"的视角下解读诗歌，会更加关注诗文中作者情感的因素。因此，本书的书写过程中，我尽量从"知人论世"的角度，将作品纳入作者一生际遇来看，纳入他们所生活的时代背景来看，试图从中体会作者孤独的内心，以及他将会以什么样的精神力量，来对抗着生命的无常、历史的兴衰、人生的聚散，来面对自己的孤独。

确切地说，这本小书更像是一本与唐诗和孤独相关的散文集。我所想要书写的，是基于诗歌赏评之上的，关于生命、人生和生活的一些感悟，只是这些感悟的力量来自唐诗的馈赠。因此，在诗文篇目的选择上，本书跟诗歌作品选这类书籍的选篇思路不同,我没有考虑代表性作者、作品的取舍问题,而是围绕"孤独"的情感表达这一主题来进行选目。另外,书名虽然只提及了"唐诗",但并不限于唐诗。选篇以常见的唐诗为主,偶尔涉及文章,也穿插了少数非唐代的诗文,包括现当代诗文作品。当然,选篇的核心还是唐诗,其余篇目是衬托的绿叶,以突出唐诗中的"孤独"感悟。这些感悟并不是我个人的,而是古代这些伟大的作家的,只是限于我个人的学识和人生经历,我所能够窥及的,不过是古人情感和人生智慧的一斑。正是这一两个斑点的光辉,给予我无形的精神力量,温暖着我过往的人生岁月。唐诗以及古人的所有优秀作品,是被它的作者编码加密了的精神宝藏,机缘凑泊,方可解密。对着同一份宝藏,每个读者解密获得的东西,却又各不相同。所以,我不避浅陋,将我所看到的一点分享出来,以期大家匡正。

需要声明的是,书中对于一些诗文作品的细读,并非全部都是我所独创,确切地说是我多年研读唐诗的积累,是在研读古人、近现代学人、当代专家学者的相关研究著作、论文的基础之上,结合自己的思考和研究形成的。尤其是马茂元先生、葛晓音先生、宇文所安先生等大家的著作及论文,让我在写作本书的过程中受益匪浅。马茂元先生学问渊博,他的《唐诗选》总能发现唐诗作品的深奥和精彩之处,读来令人拍案叫绝;葛晓音先生的《诗国高潮与盛唐文化》《杜诗艺术与辨体》等著作和论文,我一向都悉心学习,在一些学术问题的判断上,到葛晓音先生这里便得到了地毯式的解决,她是我学术研究上可以依赖的定海神针之一;宇文所安先生的《追忆》《初唐诗》《盛唐诗》《晚唐》等系列作品，我多次精读，本书中对一些诗文作品的分析，是受其启发而成。本书写作过程中，还学习了很多他人的优秀研究成果，他们的研究观点、赏读心得，我不敢掠美，一一列于书后的参考文献中，以示敬意。正是站在了前辈学人的肩上，才形成了书中的一些解读意见。如有舛误，则是我的误读，读者可以参合本书所附的参考文献，正本清源。

我真正专业学习唐诗，是从2005年在北大读硕士时开始的。在那个遥远的秋天，静园五院古代文学教研室里，我第一次见到了将要引领我步入学术殿堂的孟二冬先生。2019年夏天，我到日本东京大学访学，站在校园里三四郎池边的石头上，望着小池周边异域的夏木葱郁，突然想起，孟老师也曾于2002年在东大访学，他曾在这块石头上留影。而如今，老师已经离开我们十几年了。我仍然记得，2006年的春天，有一次在病房里，孟老师对我们说："读书、做学问，要进得去，也要出得来。"这句话让我永生难忘。孟老师去世后，我入读杜晓勤先生门下。杜老师是唐代文学的中坚学者，他给了我唐代文学学习与研究方面的全面训练，并悉心指导了我的硕士论文《沈宋诗学及道德问题研究》。在杜门，我们能得到老师亲切温暖的关心和他给我们的学术教育、审美教育。某年秋天他开车带我们去大觉寺、凤凰岭看黄叶，某年夏天我们在他的带队下去台湾参加学术会议，四季之间的寻常日子里，师门全体都在静园五院古代文学的办公室里一起读《资治通鉴》。杜门的快乐，是读书会延时后老师带来的炸鸡蛋挞加餐，是师生在畅春园食街一起吃冰激凌，是在罗斯福路吃美味的大碗红豆冰沙，是数不清的渗透在生活中的点滴小事。在杜老师这里，我们学到的很重要的一点是：学术和生活是交融的，而不是相互隔绝的，这种观念深深影响着我，所以我也从来没有以苦行僧的方式来做学术研究，而是始终保持着寻找快乐、美好等一切生命体验的初心。

博士和博士后期间，我先后又拜在傅刚先生和刘跃进先生门下，开始上溯到汉魏六朝文学的学习，并以此为研究之"主业"。两位恩师对我的培养付出了太多心血，对那些难忘岁月的追忆，我把它们写进去年在三联书店出版的学术专著《从乡里到都城：历史与空间变迁视野中的十六国北朝文学》和即将在凤凰出版社出版的《〈陶渊明集〉版本叙录》的后记中。感谢我的导师们，让我走上了学术的道路，给我以专业的学术指导和人生的帮助。

虽然这本小书不是学术专著，但它却是我学术研究过程中乃至生活中一次短暂的"茶歇"。如果没有四位先生对我的专业训练和引领，我也不可能有这样的能力，在"茶歇"中暂时静下来，"跳出来"思考一番。硕士那几年，我撰写了不少唐诗鉴赏文章，曾得到北大中文系唐代文学教授李鹏飞老师的肯定和鼓励，后来又得到当时《文史知识》执行主编刘淑丽老师的帮助，陆续在这本名刊上发表四篇文章。这些曾经的日常写作，正是这本小书创作的最初基础。如果没有李老师和刘老师的支持和帮助，我可能无法在唐诗的阅读之路上始终坚持下来。我对他们二位老师的感激之情，也是难以言表的。

最后，感谢启发我写作这本小书、并越洋寄来参考读物的亲密挚友，感谢本书出版过程中付出心血的编辑老师和朋友们，尤其是 yoyo 小姐、素席先生和为本书悉心配图的艺术史学者雷雨晴。未来岁月中，我对他们的感恩和挂念，会存于自己的心底，会像韦应物一样，在生命的某一个时刻突然吟出那句"*今朝郡斋冷，忽念山中客*"。

对了，还要感谢柳桥，本书的写作过程中，他也有不少的帮助和贡献。

蔡丹君
2020 年 9 月

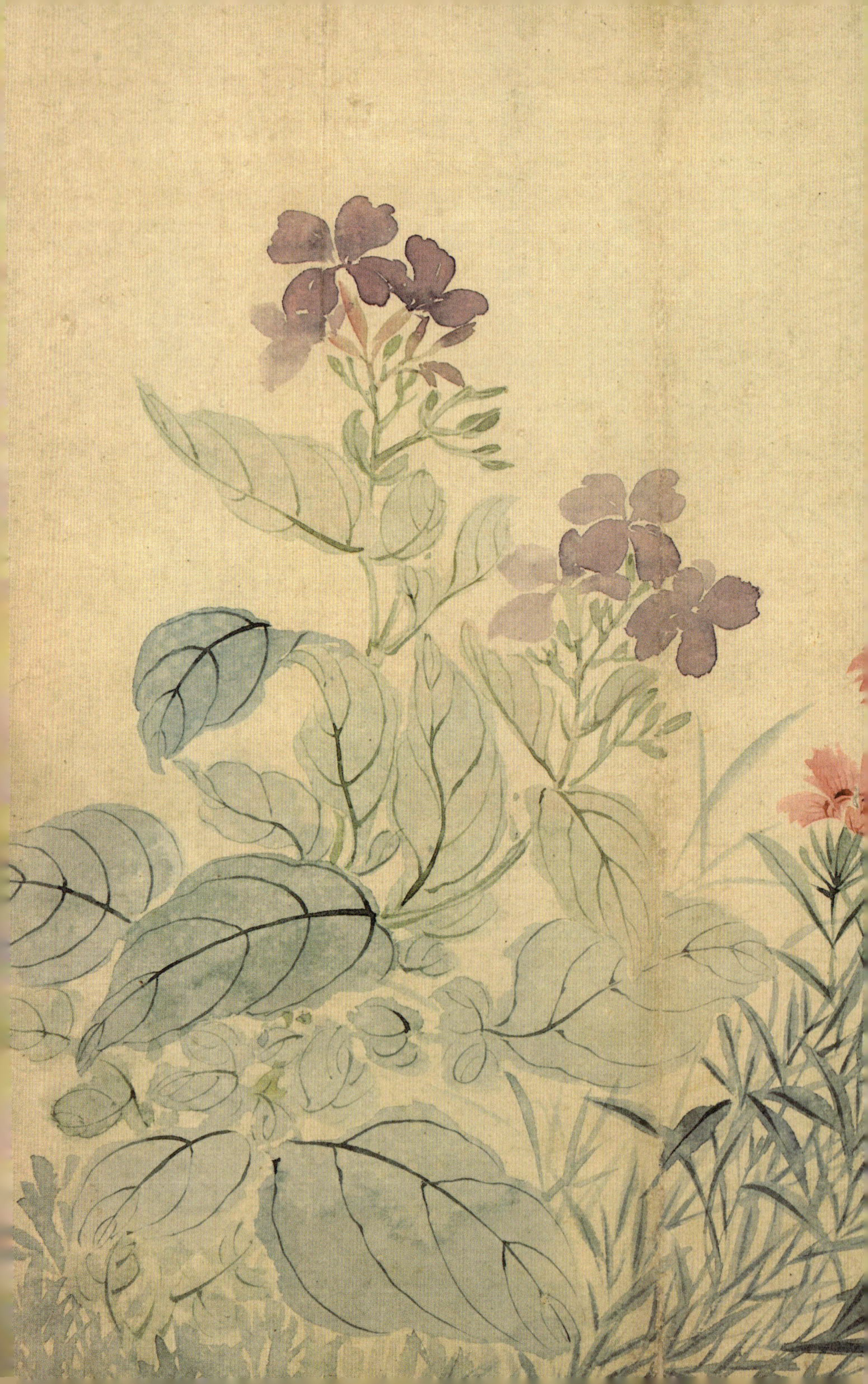

谁见幽人

从屈原、竹林七贤、陶渊明、谢灵运,到唐代的李白、杜甫等历代诗人,孤傲场景纷繁出现。他们的作品中,充满了与现实交锋之后败退下来的痛苦,他们孤独地享受着这种痛苦,专注于经营自我内心的天地。

当现实世界不是自己想要的样子时,诗人们往往觉得是"对方"出了问题,是自己所处的社会出了问题,而自己品质是高洁的,是不与肮脏的社会同流合污的。他们宁愿选择离开、死去,也不能就范。陆建德先生在《自我的风景》一书中分析说,与西方文化相比,儒家文化缺少罪恶感,与放任的老庄之学相结合,催生出各种形态的"自我的积极评价"。他们善于封闭自己,美化自己,孤芳自赏成为一种相互传颂的美德,"那些悲叹不遇和生不逢时的人在自怜的同时也在赞美自己,责难社会"(陆建德《自我的风景》)。

相比之下,西方的孤独者内心多数是开放的、灵动的,变化的,他们绝不美化自己,萨缪尔·贝克特就清晰地认识到,"痛苦、孤僻、冷漠、嘲笑其实都是优越感的表现"。他们习惯于克服美化自己的这道障碍,展示自我的风景。

那么,唐代诗人陷入孤独境地的时候,是否也如陆先生所说,会迷失在"自我的积极评价"之中,是否也有过像西方人那样谦虚的反思和开放的心灵?不妨以李白、王维、孟浩然、杜甫、柳宗元等诗人为例,看看他们在一个人独处的时候,是如何认识孤独的自己的,又构建出了怎么样的自我的风景。

花间一壶酒

> 在这个繁华的京都，虽然是满眼人烟，
> 却并没有依傍交心之人。
> 手持一壶酒，却邀不来一个朋友。
> 他邀请月亮共饮，
> 然而月亮以亘古以来的沉默拒绝了他的要求。

一

"谪仙人"的称号，是贺知章赋予李白的。在看到李白所作的一首《乌栖曲》之后，贺知章惊呼"此诗可以哭鬼神矣"，这或许是后人称呼李白为"诗仙"的源头。"谪仙人"的称呼，可以说是非常传神地抓住李白的内在气质与外在形象。但是真正了解李白内心孤独的，无疑是他的晚辈杜甫。后人将杜甫这首《赠李白》看作是李白的"一生小像"：

赠李白

杜甫

秋来相顾尚飘蓬，

未就丹砂愧葛洪。

痛饮狂歌空度日，

飞扬跋扈为谁雄？

这首诗作于天宝四载（公元745年）的秋天，青年士子杜甫在鲁郡与他敬仰的李白重逢。一年前的夏天，他们在洛阳初次相遇。那时候，李白刚刚被朝廷"赐金放还"，离开了长安——天宝元年（公元742年），因玉真公主的推荐，李白应诏入宫，受到了唐玄宗的赏识，留作翰林院待诏，奉命写一些赞美皇帝、杨贵妃和权臣贵族的诗歌。据唐人李肇所著的《国史补》记载，李白喝醉了酒之后，让权倾一时的宦官高力士替他研墨、脱靴。无论出于李白自己的杜撰还是后人的演绎，这些故事都说明了时人对李白狂诞性格的容忍和羡慕，唐玄宗也正是因为欣赏这种狂傲不逊才将他留侍宫中。然而，唐玄宗只是将李白等同于那些拥有道术、音乐、绘画、阴阳等各色技能的人，这与李白对成就一番功业的期待，有着巨大的落差，他成为管仲、鲁仲连、诸葛亮这样的名臣的希望落空了。在不到三年的宫廷生涯中，李白始终是一个侍臣的身份，再加上狂傲的性格必然招致高力士这样的权臣的嫉妒，他也没有政客的那种高超的生存和进取的技巧。天宝三载（公元744年），玄宗皇帝赐给李白一些钱财，打发他出宫了。离开长安后，李白来到了洛阳，在这里，他遇见了年轻的杜甫，他们一见如故。离开洛阳之前，他与杜甫约定，秋天一起去王屋山寻找道士华盖君，学习长生不老之术。可惜道士已死，他们失望而归。

杜甫《赠李白》的前两句，便是追忆一年前的这段未果的求仙经历，"丹砂"没有求到，意味着做不成葛洪这样的道士。实际上，这两句诗也成了李白一生行迹的缩影：他一生几乎都在漫游、漂泊，如同秋天的"飘蓬"，而一生求仙，又只是一个掩饰。对于修道，他是犹豫不甘的，他羡慕鲁仲连这样功成身退的名士。"未就丹砂愧葛洪"，也预示了他一生的求仙是失败的，他的孤独，并没有因为追求"天堂"而得到消散。诗的后两句则直指李白的内心，当时的人很少有能够像杜甫这样理解李白的，大家仅仅是看到了李白"痛饮狂歌"的潇洒和"飞扬跋扈"的狂傲，却没有人理解他内心的空虚与孤独。

在这里，"飞扬跋扈"并不是一个贬义词，而是形容李白一生狂放的形迹，狂放来自他的自信。李白的一生，是极其自信的。他经常对外宣称自己的与众不同，认为"天生我材必有用"（《将进酒》），"我辈岂是蓬蒿人"（《南陵别儿童入京》）。超强的自信让李白觉得能够凭借自己的能力，成就一番事业，认为"富贵吾自取"（《邺中赠王大，劝入高凤石门山幽居》）。他希望能够像齐国名士管仲、晏子、鲁仲连一样，辅佐明君，以自己高超的智慧解决世间的纷扰，然后功成身退，隐居旧时的山林。即便是自己从政理想破灭，事业未成，也仍然保持着倔强的自信。他称自己是"楚狂人"，不屑与昏庸之辈为伍。在《论语》和《庄子》里，都记载了一位嘲笑孔子的楚国狂人，名叫陆通，字接舆。他看到楚昭王昏庸无能，便佯狂不仕。他对孔子说，当今之世，德行衰退，从政之人都很危险，教育别人，给别人指路，都是很危险的事情，不如算了吧。

李白的这种自信，既是性格使然，也来自他对自己身世、风流逸事的有意编织。李白生于唐武后长安元年（公元701年），卒于唐肃宗宝应元年（公元762年），一生大部分时间生活在唐朝最好的时代。在仍然看重门阀出身的盛唐，李白的身世显然对他极为不利。李白的祖先，在隋代末年被流放到当时西域的碎叶城。父亲李客大概是一位财力雄厚的商人，在李白五岁的时候举家迁到了绵州昌隆县（今四川江油市）。这种出身，与他的同龄人王维（公元701—761年）是差距巨大的，太原王氏早在魏晋时期就已经是大家贵族。即便是小李白十一岁的杜甫，也是名门之后，他的远祖是魏晋时期的名将硕儒杜预，他的祖父杜审言曾在武后朝任职。李白的身世虽然无法与王维、杜甫相比，但也加入了一些高贵的因素。有时候，李白会宣称自己与皇族有着血缘关系，自称祖上出自金陵。然而，有人论证李白具有中亚血统，李姓有可能是他们家族为了方便在大唐生活而攀附了国姓。

从五岁到二十四岁，李白一直在四川生活。少年时期的李白崇尚侠义，专意于剑术的学习，"十五好剑术"（《与韩荆州书》），幻想能够像古时的燕赵侠客那样，"十步杀一人，千里不留行，事了拂衣去，深藏身与名"（《侠客行》），也希望成为他所崇拜的侯嬴、朱亥这样杀身报国的义士。他自称曾经杀过人，魏颢在《李翰林集序》中说，李白"少任侠，手刃数人"，崔宗之在《赠李十二白》一诗中也提及李白随身携带匕首："袖有匕首剑，怀中茂陵书。"或许是为了打斗杀人而准备的。在漫游楚地的时候，李白自称曾用匕首"剔骨藏友"。在其《上安州裴长史书》中，李白向裴长史叙述了自己的义气之举：他的朋友吴指南病死洞庭湖上，李白将吴指南暂时葬于湖滨，待到数年后从金陵回到此地，李白用匕首将朋友的白骨剔出，背回鄂城重葬。李白的这些任侠的逸事，略带自我杜撰成分的表述，很像他的四川前辈陈子昂。陈子昂也声称年轻时不读书，喜欢打斗、赌博。当时的蜀地周边

南宋　梁楷《李白行吟图》

有獠、獽、夷、羌等少数民族，多勇武好斗，这种地域民风，滋养了李白、陈子昂等蜀人的任侠风气。

开元十二年（公元724年）的秋天，李白离开四川，开始了第一次漫游。他沿着长江一路东下，在荆门、洞庭湖、庐山等地短暂游历之后，来到金陵、扬州一带，在此居住了一段时间，花费了大量钱财。他自称"曩昔东游维扬，不逾一年，散金三十余万，有落魄公子，悉皆济之，此则白之轻财好施也"（李白《上安州裴长史书》）。离开扬州之后，李白游览了浙东，又从江南回到荆楚一带，此时，李白钱财散尽，向人寻求资助。随后，李白来到安州安陆郡（今属湖北）的寿山隐居并结识了湖北望族、唐高宗时期的宰相许圉师的后代，与许氏家族的女儿结婚，入赘许家。李白就此结束了此前的一段漫游，在湖北安陆居住了大概十年左右。隐居安陆期间，李白也不时地在楚地周边短暂漫游，并拜谒地方大员、名流。经过襄阳的时候，李白拜谒名士孟浩然，写下了很多赞美和敬仰孟浩然的诗歌，不过，孟浩然似乎没有对年轻的李白产生太多的兴趣。此外，李白一生并没有参加过科举考试，有人认为他不愿意走科举仕途。也有学者认为，按照当时的制度，罪人、商人子弟是不允许参加科举考试的，由于祖上既是罪人又是商人，李白没有资格参加科举考试。无论是主动还是被迫的，李白断绝了通过参加科举考试进而建功立业的想法，只能寄希望于干谒。通过"遍干诸侯"（李白《与韩荆州书》），得到地方要员的赏识、推荐而进入朝廷。李白曾先后向安州的两位长史献诗干谒，希望得到他们的引荐，但是并没有获得期待的帮助。在开元二十年（公元732年）前后，李白曾有一次为期两年左右的齐鲁、京洛之旅，此行目的非常明确，那便是拜谒京洛名流，寻求入仕的机会。虽然没有获得职位，却结识了很多名流，尤其是得到了玉真公主的瞩目。天宝元年（公元742年），在玉真公主的引荐下，唐玄宗诏令李白入京。在长安度过不到三年的侍臣生活之后，李白一路东行，游历洛阳、汴州、兖州，其间与仰慕他的高适、杜甫同游梁宋。之后，李白东下吴越寻仙访道。

安史之乱发生的第二年（公元756年）七月，唐肃宗在灵武即位。是年九月，永王李璘在江陵起兵，意图割据江东，进而夺取帝位。安史之乱爆发后，中原地区税赋粮食不入，朝廷只能依靠江南转运粮食。"时江淮租赋山积于江陵"（《资治通鉴》），永王李璘自以为垄断江南财富，便可以为所欲为。永王李璘还想要拉拢一批文人名士，提高个人声望，为其叛乱寻找道义支撑和名分。然而，名士们多数都能够看清他谋反的野心，想办法躲避了他的征召。孔子三十七世孙孔巢父曾经与李白等五人一起隐居徂徕山，世称"竹溪六逸"。他的态度就非常坚决，没有答应永王李璘的邀请，"铲迹民伍"（《新唐书·孔巢父传》），永王事败后，孔巢父由是更加知名。此时，五十六岁的李白正在庐山隐居。十二月份，永王李璘发兵扬州，经过庐山时，三次邀请李白加入他的幕府。李白觉得自己像他的偶像诸葛亮一样被善待，实现抱负的机会来了。李白早年在西域、巴蜀地域纵侠的生活经历中，没有接受太多的儒家教育，缺乏杜甫那样严格的正统观。他对天下局势的认知，更像是春秋战国时期的纵横家，对于割据和叛乱的认识是模糊不清的。在肃宗即位后的第三天，唐玄宗发布过实施"诸王分镇"的昏庸命令，《资治通鉴》载,"上皇制:'以太子亨充天下兵马元帅,领朔方、河东、河北、平卢节度都使,南取长安、洛阳。以……永王璘充山南东道、岭南、黔中、江南西道节度都使。'"这无疑为永王璘谋乱提供了说辞。李白在事后的解释中,便以此认定永王不是叛乱。他在当时写的歌颂永王李璘的《永王东巡歌十一首》中,宣称永王是奉唐玄宗之命东征的。李白认为自己受邀下山入幕,并非附逆,自己也绝无叛逆之心。李白还进一步解释说,他当时是被囚禁入幕的,"迫胁上楼船"。他并不知道永王李璘意图谋反,等到发现部队离开了辖区,要攻打扬州的时候,他就逃跑了。次年二月份,叛军准备进犯金陵、扬州的时候,很多部将认为一旦打起仗来,自己就永远背负上逆臣的恶名了,他们纷纷逃跑,李璘的部队很快就覆灭了。牵涉其中的李白无法洗脱罪名,被关押到了浔阳(今江西九江)的狱中,不久后被判处流刑,发往夜郎。夜郎当时属于黔中道,位于今天湖南怀化市新晃县,也有人说是贵州遵义附近。李白流放的路线是从水路逆流而上,达到夔州(今重庆奉节)之后,南下夜郎。当李白行至夔州东边附近的巫山时,朝廷因当时自然灾害严重而大赦天下,死刑者改流刑,流刑者改释放。遇释的李白,乘舟返回江陵,著名的《早发白帝城》便是写于此时。回到江南的李白,在听闻李光弼征讨东南时,也想要请缨报国,但是没有被接受。他在江南一带度过了生命中的最后几年,在六十二岁时,李白客死于安徽当涂县令李阳冰的家中。临死前,他将自己的作品托付给了李阳冰。

二

从李白的生平中不难看出,任侠、求仙、隐居和建功立业的想法始终交织在一起。商人出身和少年任侠的经历,让李白天然地避开了儒家文化对人性束缚的一面,使得他的诗歌少了杜甫那样的悲苦担当;求仙漫游的爱好,远离京城,让他多了一些天马行空的豪放与不羁,也不用遵循宫廷诗人所恪守的那些作诗的技巧;成为管仲、晏子、鲁仲连的抱负始终无法实现,不但没有挫败李白的自信,反而总让他觉得自己是折翼的大鹏鸟,他从不认为自己不擅长从政,而愿意隐居、求仙,是因为世界抛弃了他,而不是他抛弃了世界,即"我本不弃世,世人自弃我"(《送蔡山人》)。这种怀才不遇的孤愤之感,在他的三首《行路难》中得到了喷发。

这三首诗作于天宝三载(公元744年),李白"赐金放还"离开长安之时。仕途的不顺,幻化成为行路之艰难。在组诗的第一首中,李白在理想道路遭遇堵塞之后,发出了决绝的反抗:"拔剑四顾心茫然",任侠的道路是茫然的;"欲渡黄河冰塞川,将登太行雪满山",漫游的道路充满艰险。于是李白又想到了隐居和求仙:"闲来垂钓碧溪上,忽复乘舟梦日边。"道路艰险,反而激发了李白更大的自信,他号称,总有一天会乘风破浪,渡海而去,"乘风破浪会有时,直挂云帆济沧海"。

当这种由个人极度自信、自傲产生的怀才不遇的悲愤之感,杂糅对于时间一去不复返的忧愁时,李白就变得矛盾起来,一面因无力摆脱现状、始终不能成为理想之我,而陷入悲观消沉;另一面,李白又不甘屈服于命运的安排,陷入更深层的、自负的幻想之中，他始终认为现实世界是黑暗的、失序的，以至于让他这个"谪仙人"不为所用。这种复杂的孤独情绪，在下面这一首《将进酒》中，展现得更加淋漓尽致：

将进酒
李白

君不见黄河之水天上来，奔流到海不复回。
君不见高堂明镜悲白发，朝如青丝暮成雪。
人生得意须尽欢，莫使金樽空对月。
天生我材必有用，千金散尽还复来。
烹羊宰牛且为乐，会须一饮三百杯。
岑夫子，丹丘生，将进酒，杯莫停。
与君歌一曲，请君为我倾耳听。
钟鼓馔玉不足贵，但愿长醉不复醒。
古来圣贤皆寂寞，惟有饮者留其名。
陈王昔时宴平乐，斗酒十千恣欢谑。
主人何为言少钱，径须沽取对君酌。
五花马，千金裘，呼儿将出换美酒，与尔同销万古愁。

《将进酒》是汉乐府旧题，属鼓吹铙歌十八曲。写作这首诗时，是天宝十一载（公元752年），李白正在嵩山道友元丹丘处。诗大致可以分为三段，首句至"会须一饮三百杯"为首段，感慨时间的流逝，让人无可奈何。首句以黄河起兴，黄河奔腾之势，奠定了诗歌豪迈奔放的情感主调，全篇的情绪既如黄河之水一样一泻千里，势不可当，又如黄河九折回荡，跌宕起伏。河水东逝、青丝白发中，作者感叹时间的无情和不可改变。对此，李白像汉乐府里的那些人一样，选择了及时行乐："人生得意须尽欢。"尽欢的形式是饮酒，不能让酒杯空对着月光，让良辰美景白白流逝。自负的情绪随之高涨，他似乎是在对着朋友岑夫子、丹丘生大喊，"天生我材必有用"，他向朋友宣示，我李白一定能够有所作为，成为理想中的人物，然后"事了拂衣去，深藏身与名"，这是李白朝思暮想的事情。宣示之后，他邀请两位朋友一起痛饮，为此他不惜一掷千金，就像他在扬州时那样，不到一年，散尽三十余万钱。

诗歌的第二段自"岑夫子，丹丘生"起，至"斗酒十千恣欢谑"止，是李白在向朋友倾诉心中的不快。这一番自白，实由第一段中的时间流逝、怀才不遇而起。"钟鼓馔玉"是权贵人家的音乐和饮食，李白对他们抱以嘲笑和鄙视。他告诉朋友，这些得势的权贵将成为历史的尘埃，而像嵇康、阮籍那样孤独寂寞的饮者，流芳千古。诗歌以"主人何为言少钱，径须沽取对君酌"一句，对倾诉进行了收束，将他从醉酒狂言之中拉回到现实场景，完成诗歌第二段向第三段的转关：李白的情绪变得更加亢奋，他不惜把五花马、千金裘，换成美酒，与朋友一起借酒消愁。

如果说，在《行路难》和《将进酒》里，李白抒发的还是前辈诗人都曾抒发过的怀才不遇的孤独，那么，《月下独酌四首·其一》中抒写的则是李白独有的孤独。这一次，他一个人和月亮、和自己的影子对饮：

月下独酌四首·其一

李白

花间一壶酒,独酌无相亲。

举杯邀明月,对影成三人。

月既不解饮,影徒随我身。

暂伴月将影,行乐须及春。

我歌月徘徊,我舞影零乱。

醒时同交欢,醉后各分散。

永结无情游,相期邈云汉。

  这组独酌诗,写于天宝三载(公元744年),此时的李白尚未离开长安。在这个繁华的京都,虽然是满眼人烟,却并没有依傍交心之人。当成为一介弄臣的自己,从宫廷欢宴的场合退下,退到花木深深的园中,手持一壶酒,却邀不来一个朋友。李白却对近在咫尺的"花"——人间的繁华视而不见,他更钟情于遥远的天上之月。他邀请月亮与他共饮,在花团锦簇的人间,他找不到可以共饮的人,然而月亮以亘古以来的沉默拒绝了李白,"月既不解饮,影徒随我身",于是李白只能选择和影子——另外一个镜像中的"我"同饮共舞。最后,李白与自己的影子约定,"永结无情游,相期邈云汉",结伴到遥远的、超越人间喜怒哀乐的"云汉"去游玩,一起去寻找月。

  和这首《月下独酌四首·其一》相比,另一首写作时间稍晚的《独酌》有着异曲同工之妙。但是其中痴狂之迹稍减,而愁恨之情绵长。且由于掺入了对岁月流年的感慨,诗中的孤独之景显得更为凄清。

> 独酌
>
> 李白
>
> 春草如有意，罗生玉堂阴。
> 东风吹愁来，白发坐相侵。
> 独酌劝孤影，闲歌面芳林。
> 长松尔何知，萧瑟为谁吟？
> 手舞石上月，膝横花间琴。
> 过此一壶外，悠悠非我心。

此番陪伴独酌之人的，从天上的月，换成了生在阶前的柔柔春草。东风过处，送来无边的愁绪，似乎只要在这风里坐一会儿，头发就要被这股春愁催白了。虽然春日是此诗的季候背景，却没有和暖之气。那恣意罗生在堂前的春草，仿佛在诉说人迹罕至的荒凉。那能吹白乌发的东风，又携着怎样的刺骨之寒。这些情景的对面，是经历了岁月磨洗之后的李白。他安静地坐在风里，没有了"举杯邀明月"的豪气，也没有了"行乐须及春"的洒脱，只是任那东风，吹乱霜华，吹拂着团团的、理不清楚的心绪。

早年"独酌"，尚有"花""月"做伴，可以对之呓语、舞蹈。而晚年的"独酌"，面对这样的情景，李白倒要费力劝自己"入戏"了。影子再次出现，他拿着酒，劝自己的影子说："对着那片芬芳的树林，唱些有闲情逸致的歌吧。"这本是多好的劝慰——唱出心中的歌曲，排遣积郁。但是，李白旋即又有了另一个绝望，他在怀疑和放弃：那树林中的高大松树，它们知道些什么呢？它们知道我这萧瑟悲凉的曲调，是为谁而歌唱吗？李白终究发现，即使是"闲歌面芳林",也无法免除歌声无人听取的孤独。于是打算转身去"石上月""花间琴"上寻些寄托。李白说到"**手舞石上月,膝横花间琴**",语气是敷衍而百无聊赖的,因为这两个意象已是符号化了的,并没有实义。果然,他最后下结论道:除了手中这一壶冷酒,自己又哪里还有什么别的心灵安放之处呢?实际上,酒也只是诗人们惯用的假象,独酌无法消散这种无端而起的孤独感。

"月"和"影",同时出现在这两首"独酌"的诗歌中。影子如同理想中的李白,"影子"——理想之我在观察着现实之我,"我"与"影"共舞,"我"劝"影"歌唱,他们约定远游云汉。"我"是属于月、云汉这些美好的事物,而污浊的人间如同地狱,是无法容纳和理解我的。

这种孤独,便是李白对自己的认知,他的自信以及自负,他蔑视一切、目中无人的优越感是他孤独的根源。一则关于李白死因的演绎,非常符合李白的孤独形象:李白在采石江边傲然自得地游玩,喝醉酒后,跳入水中捉月,溺水而死。这则故事,几乎可以断定是后人演绎的传说,"捉月溺水"的说法,不见于唐代的文献中,学者们研究认为产生于五代,不晚于北宋前期,最早的、确信无疑的资料见于北宋梅尧臣的《采石月赠郭功甫》。尽管如此,后人对这则传说仍是津津乐道。原因正如日本学者松浦友久所说,"捉月"传说的魅力在于它将李白诗歌的"羁旅""饮酒""月光"等主要题材典型化了,也将"诗人李白"的形象可视化、形象化(松浦友久《李白的客寓意识及其诗思——李白评传》)。换言之，在后人演绎的"捉月"故事中，李白孤独地漫游在"天堂"之上了。

或许，这就是为什么李白被称为"谪仙人"：一颗天堂的心，却被贬谪在地狱里经受磨炼。最了解他的，还是杜甫，在杜甫的笔下，是李白主动拒绝了天子的召唤。矛盾的是，"谪仙人"在天子面前还是称臣的：

> 天子呼来不上船，自称臣是酒中仙。

孤云独去闲

> 傍晚是自然界昼与夜的分野,
> 是人世间群居与独处的分野,
> 是心中喧哗与孤寂的分野。
> 唐代的傍晚,
> 催生了多少以"暮归"为背景的孤独。

一

孤独的人喜欢独处,独处的人却不一定经受着孤独。

和李白一样,王维也喜欢一个人独处。不过,王维并不像李白这样孤独地自我隔离于人世,而是高高地、遥远地眺望着人间:

渭川田家

王维

斜阳照墟落,穷巷牛羊归。
野老念牧童,倚杖候荆扉。
雉雊麦苗秀,蚕眠桑叶稀。
田夫荷锄至,相见语依依。
即此羡闲逸,怅然吟式微。

一个春末夏初的傍晚,王维独自一人来到渭水边上的一个村落里。无从得知他白天经历了什么,此刻又是怀着一种怎样的心情,来到了这个其实不属于他的空间里。王维并不打算直白地袒露他的心事，对过往的事情，对自己将要诀别的生活方式，他选择了缄默不言，这不言之中是泰然的放弃，悠然、潇洒，却又带着一丝孤独。

曾经有一位将要归隐的朋友，也是用同样的方式跟王维告别的：在朋友临去之前，王维劝他下马饮一杯酒。如同读者好奇王维为何要来到渭川黄昏的墟落，王维也询问朋友归隐的原因。但是这位朋友却不想多说，"但去莫复问，白云无尽时"（王维《送别》），对那些让他不得志的事情，已然无法再做出妥协。既然朋友不说，王维也不再追问，这是朋友间的默契，一切尽在无尽的白云里。

这一次缄默的是王维自己。他只是像作画一样，用一首《渭川田家》，将所看到的渭川风景、田家生活描绘了出来。虽然不言，但读者从一些词汇、一些色彩中，看出了王维对田家的羡慕：斜阳在村落里流淌，曲折悠长的巷子里，牛羊回来了。谁家的老人拄着藜杖，在篱笆门前等候放牧归来的孩童。王维从"野老"的身上看到了田园时光的悠闲而漫长，我们并不知道老人等了多久，他有的是时间来等候，这可能是他这一下午唯一可以做的事情。田园的时光又是安静而生机勃发的，老人在阳光下等待孩童归来的漫长的下午，麦苗在拔节生长，野鸡在鸣叫，蚕在啃噬桑叶。

农夫扛着锄头回来了，他们在巷口交谈着什么，或许是说麦苗和桑蚕的长势，或许是闲谈家长里短。这样的闲聊，竟然让他们非常投入，以至于有些依依不舍。有过北方农村生活经验的人，看到渭川田家的这幅图景，应该是会感到非常亲切的：农村人在田地里劳动一天之后，晚上的时间便是非常自由的，晚饭后大家互相串门，或是聚坐在巷口，乘着夏天傍晚的凉风，东家长西家短地闲聊天。或许,王维看到的"相见语依依"的农夫,晚饭后还会聚到一起继续聊天。孔子批评说"**群居终日,言不及义**"(《**论语·卫灵公**》),但对于田家来说,群居聊天却是最为日常,也最为惬意的休闲方式。

诗的最后,王维看着眼前的景象,怅然地吟诵着《式微》:"**式微式微,胡不归?**"这首来自《诗经·邶风》中的《式微》,按照汉唐时期的官方解释,它被认为是黎国的臣子在规劝流亡的国君黎侯,要他毋沉溺于异域的声色,而是要发愤图强,重建黎国。有意思的是,《式微》的意义,在王维心中悄然发生了转变,他放弃了官方赋予的价值,接续了上古王公士大夫惯用的"断章取义"的引《诗》传统,将"归"字的意义,从复国演绎成了归隐——王维的一生都在"胡不归"的两种截然相反的解释中来回拉锯。

二

当然,诗无达诂,因为语焉不详,是否可以将"**田夫荷锄至,相见语依依**",理解为王维遇见了荷锄而归的农夫,两个人聊了很久?这样理解好像也是讲得通的。而身居高位的王维,会不会去跟一位农夫聊天呢?王维另一首诗也有类似的情景:

终南别业

王维

中岁颇好道,晚家南山陲。

兴来每独往,胜事空自知。

> 行到水穷处，坐看云起时。
> 偶然值林叟，谈笑无还期。

中年以后的王维倾心于佛道，对世间的事情，已经不太关心，经常隐居在终南山的边上。兴致来的时候，王维选择独自漫无目的地行走，有时候不知不觉走到了溪水的尽头，有时候随意坐在地上，看云起云灭。这一切都是顺其自然，并不会因水穷云淡而或悲或喜。诗的最后，王维在林间遇到一位农人，并跟他闲谈了很久，以至于忘记了要回家。短短几句显示出，王维的内心是如此地安静，他可以心无所碍地生活。

然而，这首诗的题目《终南别业》又暴露了一个秘密：在唐代，别业一般是指建在业主自己领地田庄上的住宅，为了与市里的住宅区分，故称别业。诗中的山水，都是王维别业里的风景，不是像谢灵运、李白那样，自己游览户外的山水。而诗中的这位"林叟"，与渭川田家的农夫不同，极有可能是王维别业中负责管理山林的奴仆。

王维所说的"终南别业"，位于长安东南的蓝田，毗邻终南山，也叫作"辋川别业"，据说是王维从宋之问那里购置来的。王维生前编有一本诗集，叫作《辋川集》，收集了他和朋友裴迪唱和的诗歌。其中多数是一些描写宴饮、送别、田园风物的诗，诗中所写的景物，多与辋川别业有关。从王维为《辋川集》所作的序便可以看到，辋川别业不是今天的别墅的概念。它的面积之大，更像是一个庄园，里面有不少田产：

明　文徵明《浒溪草堂图》

> 余别业在辋川山谷，其游止有孟城坳、华子冈、文杏馆、斤竹岭、鹿柴、木兰柴、茱萸沜、宫槐陌、临湖亭、南垞、欹湖、柳浪、栾家濑、金屑泉、白石滩、北垞、竹里馆、辛夷坞、漆园、椒园等，与裴迪闲暇各赋绝句云尔。

像后人熟知的《鹿柴》《辛夷坞》《竹里馆》这些优美的诗歌，便是作于辋川别业之中，而不是像陶渊明那样，真正隐居山林田野之后才写出来的。

当人们提到隐居，可能首先想到的是东晋诗人陶渊明。与王维类似的是，陶渊明也是出身名门，他是东晋大司马陶侃的后人。不同于王维的是，陶渊明是真正躬耕于陇亩的隐士。隐居期间，陶渊明其实是有奴仆的。因为他有脚疾，每次去庐山，会有两个小童仆用一个像篮子形状的竹轿子，抬着他上下山。陶渊明也有很多自己的田宅，"方宅十余亩，草屋八九间"（《归园田居·其一》）。但是，他还是要自己去躬耕。他在荒山里有一块地，应该是距离他住的地方非常远，天还没亮就要坐船穿过一个平湖进山，山里猿猴哀鸣。他又说，要去南山下面种豆子，有时候要忙

到月亮出来才能够回家,"种豆南山下,草盛豆苗稀。晨兴理荒秽,带月荷锄归"(《归园田居·其三》)。在唐诗中,这种躬耕劳作的景象是不多见的。

唐代士人的隐居,大致可以分为两种,其中最为主流的隐居方式是半官半隐,时人称之为"朝隐"。在唐初施行均田制的情况下,官员和普通农户,都有一定的土地和自由经营庄田的权利。此外,唐代对王公贵族、职事官员,除发放月度俸料钱、禄米,还会按官阶授予不同数量的职田土地。像秘书省校书郎这样的九品京官,每年可以得到禄米五十七石,职田两顷。在这样的情况下,一些官员在京畿置办了自己的庄园,或者承袭祖业——著名的诗人宋之问就有陆浑山庄。唐肃宗、代宗时期的宰相元载,别业数量惊人,在长安城南,他有"膏腴别墅,连疆接畛,凡数十所"(《旧唐书·元载传》)。公务之余,他们会去别业里面隐居。

此外,唐代官员的假期很多,他们多数时候只有上午上半天班,每十天休息一天,唐人称之为"休沐",类似于现在的周末。还有冬至、寒食等公共假日,一年中累计多达七十多天。有这么多的闲暇时光,一些官员便选择在自己的别业庄园中打发时间。葛晓音先生在其《山水田园诗派研究》一书中对这一问题进行了研究，她说："盛唐山水田园诗所产生的创作环境，除了行役、游宦、送别以外，还有相当大一部分产生于别业中。别业即别墅，多数附有田园，大致可分两种：一种是供官员朝隐，亦即半官半隐的庄园；一种是普通士人家传的祖业，或为等待选官而暂时隐居的田庄。"唐代田园诗中常常出现的山亭、林亭、园池、水阁、溪亭、草堂、茅茨等景象，多数是这类"朝隐"之士别业里的景观，它们有的建造在城中，多数则是在近畿、郊外，有的是依傍风景优美之地顺势而造，有的则是接近普通田家，但都有山水田园之美，是当时各阶层文人日常生活的一隅。

"朝隐"之士往往身居高位，生活优渥，有的还是出身名门望族，王维便是如此。他大概生于武后长安元年（公元701年），卒于肃宗上元二年（公元761年），与李白的生卒年几乎一致。然而王维出生的家庭，比李白显赫多了，他的祖上是太原王氏，母亲则是另一支望族博陵崔氏之后。开元九年（公元721年），年仅二十一岁的王维进士擢第，之后担任了太乐丞。有人认为，王维多半是依仗王氏家族在京城的影响力，或许还得到了岐王李范等诸王的扶持，当时名门望族的青年子弟多数是通过这样的晋升方式开启政治生涯的。尤其是王维工书善画，通晓音律，颇受世人赏识。王维、王缙兄弟宦游两京，王公贵族争相接见，宁王、薛王待他们如同师友。后来，王维因太乐的伶人舞黄狮子之事受到牵连，被贬为济州司仓参军。开元二十二年（公元734年），时任中书令的张九龄将王维提拔为右拾遗，王维得以进入了张九龄的社交圈子，他们都是京城大家族的子弟。然而好景不长，开元二十五年（公元737年），张九龄被李林甫一派陷害，罢相出镇荆州（今湖北荆州一带）。几个月后，王维也被安排担任西北边塞的监察御史，两年后回京，之后担任过左补阙、库部郎中、文部郎中、给事中等职。

天宝十四载（公元755年），安禄山起兵作乱，攻陷长安。时年五十六岁的王维没有来得及跟上玄宗西逃的部队，被叛军俘虏。被俘后，王维吞服了导致痢疾的药物，同时假装失声喑哑，拒绝为安禄山做事。但是，他仍被解往洛阳，被迫担任伪职。抑郁的王维听朋友裴迪说，被俘虏的梨园子弟在为安禄山奏乐时皆潸然泪下，便即时口诵一首诗："万户伤心生野烟，百官何日再朝天？秋槐花落空宫里，凝碧池头奏管弦。"（王维《菩提寺禁裴迪来相看说逆贼等凝碧池上作音乐供奉人等举声便一时泪下私成口号诵示裴迪》）诗中隐晦地表达了对大唐王朝的思念。官军收复两京之后，这首诗成为减轻他事贼罪名的证据，得到了唐肃宗的怜悯。此时，担任刑部侍郎的弟弟王缙请求以自己降职的方式替兄赎罪。最后，王维只是被贬为太子中允。此后，王维又逐渐恢复了以前的社会地位，先后担任了太子中庶子、中书舍人、给事中等职务，最后还担任了尚书右丞。

晚年的王维，笃信佛事，常年居住在京郊的辋川别业。公务之余，王维便焚香独坐，以禅诵为事。他不食荤，穿着简朴，没有华丽的装饰。房间中也只有一些茶铛、药臼、经案、绳床等简单的生活物品。

了解了王维的身世背景之后，再来重读《渭川田家》中的"田夫荷锄至，相见语依依"，会发现，无论是王维在欣赏农夫之间的闲谈，还是王维像对待自己庄园里的"林叟"一样，与一位农夫交谈，本质上都是一种冷峻的旁观姿态：《终南别业》中的"林叟"，偶然闯入了王维独处的空间之中，这让寂静中增添了生动和热闹。然而，这种热闹是伪装的，王维和他的交谈，只能谈一些关于林间的事情，比如庄园中树木的长势如何。与其说是王维与农夫、林叟进行了快乐的对话，不如说是王维与想象出来的、另外一个田园中的自己进行了对话。或者说，渭川的野老，与辋川别业中的林叟，只不过是他隐居的山水风景中的一个角色。所以，王维与《渭川田家》里的"野老""牧童""田夫"之间是没有对话的，他是一个闯入者，一个旁观者，他仿佛站在了高处俯视着村落里发生的一切，他对这一切是羡慕的，而这羡慕又是不喜不悲的，他并不会因为羡慕而做出进一步的行动。

三

　　《渭川田家》与《终南别业》这两首诗，都是傍晚的诗。在《渭川田家》中，首句"斜阳照墟落"便点明了时间；《终南别业》虽然没有明指，但是"谈笑无还期"暴露了这一切，不想回去，只是因为时间而不得不回去了。

　　傍晚是一个有趣的时段，它是自然界里昼与夜的分野，也是人世间群居与独处的分野，是心中热闹与宁静的分野。这种分野，又是渐进的，半明半暗，或喜或悲，杂糅在一起。傍晚，催生了很多以"暮归"为主题的诗歌，"日之夕矣，羊牛下来"，《诗经·王风·君子于役》或许是"暮归"诗歌的滥觞吧。

一般的"暮归"诗中，往往有一个既定的模式：在傍晚这个独特的时段，结束了一天的工作或者游赏，来到不同于白天的另外一个空间，登高远望，或是独坐室内，在夜晚来临——渐变完成之后，回家，或者完成内心情感的回归。初唐诗人王绩的《野望》是"暮归"模式的另一个典型：

野望
王绩

东皋薄暮望，徙倚欲何依？
树树皆秋色，山山唯落晖。
牧人驱犊返，猎马带禽归。
相顾无相识，长歌怀采薇。

秋日的一个傍晚，王绩登上了东皋。东皋是王绩在故乡隐居的地方，"皋"是水滨的高地，他给这里起名叫作东皋，还管自己叫"东皋子"。阮籍和陶渊明的诗里经常出现"东皋"，这样做时，他便觉得自己也像他所追慕的先贤一样了。王绩在东皋"有田十六顷"，他的兄弟就住在河的对面，他平时隐居在东皋，著书、饮酒。他要见他的兄弟时，就会渡河过去。他和这个他躲避的俗世空间，仅一水之隔。

王绩的饮酒也是出了名的，他曾因为醉酒误事而罢官，也曾因为可以每天得到三升酒而待诏门下省，还因为太乐府有擅长酿酒之人，便主动请求去做太乐丞。在当时，这种乐官属于"非士职"，士族子弟不会担任这种由底层技术人员担任的"浊官"。

自王绩之后,太乐丞变成了"清流"官职,士人也开始担任太乐丞,后来的王维也担任过太乐丞。可以说,王绩饮酒的轻狂,不输于他的偶像阮籍。

在东皋之上,他想找一个可以倚靠的地方,却是徒然的。无所依靠的,不只是身形,更是他内心的孤独。他无所适从地站在高处远望,落晖笼罩之下,连绵的远山愈加空旷,树木染上秋天明亮的红色与黄色——诗人的孤独之心,便融入这"静态"的山川草木之中,融于自然界悄无声息的变化之中,这山与树,便是他的孤独心。牧人驱赶着小牛犊回来了,猎人也捕获禽鸟骑马归来。方才的萧索寂静被这自在英俊、生机勃勃的牧猎活动打破了,萧索的暮秋中有了一丝生气——诗人的孤独之心,依托在了这"动态"的、有情人间的烟火气息中。对于孤独者来说,这*"牧人驱犊返,猎马带禽归"*的人间烟火气,仿佛是深秋雨夜里的孤灯一盏,孤寂中有温暖,而这温暖却又是孤独者在抱紧自己取暖。诗的最后,他四顾之下没有一个认识的人,没有一个可以说话的人,他学着上古的隐士伯夷、叔齐,唱起《采薇》的歌:"*登彼西山兮,采其薇矣。*"孤独的心中刚刚升腾起的人间烟火气,又因无法真正"回归"而感到"无所依"。

李白的诗中也有类似的"暮归"情景。敬亭山是谢灵运曾经游览过的地方,李白也非常喜欢,分别在壮年和晚年来过这里:

独坐敬亭山

李白

众鸟高飞尽,孤云独去闲。

> 相看两不厌，只有敬亭山。

傍晚时分，众鸟已经飞回巢中，暮色中最后一片云也悠闲地变幻着形状。不知道闲坐了多久，山中所有的事物，包括飞鸟和云，都已经离他而去，只有敬亭山还在看着自己。此处的"山"，取代了《月下独酌四首·其一》中"月"的角色，成为唯一可以与李白对话的客体。在李白的《独坐敬亭山》和《月下独酌四首·其一》中，都没有其他人的存在，只有自然事物和影子，这是李白特有的孤独：人间没有任何可以与自己对话的人，只有"月"和"云汉"才能与自己对等，才能理解孤独的自己。

同样的"暮归"，却展现了不同的孤独：

王绩的孤独中仍然有"人"的存在，是寂静中有炽烈、间离中有亲近，他的孤独是个人与群体对立、隔离而产生的孤独感。李白的孤独，起于怀才不遇，又超出了怀才不遇的范畴，更多的是源于一种绝对的自信，在精神上绝对领先于众人之上，孤独地觉得只有天地能与自己对等。

王维的《渭川田家》，无疑是脱胎于其前辈诗人王绩的《野望》的，同样是傍晚登高，远远地看着村落里的人间风景，最后独自唱起隐者的歌。然而，它却没有"暮归"诗中典型的情感起伏和转折。夜的到来，没有否定白天的喧闹。王维是始终如一的冷峻、幽静。与其说是孤独，不如说是一种心情怡悦的独处。这种独处，是早已获得权力和财富的社会上流阶层，对于精神层面的追求。不同于李白对事功的孜孜以求，王维并没有太多的关于仕隐之间的纠结，隐居始终是他的真正追求，他不需要伪装，不需要走终南捷径。他需要的仅仅是，把白天工作中的烦心和劳累隐藏于无尽的白云之中，在渭川田家中寻找一个超然忘忧的理想空间，他的独处是近于佛家的，是不喜不悲的。

　　王维并不是一个孤独者，他没有李白、王绩这样对于真实自我和理想自我的痛苦挣扎。他的家族，早已经为他构建起了美好的人生风景，就像他的"辋川别业"一样，他是优雅闲适的独处者。而李白，却始终没有达到自己期待的人生风景，一直在孤独地追求着，李白也曾想着用"独处"（隐居）来救赎自己的孤独，但是他在这一点上是失败的，李白不是王维。

恨无知音赏

> 当别离总是比相聚更多,能够填补不圆满之感的,
> 只有对于重逢的深深期许。

一

与王维的"朝隐"不同,唐人还有一种称作"待时之隐"的隐居形式。初、盛唐时期,朝廷求贤若渴,对隐逸之士、佛道之人也给予了极大的包容,曾颁布过一些举贤招隐的诏令,设置了专举隐士的制举科,如"哲人奇士隐沦屠钓科"等,科目达十三种之多。盛世明君希望从山林中发现萧何、张良这样的治国奇才,由是隐逸之风炽盛。在这样的环境下,有一些这样的士人,他不乐科举之途,却以隐居自高,同时又以诗赋为媒,积极向在位者干谒,以期待朝廷的发现。陈子昂有一位朋友叫卢藏用,便是这类隐士的先驱。我们常说的"终南捷径"这一成语,便与他有关。据《新唐书·卢藏用传》记载,卢藏用有意识地隐居在京城长安附近的终南山,并最终被朝廷发现,入朝任职。后来,有位叫司马承祯的道士,想退隐天台山。精明的卢藏用建议他最好隐居在终南山,因为这里距离长安、距离天子更近。司马承祯如有所悟地说:"终南山的确是通向官场的便捷之道啊。"此后,多有效仿

卢藏用之人，距离两京较近的终南山和嵩山，便成了盛世隐者的首选之地。另外，一些求学应试的士子，也选择在京畿附近的山林、精舍、道观中短期幽居，与高僧名道习业论道。

孟浩然一生的大多数时间，就是在这种"待时之隐"中度过的。孟浩然大概出生于武则天永昌元年（公元689年），卒于唐玄宗开元二十八年（公元740年），比李白、王维大十岁左右。他的出身，介于王维、李白之间。其祖上是襄阳当地的乡绅，既不是王维这样的名门贵族，也不像李白这样虽然富有却并无社会地位。孟浩然几乎一生未仕（仅有几个月的幕府任职经历），曾有过三次寻求入仕的尝试，两次赴长安参加科举，还有一次前往洛阳寻找机会。《新唐书》里记载了一件有趣的事情：

> 年四十，乃游京师。尝于太学赋诗，一座嗟伏，无敢抗。张九龄、王维雅称道之。维私邀入内署，俄而玄宗至，浩然匿床下，维以实对，帝喜曰："朕闻其人而未见也，何惧而匿？"诏浩然出。帝问其诗，浩然再拜，自诵所为，至"不才明主弃"之句，帝曰："卿不求仕，而朕未尝弃卿，奈何诬我？"因放还。

据传名动太学的那句诗，便是"微云淡河汉，疏雨滴梧桐"，此句一出，举座搁笔，不复再写。故事可能为杜撰，但是，孟浩然的确是有走终南捷径的设想。

孟浩然年轻时曾向张九龄献诗干谒。在《望洞庭湖赠张丞相》这首七律中，前两联展示了自己的诗才，后人将其颔联"气蒸云梦泽，波撼岳阳城"，与杜甫写岳阳城的"吴楚东南坼，乾坤日夜浮"（杜甫《登岳阳楼》）并论，视作关于岳阳和洞庭湖最佳的描写，诗中这种气势，无人可以比肩和超越。而孟诗的后两联中，则全无美感和才气可言，是直白地向张九龄请求援引。直到孟浩然的晚年，张九龄调任荆州大都督府长史时，孟浩然应召来到荆州张九龄幕中，但是不到一年便辞幕回襄阳了。《新唐书》中的另一则故事，则显示了孟夫子作为隐士风流偶傥的一面：

> 采访使韩朝宗约浩然偕至京师，欲荐诸朝。会故人至，剧饮欢甚，或曰："君与韩公有期。"浩然叱曰："业已饮，遑恤他！"卒不赴。朝宗怒，辞行，浩然不悔也。

襄阳刺史韩朝宗想要再次引荐孟浩然，约其同至京师。或许是因为想到此前进京求仕时不顺心的经历，孟浩然拒绝了韩朝宗。他给出的理由有些率性，他说要与朋友饮酒，便不赴约，即便惹怒了韩朝宗，他也不后悔。想必这时候，孟浩然已经断绝了入仕的想法。孟浩然从荆州回到襄阳之后，便开始生病。开元二十八年（公元740年），好友王昌龄路过襄阳来拜访过他，两人宴饮甚欢。孟浩然原本患有背部疽病，此时已愈，由于当天吃了鱼再次发作，便一病不起。

二

与王维《渭川田家》里旁观者的孤独不同，孟浩然则是真正享受独处的清幽。孟浩然诗传至今，唯存二百六十余首，多数为山水田园诗。"清幽"成为孟诗的一大特点之一,这是他对这个世界的感悟,也是他的偏爱:翻检孟集,"清"与"幽"二字时常出现,他将水称之为"清波""清泉""清溪",风称之为"清风",思绪称之为"清思",将山称之为"幽山",人称之为"幽人"。他在诗句中,创造了一个清幽的山水田园世界,传言中令他成名的"微云淡河汉,疏雨滴梧桐",时人"嗟其清绝"。后世评论家称赏孟诗,常赞其"清雅"(高棅《唐诗品汇》)、"清空闲远"(胡应麟《诗薮》)、"清空幽冷"等。

秋登兰山寄张五

孟浩然

北山白云里,隐者自怡悦。
相望试登高,心随雁飞灭。
愁因薄暮起,兴是清秋发。
时见归村人,沙行渡头歇。
天边树若荠,江畔舟如月。
何当载酒来,共醉重阳节。

这也是一首关于"暮归"的诗歌。隐者的感情,起于"怡悦"二字。这首诗虽为怀人之作,却没有感伤和沉郁的情绪。隐者居于北山的白云之间,因为想起远方的朋友,自己就爬上山顶,试探着望向远方,或许能够看到朋友所在的地方,或许此刻,远方的朋友也在某个山顶望向自己。站在山顶上,心和天空一样辽阔,涌入心中的东西很多,种种意念闪烁,如那些在云朵之间飞翔、时现时藏的大雁。而自己的心情因为对友人的牵挂而起伏着,这美好的薄暮,这惬意的清秋,让人反倒生出一种愁绪。这种愁是清淡而雅致的,是因为缺少友朋来与自己分享这种登高之际获得的美景和快乐而生发的。想要与友人分享的,还有更多:站在山顶,看见归人在渡头上歇脚,这是暮中小村的那缕人间烟火的温馨之景;而天边树木苍茫,矮如荠菜,江畔横舟,弯如月牙。这些恬然的人物与风景,让人生情,也让人生盼。情自是对人间烟火、自然风景的爱慕和恬然,而盼的是有人能与自己分享这种怡悦。于是,他将诗歌寄送给友人:你带着酒来我这里怎么样,我们可以一起醉倒在这美好的重阳佳节。

全诗虽在恬然的基调下叙述,却贯穿着一种孤独的轻愁,一种圆满处仍有不圆满的情绪。这种情绪,在今日世界似乎更为普遍,当别离总是比相聚更多,能够填补不圆满之感的,只有对于重逢的深深期许。这种情绪,仿佛配合着诗中描述的天朗气清的时节,质地是那么轻柔,却又能直达内心。

相比《秋登兰山寄张五》中孤独的轻愁,孟浩然的另一首怀人之作《夏日南亭怀辛大》则没有了"恬然"之情,取而代之的是一种无人理解的孤寂,这种孤寂只有所怀念的人才能理解,这便再次加重了思念的孤独。

夏日南亭怀辛大

孟浩然

山光忽西落,池月渐东上。

散发乘夕凉,开轩卧闲敞。

元　吴镇《洞庭渔隐图》

> 荷风送香气，竹露滴清响。
> 欲取鸣琴弹，恨无知音赏。
> 感此怀故人，终霄劳梦想。

这又是一份起于暮色的孤独。忽然之间，暮光从山的西面消失了，一个"忽"字，代表着一种慵懒感，慵懒到对于时光的流逝完全没有在意，只是忽然之间发现红日已经西沉。月光从池塘中渐渐升起，夜晚悄无声息地蔓延而来了。诗人散开自己的发髻：散开的长发代表着世俗约束的解除，或者是对约束的蔑视，这是特立独行的人才会做出的动作。在魏晋时期，这是狂士喜欢的行为。散开头发的孟浩然躺在水亭中宽敞的地方，享受着夏日傍晚的清凉。看似闲适自在，却又是百无聊赖。荷花摇摆，送来隐约的清香；夜风微动，吹落竹间的凉露，发出细小的声响，这是孤独而细腻的人才感受得到的声音。没有欢欣，也没有痛苦，只是一个人独自在场，任那些敏锐的感官，纷纷为自己在周围寻求一些依赖。夜渐渐深了，他想找个琴来弹，但是马上又打消了这个想法，弹琴给谁听呢？如此深不可测的寂寞之夜，没有知音的欣赏，孤独无聊，仍然主宰着诗人的心，无法摆脱。想到这里，就更加怀念那位老朋友了，想得太久了，连梦中也在苦苦地忆念他。"恨""劳"二字，将怀念写得何其辛苦。而作者对重逢也没有很自信的期待，不会像前篇那样许下重阳节相聚的心愿：这种忆念竟然是没有终点的。平静如水的夏夜里，心中却生出了一条淡淡的褶子，是人生常有的无法彻底摆脱的、淡淡的孤独。

另一首"暮归"主题的《宿建德江》中，没有思念友人辛大时清幽的惆怅，取而代之的是一种淡远的轻愁。

宿建德江
孟浩然
移舟泊烟渚，日暮客愁新。
野旷天低树，江清月近人。

诗中的孤独情绪因"客愁"而起，这首诗被认为是孟浩然赴京应举失败之后，漫游吴越时所作。傍晚时分，他将客船移到弥漫着水汽的江中小洲附近停泊下来。水上的烟气是日暮的产物，是喧嚣与温暖退却、寂静与清冷到来的征兆。次句是紧紧承接首句而来的，一切安静下来的时候，羁旅之孤独便如暮色中的烟雾一样生起、漫延。诗歌的三四句，在原本应该是抒情的地方，突然转入写景——孟浩然很多的诗歌都没有受到来自宫廷应制诗歌格式的束缚，按照当时已经形成的诗歌格式，收尾之句，应该是抒情的，但在本诗中，孤独的愁绪被眼前旷远而清淡的景致打断了：暮色模糊了天地的分界，天幕低垂下来，低于旷野之中的树木，清澈的江水将夜空中遥不可及的月映印下来，来到了人的身边，掬水可得。渺小的人，与旷远幽静的夜空、深邃杳渺的宇宙形成了强烈的对比。客子的孤独情绪，被幽远清淡的景致化开。

与上面三首从"暮色"入题的诗歌不同，另外一首广为流传的名作《春晓》，则是起于夜的结束，"昨夜"的事情只能是追问。

春晓

孟浩然

春眠不觉晓，处处闻啼鸟。

夜来风雨声，花落知多少。

在人类昏睡不觉的时候，自然界已然完成了阴阳、晴雨的转换。鸟的啼鸣唤醒了沉睡的人，从落花这一季节物候的微妙变化之中，人类敏感地猜测到了昨夜悄然发生过的事情。末句的发问，并不知道他期待的回答对象是谁，是经历昨夜风雨的鸟，还是制造昨夜风雨的造物主？抑或是他自问自答？"落花"让他想到了春天的结束，以及生命的存在、消逝与繁衍的过程。在伟大的造物主面前，在奥妙的生命面前，人类的认知如此肤浅而迷茫。

在孕育生命的春天里，面对自然规律和生命的代谢，孟浩然陷入了一种淡远的孤独轻愁，他不知道自己的生命来自哪里，去向何方。

肆 天地一沙鸥

> 回顾一生,仿佛是天地之间一只渺小的、孤独的沙鸥,
> 辛苦地飞去飞来,却不知道何去何从。

一

"暮归"式的孤独,不光属于王维、孟浩然这样的隐者,也属于杜甫这样的儒者。

晚年的杜甫举家流寓蜀中,曾在成都尹兼御史大夫、剑南节度使严武的幕府中任节度参谋。作为老朋友,严武给予了杜甫很多的帮助,还推荐杜甫为检校工部员外郎,赐绯鱼袋。这个从六品上的官职,是杜甫一生中得到过的最高的官阶了,后人称杜甫为杜工部,就是缘于这个散官。然而,杜甫还是对幕僚生活极不适应,他总是认为,年轻的同僚对他这个半百之人抱以猜忌和排挤,"晚将末契托年少,当面输心背面笑"(《莫相疑行》),他还以老人的语气劝告说,"寄谢悠悠世上儿,不争好恶莫相疑"(《莫相疑行》)。当他了却公家之事,独自回到幕府中的住处时却心事翻涌:

宿　府

杜甫

清秋幕府井梧寒，独宿江城蜡炬残。
永夜角声悲自语，中庭月色好谁看？
风尘荏苒音书绝，关塞萧条行路难。
已忍伶俜十年事，强移栖息一枝安。

诗歌的首联，点应题目，"独宿"是全诗之眼，情绪全由此二字而起。首句写地点，杜甫忙于公务，这一夜没有回到城西草堂自己的家中，而是一个人独自留宿在幕府里。他看到了院中的深井和梧桐。井的幽深和树影的阴森，更增添了秋夜的清寒。孤独的人是失眠的，只有当看到蜡烛燃尽，才发觉夜在缓慢流逝。长夜中响起的号角声，仿佛是在自作悲伤之语。庭院里月色美好，普天之下，不知道有多少快乐的人在欣赏月色之美。然而，美的东西不是给孤独的人看的，展示给他们美好的东西，这反而令孤独的人愈加悲伤。

诗歌上半部分所写的深夜景致，引发了杜甫的悲伤和孤独。于是，诗歌的下半部分，杜甫开始诉说孤独的起因：他用"风尘"两字，概括了几年来的状态，国家战乱如风中之尘，自己举家避难流离亦如风中之尘，亲友书信断绝，存亡两不知。多少个日夜里，他想到失散的亲人，"有弟皆分散，无家问死生"（《月夜忆舍弟》）、"思家步月清宵立，忆弟看云白日眠"（《恨别》）。他又回忆自己为了躲避战乱，携家带口，从华州奔赴秦州，从秦州流落同谷，又在寒冬里穿越漫天飞雪的蜀道，历九死一生，才在成都找到了一个暂时的栖息之地。自天宝十四载（公元755年）冬安禄山叛乱起，杜甫已经飘零了整整十年了。如今，他只能像《庄子·逍遥游》中所说的那只鹪鹩一样，勉强栖息于一段树枝之上。

写作这首《宿府》的次年正月，杜甫便不能再"强移栖息"于府中，辞职回家。不料，四月时，刚四十岁的严武病死成都任上。失去依靠的杜甫，于五月举家乘舟顺江而下，他终于放下"门泊东吴万里船"的犹豫。舟抵云安（今重庆云阳）之前，杜甫写下了他的名篇《旅夜书怀》：

旅夜书怀
杜甫
细草微风岸，危樯独夜舟。
星垂平野阔，月涌大江流。
名岂文章著，官因老病休。
飘飘何所似，天地一沙鸥。

江面已经看不到其他船只，夜安静下来了。初夏的夜风吹来，孤独无眠的人，此刻心思更加细密了，以至于他能够体察到那些白日里无暇注意的琐细之事。比如，宇宙间恒久存在的对抗与平衡：浩渺与细微、稳定与变动，它们被孤独的杜甫，从稳定的岸与摇曳的舟樯、沉寂不动的平野与奔流不息的大江、卑微之细草与辽阔之星野之中，渐渐地揭示出来。揭示的过程，便是目光所及的过程，它由近及远、由微及著：近处，细小难辨的草、高耸摇动的危樯,都随着夜风而起伏,它们是渺小而孤独的;远处,无垠的平野与浩瀚的星空相接,它们是稳定不变的存在。相对应的是日夜流逝的大江之中涌动着的盈亏有数的月,它们是易逝的。星野、江月,又与细草(微小的生物)、孤舟(渺小的人)形成强烈的大与小的对比,在宇宙的视野下,生命显得如此孤独而渺小。宇宙万物的规律,同样也适用于人间社会:名声或许可以因为被诗文记载而永恒,官职(一生所能够建立的济世功业、获得的物质享受)则会连同躯体一起衰老。然而对于杜甫自己而言,生前并没有建立任何功业,身体却已经衰老。自己所追求的,岂止是借由诗文而得的身后之名?此时已经五十五岁的杜甫回顾一生,十年京华乞食,五年西南漂泊,仿佛是天地之间一只渺小的、孤独的沙鸥,辛苦地飞去飞来,却不知道何去何从。

另一首作于夔州时期的《返照》,则让人嗅到了一种接近死亡的气息。刚刚离开蜀中的杜甫,糖尿病、肺病、风湿并发,不能继续赶路,只得在夔州暂住了一年多。古代诗歌中有很多关于疾病的书写,多半是无病呻吟,但是出川之后的杜甫,真正是"百年多病"了。

返 照

杜甫

楚王宫北正黄昏,白帝城西过雨痕。
返照入江翻石壁,归云拥树失山村。
衰年肺病唯高枕,绝塞愁时早闭门。
不可久留豺虎乱,南方实有未招魂。

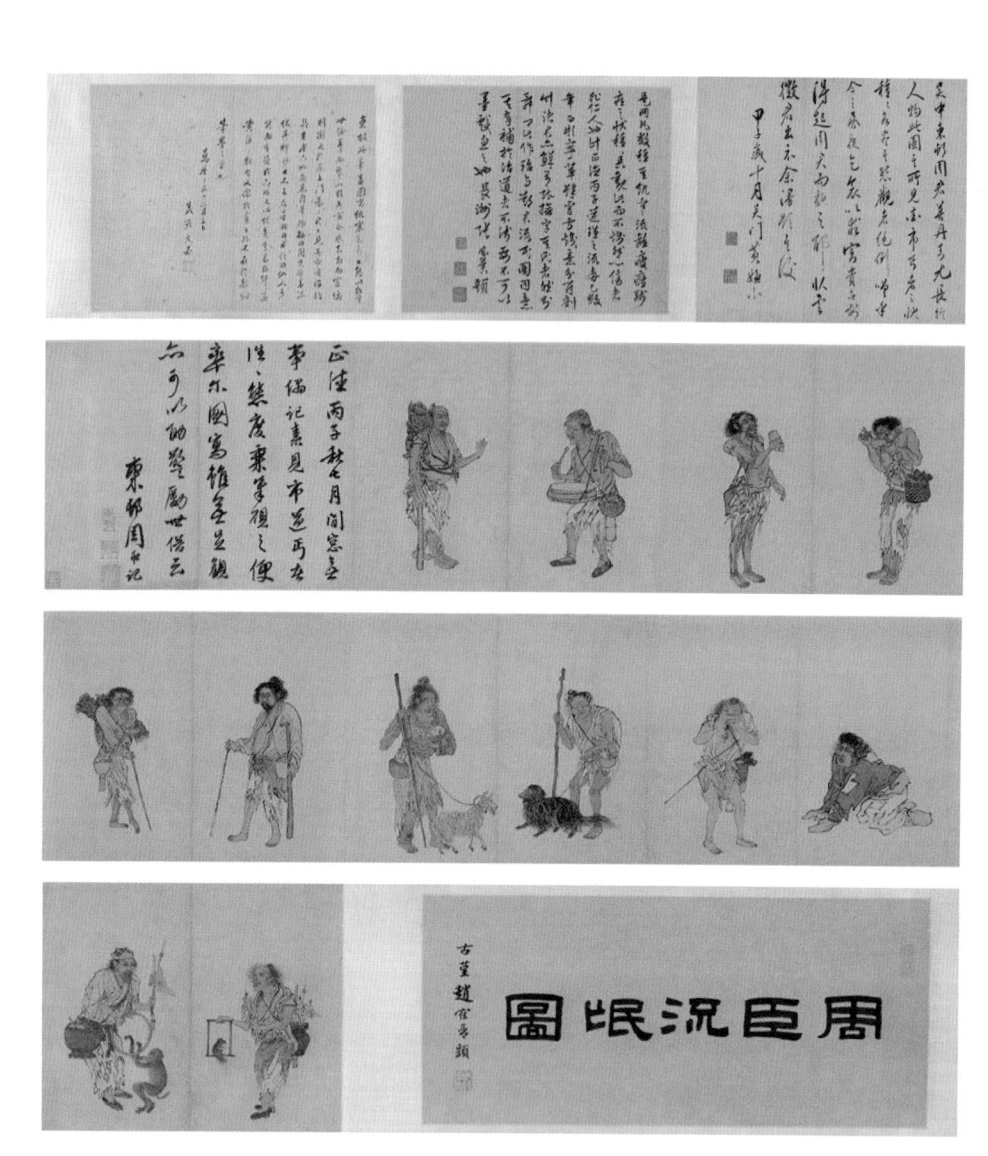

明　周臣《流民图》(部分)

夔州，也称作白帝城，就是今天的重庆奉节。唐代时夔州隶属于山南道，是当时比较偏远的地区。所以，杜甫提到夔州时，经常说是"绝塞""孤城"。白帝城有战国时期楚国王宫的遗迹，在巫山县西北。传说中，楚王于黄昏时在巫山幽会神女。

诗歌的首联，以两句分写同一景致：城西雨后的黄昏。暮光渐渐消退，只剩石壁上的回光返照在江中，暮云瞬间吞噬了远处的树木，不久之后，整个村庄也被吞没。久病之人，选择了闭门高枕，他退回到了自己狭小的空间中，与外面的世界孤独地隔绝了。外面的世界是一个令人恐惧的、地狱一般的世界：当时夔州正经历着军阀混战，泸州刺史杨子琳攻打成都失败后，转而觊觎夔州。三年后，杨子琳杀死夔州别驾张忠，占据了夔州。战乱让夔州的百姓流离失所。在另一首夔州时期的作品《白帝》中，杜甫对战争做了忠实的记录："千家今有百家存。"战火过处，十室九空。对照史册，可以发现杜甫对此并没有做太多的夸张：据《资治通鉴》记载，天宝十三载（公元754年），也就是安史之乱的前一年，户部的官方统计数据显示：

> 户部奏天下郡三百二十一，县千五百三十八，乡万六千八百二十九，户九百六万九千一百五十四，口五千二百八十八万四百八十八。

元代著名学者胡三省在此条下注曰："有唐户口之盛，极于此。"到了代宗广德二年（公元764年），也就是杜甫来到夔州的前一年：

> 户部奏：户二百九十余万，口一千六百九十余万。

胡三省在此条下注曰："史言丧乱之后，户口减于承平什七八。"胡三省认为，十年间，受安史之乱和军阀混战的影响，大唐帝国统计人口数减少了十之七八。当然，统计数据并不是精确的，而且官方户籍统计着眼于财政收入，并非实际户口数。户口减少的原因也是多方面的，既有战乱导致的死亡因素，更有横征暴敛导致的"逃户"因素。唐玄宗后期赋敛加重，很多民众逃亡，以规避官吏的搜刮欺凌（严耕望《唐代户口实际数量之检讨》）。史册的数据是冰冷的，杜甫借一个寡妇之口哭诉了这冰冷数据之后的悲伤："哀哀寡妇诛求尽，恸哭秋原何处村。"（《白帝》）男丁死于战场，那些寡妇仍被官吏搜刮欺凌，无论走到哪个村落，都能听到她们在秋天暴雨中痛哭的声音，这绝望的哭声盖过了秋天的暴雨声。

外面已经是豺虎之地，不可久留。《返照》一诗的最后，杜甫想到了投江殉国的屈原。他自己的境遇跟屈原类似，家国离乱，恶人横行，无处容身。屈原（一说宋玉）作了一篇《招魂》，呼唤游子的魂魄远离恐怖的四周，回到中心的家乡来。《招魂》中说"魂兮归来，南方不可以止"，杜甫觉得自己是一个漂泊在南方（地狱）的游魂，没有人召唤他回到北方（故乡）。"南方实有未招魂"，相对于前人虚构的"招魂"，杜甫是真正游荡于现实中待招之魂。

二

杜甫的伟大之处在于，他的这种无依无靠又无能为力的孤独感，不仅仅是缘于自己的怀才不遇，或者自己年老多病、无家可归，更因为他总是能够推己及人，孤独地体恤着同样孤独的众生：他漂泊边塞，却悲悯《白帝》中同样无家可归的寡妇；他在夔州住所门前种的枣树，任由西邻的妇女来偷吃，"堂前扑枣任西邻，无食无儿一妇人"（《又呈吴郎》）；他房顶的茅草被风吹散，却悲悯抢了他茅草而去的孩童，痛哭着祈求"安得广厦千万间，大庇天下寒士俱欢颜，风雨不动安如山"（《茅屋为秋风所破歌》），他宁愿自己受冻而死；他自己的孩子饿死了，悲恸之余，又想到了境况还不如自己的邻居百姓，"生常免租税，名不隶征伐。抚迹犹酸辛，平人固骚屑。默思失业徒，因念远戍卒。忧端齐终南，澒洞不可掇"（《自京赴奉先县咏怀五百字》）；他甚至悲悯可怜的草木虫鱼，因担心鸡被人烹杀，阻止仆人缚鸡卖掉，"虫鸡于人何厚薄，吾叱奴人解其缚"（《缚鸡行》）；在夔州东屯劳作的时候，他担心伤及穴中的蚂蚁，捡拾穗禾送给孩童，"筑场怜穴蚁，拾穗许村童"（《暂往白帝复还东屯》）。

杜甫这种悲悯的孤独感，是自信的李白、悠然自得的王维所缺少的。李白、王维的诗中也偶然会有杜甫的这种悲悯情怀，但只是只言片语，他们根本的心思不在于此。而杜甫却是字字悲悯，处处孤独。杜甫虽然在成都过着一种近似归隐的生活，在此期间写出了一些类似王维、李白那样亲近自然、参悟玄理的田园诗歌，但只是偶尔为之，杜甫的心思也不在于此。在这首《江亭》中，这种超越自我之上的悲悯和孤独更为明显：

江　亭

杜甫

坦腹江亭暖，长吟野望时。
水流心不竞，云在意俱迟。
寂寂春将晚，欣欣物自私。
故林归未得，排闷强裁诗。

诗作的前两联，是以山水田园诗的假象出现的：坦腹的行为来自《晋书》中的王羲之。太尉郗鉴派人到王导家选女婿。王导安排来者到东厢房去观察王家的几位年轻子弟，大家都很矜持，唯有王羲之一个人浑然不顾，兀自袒露着肚皮躺着。郗鉴偏偏选中了不拘礼仪的王羲之作为女婿。杜甫模仿着王羲之坦腹在春天的江亭里，吟诵着歌谣，远远地望着江边野外。春水恣意流动，他的心并不刻意去追逐流水，白云悠闲地飘荡，思绪也随着放空。诗歌的后两句，作者突然收起了前两句中短暂的悠闲，他先是感受到春天将要结束，万物按照自然的秩序各自欣欣向荣地生长，只有他无法过上想要的生活。原因在末句点出，因为战乱，他无法回到"故林"——他的家乡，或是日思夜想的京城。看似平淡无奇的第三联，写尽了杜甫无边的孤独，春天里美好的云、水，都与他无关了。

杜甫的诗歌中，经常会出现像《江亭》这样的前后情绪反转的情况。推崇陶渊明、王维一派的田园诗的评论家以为，杜甫是缺少"泠然独往之趣"的。实际上，杜甫并非不懂，应是不为。从《江亭》的颔联来看，这句中对于玄理的参悟，足以与陶渊明"云无心以出岫,鸟倦飞而知还"(《归去来兮辞》)、王维的"行到水穷处,坐看云起时"(《终南别业》)相提并论。葛晓音先生说:"然而杜甫并没有因为参透这些玄理而达到乘化委运的境界,这是他和陶、王的根本区别。"(葛晓音《杜甫诗评选》)

杜甫原本是懂得如何通过像王维那样的"独处"——隐居——来救赎自己孤独的痛苦的。但是,杜甫的个性、他对儒道的坚守,使得他不能泰然地放弃,悠然地独处。独处的风景,对于杜甫只是片刻的遐思与休憩而已。他太苦了,他需要休憩片刻。杜甫诗歌中的田园风物、玄理,背后深藏着悲悯众生、感叹时局的孤独,而不仅仅是怀才不遇的自我的孤独。

杜甫始终恪守着一个儒者忧国忧民的情操。他曾自嘲是"乾坤一腐儒"(《江汉》),他也知道"儒冠多误身"(《奉赠韦左丞丈二十二韵》),这是经历了何等的遭遇,才对自己的孤独有这样悲彻的认识;又是何等的决绝与刚毅,才能将自己与美好的春天隔离、与美妙的玄理隔离,让自己身在"地狱"般的人间,仍不忘"奉儒守官",不忘苍生。这就是杜甫自始至终的人生追求。

杜甫曾形容自己是"飘飘何所似,天地一沙鸥"(《旅夜书怀》),孤独是杜甫宿命中的人生抉择,他拒绝以独处(隐居)来救赎自己。

伍 独钓寒江雪

> 这些人迹罕至的地方，只有孤独的人才会去发现。

身处世俗社会的人们，会不可自拔地被美丽的东西迷惑，会在不知不觉中被恶毒的东西陷害，有时候会犯下终其一生难以挽回的错误。从此，犯错的他不得不从层楼叠榭中退下来，在众声喧哗处转身，隐匿到一个偏远而幽僻的地方，这里甚至不曾有人来过。在这个被天地遗忘的角落里，孤独的人发现了陌生世界的旷远与幽邃。

一

唐顺宗永贞元年（公元 805 年）末，三十三岁的柳宗元（773—819）来到了永州（今湖南永州），他是因为参与了王叔文主导的、被后人称之为"永贞革新"的激烈政治运动，从长安被贬谪到这个荒蛮之地的。与他同行的，还有年近七旬的母亲卢氏、堂弟柳宗直和表弟卢遵。

这是柳宗元生平第一次远足。他是北朝著名门阀贵族河东柳氏之后，祖籍蒲州谢县（今山西运城），他的祖上早已定居长安,祖辈中不乏朝廷重臣。他曾自叙家世说"人咸言吾宗宜硕大,有积德焉,在高宗时并居尚书省二十二人"(《送澥序》),而他的母亲卢氏也是出身于范阳名门。不过,当柳宗元出生的时候,他的家族已经衰落为普通的仕宦人家,他的父亲当时是长安主簿,一个从八品的小官员。虽然家族已大不如前,但是仍有一定的经济基础和社会地位,柳家在长安的亲仁里、善和里等里坊中有多处住宅,城郊"有数顷田,树果数百株"(《寄许京兆孟容书》)。家庭深厚的文化积累,让柳宗元自幼积淀了扎实的知识基础和良好的学养志趣,他十三岁作文,便得到了皇帝和朝中大臣们的赏识。然而,柳宗元的科考之路不算特别顺利,十七岁到十九岁,他连续参加进士科考试未中,二十岁时与好友刘禹锡同榜进士及第。

按唐制,通过了礼部主持的进士试之后,士子们还要紧接着参加吏部的"关试",通过关试的铨选,吏部才会结合每个人的情况授予不同的官职。柳宗元即将参加吏部关试时,父亲柳镇突然过世,他只得守制三年,不能参加任何考试,也不得去地方幕府任职。服丧期满之后,柳宗元与杨凭的女儿结婚,之后连续三年参加吏部博学宏词科考试,于二十六岁时方被录取,授集贤殿书院正字,正式入仕。在柳宗元二十七岁的时候,陪伴他仅三年的妻子杨氏病故,二人没有子女,此后柳宗元虽与侍妾育有子女,却并未正式续娶。三年任职期满后,柳宗元调补京畿府蓝田(今陕西蓝田)县尉,时任京兆尹韦夏卿爱其才,留柳宗元在长安担任文字工作,并未担任县尉的具体工作。贞元十九年(公元803年),柳宗元被提升为监察御史里行,进入了以王叔文为首的东宫太子系政治集团之中。两年后，柳宗元擢升礼部员外郎，成为"永贞革新"集团的核心成员之一。仅过了一百多天，改革宣告失败，王叔文党悉数被贬。

柳宗元携家来到永州后，举目无亲，居无定所。柳宗元在永州的职衔是"永州司马员外置同正员"，"司马"在当时已经是一个闲职，多由贬谪之人当任。"员外置"，也就是在正式的编制之外，当时明文规定，这类官员不得参与政务。相当于不是真正的官员，因此也没有官舍供他使用，他们一家只能暂时寄居住在潇水边一座叫作龙兴寺的寺庙里。在《永州龙兴寺西轩记》中，柳宗元记录了他对这个栖身之所的改造。

> 永贞年，余名在党人，不容于尚书省，出为邵州，道贬永州司马。至则无以为居，居龙兴寺西序之下。余知释氏之道且久，固所愿也。然余所庇之屋甚隐蔽，其户北向，居昧昧也。寺之居，于是州为高。西序之西，属当大江之流；江之外，山谷林麓甚众。于是凿西墉以为户，户之外为轩，以临群木之杪，无不瞩焉。不徙席，不运几，而得大观。

此时的柳宗元，还不知道自己将要在永州待上十年之久，他还计划着如何通过京城旧友的帮助，尽快谋求平反起复。因此，柳宗元并没有对龙兴寺的寓所做长久的打算，房子是极其简陋的：西轩的窗子是朝北的，本来就少光，周围又为树木所遮蔽，整日昏暗阴湿。不过，柳宗元对这里是满意的，毕竟有地方可以居住了，而且是暂时过渡所用。何况，在这里能日夕奉佛，这是他的母亲所喜爱的。真正让柳宗元满意的是这里位置极佳，它是永州境内最高的地方之一，房子的西边，下临大江，江外是莽莽的山谷林麓。于是，柳宗元决定对房子进行一些微小的改造：在西墙上凿出了窗户，在窗户外面，又架设了围栏。这样的目的，不只是引入下午的阳光，更是要将永州的山水引入室内。开窗之后，他可以一个人坐在房间里，不用离席凭几，便可以看到潇江和江外层叠的群山与密林。

夫室，向者之室也；席与几，向者之处也。向也昧，而今也显，岂异物耶？因悟夫佛之道，可以转惑见为真智，即群迷为正觉，舍大暗为光明。夫性岂异物耶？孰能为余凿大昏之墉，辟灵照之户，广应物之轩者，吾将与为徒。遂书为二：其一志诸户外，其一以贻巽上人焉。

柳宗元为自己能够发现这个幽闭于山水之间的秘密而若有所悟：房间、座席、隐几，都是在他来之前便有的旧物，连同它们摆设的方向也没有改变，只是增加了一个窗，风景便豁然开朗。原来的主人并没有察觉到这样的风景，他被墙蒙蔽了。谁又能够给我这蒙蔽的心开一扇窗户？柳宗元说，他愿意与能够开启他内心窗户的人为伍，为此，他将自己所写的短文抄录两张。一张送给了龙兴寺的重巽和尚，他是柳宗元初到永州之后，为数不多的接纳他的人；另一张，则贴在自己新开的窗户外面，他没有第二个人可以赠送了。如果柳宗元希望有人看到第二张纸的话，或许应该贴在房子的北面，那是正门所在的方向。何况，西窗外面是没有路的,它面对着山崖之下的滚滚江流与莽莽群山。他是贴给江流和群山看的,是贴给自己看的。柳宗元仿佛是被这个简陋的房子囚禁在了龙兴寺这个异乡的微小天地里,只能通过自己开凿的窗户,遥望着郁郁葱葱的远山。

在遥望群山之际,柳宗元又发现了龙兴寺这个微小天地独有的幽深之美。发现始于他对西序住所的第二次改造。与第一次改造房子内部不同,这次改造是在房子的外面。在这篇《永州龙兴寺东丘记》中,柳宗元向后人诉说了这一新的发现:

> 游之适,大率有二:旷如也,奥如也,如斯而已。其地之凌阻峭,出幽郁,寥廓悠长,则于旷宜;抵丘垠,伏灌莽,迫遽回合,则于奥宜。因其旷,虽增以崇台延阁,回环日星,临瞰风雨,不可病其敞也;因其奥,虽增以茂树蘩石,穹若洞谷,蓊若林麓,不可病其邃也。

在这篇散文中,柳宗元首先提出了他对于游览的思考。游览的适意来自相对的大小两端:一为空旷,辽阔而悠长,登临险峻的高山,穿越幽郁的山谷,便会有这种旷达的适意;另一端为深奥,登抵如同蚂蚁洞口的土堆一样微小的山丘,探察茂密的灌木莽丛,迂回而深不可测,宜于收获深奥的适意。在空旷之处,即便是高耸云端的台阁,上可接星日,下可俯瞰风雨,也不会嫌它空旷;在深奥之处,即便是树木、丛石,深邃如洞谷,蓊郁如密林,也不会嫌它深邃。

柳宗元对于幽深的适意,来自他对永州龙兴寺寓所这个方寸天地的细密观察——作为一个无事可干、无处可去的"系囚"之人,初来异乡,他没有"空旷"的高山可以游览。他仿佛是被禁锢在龙兴寺了,他只能在这个微缩的世界里,日复一日地,孤独地向着深处探索。他发现了距离他的西序寓所不远的东边,有一处废弃的小丘。

> 今所谓东丘者,奥之宜者也。其始龛之外弃地,余得而合焉,以属于堂之北陲。凡坳洼坻岸之状,无废其故。屏以密竹,联以曲梁。桂、桧、松、杉、楩、楠之植,几三百本,嘉卉美石,又经纬之。俯入绿缛,幽荫荟蔚。步武错迕,不知所出。温风不烁,清气自至,水亭狭室,曲有奥趣。然而至焉者往往以邃为病。

被柳宗元命名为"东丘"的地方,正是前番所说的游览之适意的细小而幽微的一端——"奥"。只有被废弃的人才会注意到这个被废弃的小丘。与其说是无意间发现了小丘的存在,毋宁说是他有意发掘了小丘的深邃之美,它们正符合孤独之人的需要。柳宗元将东丘合并到了他西序寓所的范围之内,拓展为他堂屋以北方向的边缘。小丘之上的低洼洞穴,并没有填平或者改变它们的原始状态,只是种上了密密的竹子,连接了弯曲的桥梁,种植了三百多株树木,又点缀了花卉与石头。这更加增添了小丘的幽深密邃,如同迷宫一样。在这个温热荒蛮的南方,他建立了一个微缩的天地,它可以摒除湿热,生起清风,这是柳宗元需要和喜爱的。然而,来过的人,却嫌弃它的深邃。

> 噫！龙兴，永之佳寺也。登高殿可以望南极，辟大门可以瞰湘流，若是其旷也。而于是小丘，又将披而攘之。则吾所谓游有二者，无乃阙焉而丧其地之宜乎？丘之幽幽，可以处休，丘之窅窅，可以观妙。溽暑遁去，兹丘之下。大和不迁，兹丘之巅。奥乎兹丘，孰从我游？余无召公之德，惧剪伐之及也，故书以祈后之君子。

文章以作者的担忧结束：他担心有人会憎恶幽深，进而剪除他种植的树木，毁灭他精心营造的微缩天地。如同之前因政见不同被贬谪一样，对于山水适意的不同体认，让他再次陷入无人理解的孤独。柳宗元感叹，龙兴寺可以一览永州天地之大，遥望南极，俯瞰湘流。这是龙兴寺的游客能够发现和喜欢的。东丘的幽深却无人属意，没有人能够体察到他对于微观世界的欢喜。

柳宗元的担心并非多余，只是毁坏他的幽微世界的，不是那些审美趣味单一的人，而是火灾。他所营造的这个小世界，几次过火。日后，柳宗元在给他的岳父杨凭的信中说："五年之间，四为大火所迫。"（《与杨京兆凭书》）而他远在长安的祖宅，已经易手他人。在这个孤独的世界上，他失去了自己可以享受"奥"之幽微的家。

更为不幸的事情发生了，龙兴寺的佛像并没有给柳宗元的母亲带来更多的佑护和福祉。来永州半年后，母亲卢氏因水土不服，染病身亡。卢氏三十四岁才生了柳宗元这个独子，五十五岁丧夫孀居，此后一直与柳宗元生活在一起。如今，因为自己仕途的沉浮累及母亲，这让柳宗元无比愧疚，这种愧疚，没有机会弥补。因是"系囚"，柳宗元竟不能亲自抚柩北归，只得由表弟卢遵代为办理，一年后母亲归葬长安柳氏祖坟。数月之前，柳宗元还在京城意气风发地推行改革，如今亲人离去，故交零落，他被囚禁在了永州的荒山野岭之中。没过几年，他自己的身体也逐渐变差，在与父亲生前的朋友、京兆尹许孟容的通信中，他诉说自己近来"百病所集，痞结伏积，不食自饱。或时寒热，水火互至，内消肌骨"，"神志荒耗，前后遗忘"（《寄许京兆孟容书》）。

二

居住四年之后，柳宗元搬离了龙兴寺。或许是龙兴寺住所被火严重，加上北归的希望几近破灭，他需要寻找一处可供长期居住的、更合适的地方。他先是搬到城东的法华寺短住一年，与龙兴寺相似的是，这里也是永州的地势制高点之一，可以俯瞰全城。寺庙西庑之下，有大竹数万竿。柳宗元与大和尚商议后，砍斫去一些蓊郁的竹枝，便可以在寺中眺望湘江与远山。柳宗元复制了龙兴寺的做法，在山寺边上建造了一座西亭，他又可以得到"旷"的适意了。

始得西山宴游记

柳宗元

自余为僇人，居是州，恒惴慄。其隙也，则施施而行，漫漫而游。日与其徒上高山，入深林，穷回溪，幽泉怪石，无远不到。到则披草而坐，倾壶而醉。醉则更相枕以卧，卧而梦。意有所极，梦亦同趣。觉而起，起而归。以为凡是州之山水有异态者，皆我有也，而未始知西山之怪特。

今年九月二十八日，因坐法华西亭，望西山，始指异之。遂命仆人过湘江，缘染溪，斫榛莽，焚茅茷，穷山之高而止。攀援而登，箕踞而遨，则凡数州之土壤，皆在衽席之下。其高下之势，岈然洼然，若垤若穴，尺寸千里，攒蹙累积，莫得遁隐。萦青缭白，外与天际，四望如一。然后知是山之特立，不与培塿为类。悠悠乎与颢气俱，而莫得其涯；洋洋乎与造物者游，而不知其所穷。引觞满酌，颓然就醉，不知日之入。苍然暮色，自远而至。至无所见，而犹不欲归。心凝形释，与万化冥合。然后知吾向之未始游，游于是乎始，故为之文以志。

是岁，元和四年也。

当柳宗元发现西山的时候，已经是他被遗弃在永州的第四个年头了。四年里，作为受辱的罪人，居住在永州，柳宗元常常会恐惧不安，恐惧或许来自遥远的京城。最初的几年里，永州的同僚多半跟他保持着若即若离的关系。获罪之初，柳宗元身处诽谤和猜疑之中，"罪谤交积，群疑当道"（《寄许京兆孟容书》）。京城结识的故旧大臣，也不敢再跟他联络。他们知道，宪宗皇帝是依靠宦官、打击王党、逼死父亲顺宗皇帝才即位的，这是一件讳莫如深的事情。此时的柳宗元，没有得到来自北方的片纸问询，只有刘禹锡等几位同时被贬的故交相互问候安慰。直到四五年后，才得到了来自京兆尹许孟容的关切。

一个被京城遗弃之人，行走在永州这个被造化遗弃之地。无事可做的时候，孤独的柳宗元常常漫无目的地慢慢游走。"永州多谪吏"(《送南涪州量移澧州序》),在这个远离京城的偏远之地,愿意与柳宗元交往的是吴武陵、李幼清、南承嗣这几位同样被贬谪的失意之人。他们一同登临高山,穿越深林,沿着弯曲迂回的溪水,一直孤独地走到山水的尽头。任何一处幽冷的泉水,怪异的山石,无论多远,都会去探寻。这些人迹罕至的地方,只有孤独的人才会去发现。走到想要去的地方,分草即坐,提壶便饮,醉了就相互枕着对方睡去。一入睡就会做梦,常常梦见心意之中向往的美事。醒后起身、回家。他们用这种继承于"竹林七贤"的率性与狂放行为,来排遣内心的孤独:闲暇与洒脱的背后,是忙碌与紧张的丧失,那曾是属于京城的节奏,是属于永贞元年(公元805年)那个改变他一生命运的一百多天的节奏。在永州,这一切都停滞下来,人生也静止下来,探寻永州这个孤独世界的旷远与幽微,成为他唯一可以做的事情。柳宗元自以为,这件事已经做到了极致:永州的山水凡是有奇异的地方,都已经留下他的踪迹,直到发现了西山。

这年秋天,当柳宗元坐在法华寺西亭遥望对面的远山时,突然萌生了要去对面的西山看一看的想法。他和仆人一起,渡过湘江,沿着一条名叫染溪的溪水上溯。他们只能自己开路,砍斫榛莽,焚烧茅茷,直到山的最高峰。他们攀缘到山顶,张开双腿随意而坐,四处远望,远近几个州辖域里的山川草木,便都在他们的座席之下了。周边地势或高或低,俯瞰高处仿佛是蚂蚁洞口的小土丘,低处仿佛是洞穴。远远看去,千里之遥,却如同尺寸之迹,尽收于眼底,无处隐藏。山青江白,与天际相连,四处望去,皆是如此。直到如今登临了西山的顶峰才知道它的独特之处,这是小土丘无法相比的。西山之辽阔,与颢天之气合二为一,无边无涯。它的洒脱自在,与大自然融为一体,无有穷尽之时。此情此景之下,他们斟满酒杯而饮,醉倒在地,竟不知道太阳何时落下,苍茫的暮色,从远处的天际慢慢涨上来。直到眼前昏黑,看不见了,仍然不想归去。只觉得自己思想凝滞,形体消散。自此之后,柳宗元才知道自己未曾真正游览过永州,真正的游览将从这次西山宴游开始。

西山宴游的结果令柳宗元惊喜。世界之大,只剩下永州;永州之小,竟然还有西山。仿佛是在方寸的囚室中,发现了一间从未注意的密室。之后的一段时间,柳宗元急切地探索西山的幽微,为后人留下了著名的"永州八记"中的前四记。在西山宴游之后的八天,柳宗元在西山染溪边上发现了一处幽静的潭水。

钴鉧潭西小丘记

柳宗元

得西山后八日,寻山口西北道二百步,又得钴鉧潭。潭西二十五步,当湍而浚者,为鱼梁。梁之上有丘焉,生竹树。其石之突怒偃蹇,负土而出,争为奇状者,殆不可数。其嵚然相累而下者,若牛马之饮于溪;其冲然角列而上者,若熊罴之登于山。

丘之小不能一亩,可以笼而有之。问其主,曰:"唐氏之弃地,货而不售。"问其价,曰:"止四百。"余怜而售之。李深源、元克己时同游,皆大喜,出自意外。即更取器用,铲刈秽草,伐去恶木,烈火而焚之。嘉木立,美竹露,奇石显。由其中以望，则山之高，云之浮，溪之流，鸟兽之遨游，举熙熙然回巧献技，以效兹丘之下。枕席而卧，则清泠之状与目谋，潜潜之声与耳谋，悠然而虚者与神谋，渊然而静者与心谋。不匝旬而得异地者二，虽古好事之士，或未能至焉。

噫！以兹丘之胜，致之沣、镐、鄠、杜，则贵游之士，争买者日增千金而愈不可得。今弃是州也，农夫渔父过而陋之，贾四百，连岁不能售。而我与深源、克己独喜得之，是其果有遭乎！书于石，所以贺兹丘之遭也。

潭的形状如同熨斗，当地人称熨斗为钴䥕。潭水旁边有一个不足一亩的小丘，这是一户唐姓人家废弃的土地，柳宗元仅用了四百文钱就买下了它。他铲除了小丘上的荒草和恶木，嘉木、美竹、奇石便显露出来。站在小丘上远望，仿佛远处的高山、浮云与飞鸟都前来献上它们的美。躺在小丘之上，耳清目明，心神悠静。在不到十天的时间里便获得了两块奇异的地方，柳宗元突然又想到了故乡长安，如果永州的这块废弃之地，放置到京城周边的沣、镐、鄠、杜等地（那些是王公贵族争相购置别业的地方），购买者每天加价一千文钱也难以抢购得到。如今，这块美丽的土地，被弃置在了永州，连路过的农夫、渔夫也嫌弃它的鄙陋，竟然几年都没有出售出去。柳宗元欣喜于自己的收获，并将这份感慨题写在石头之上。然而，这欣喜之下，却又藏着无奈与孤独。这块被遗弃于荒蛮永州的偏远山野里的小丘，如同被贬谪的他自己。纵有嘉木、美竹、奇石，却无人爱惜，只能孤芳自赏。

而他恐怕再也回不到故乡长安，多年来北归的希望彻底破灭了，他说自己"甘终为永州民"(《送从弟谋归江陵序》)。他只能在被遗弃的世界里，寻找着卑微的、廉价的小丘。

对于这些被当地农夫、渔夫都遗弃的方寸之地，柳宗元是抱有怜悯和爱惜之心的。第二年（公元810年），他决定移居到西山之下的染溪。他准备要在这里长久居住下去了，在离开永州之前，他都是在这里居住。他在染溪上游购置了一块土地，同时购买的还有旁边的小丘和泉水，他将它们清扫干净，疏通水脉，建造亭屋。房屋建成之后，他又将染溪改名为"愚溪"，小丘改名为"愚丘"，泉水改名为"愚泉"，房间命名为"愚堂"，这里的一切，都是以"愚"字命名。

溪居

柳宗元

久为簪组累，幸此南夷谪。
闲依农圃邻，偶似山林客。
晓耕翻露草，夜榜响溪石。
来往不逢人，长歌楚天碧。

这首写于愚溪边上的诗，却又让我们看到了柳宗元的孤独与不甘。他假装说，幸好贬谪到了南夷之地，可以摆脱长久穿着官服的劳累。闲居在愚溪，可以与农夫做邻居，偶尔像是一个隐居山林的隐士。早晨趁着露水耕种，夜晚撑着船，在溪上听水流过石头的声音。居住在这里，我可以独来独往，不用担心遇到不想见到的人，可以在这个荒蛮偏远的楚国的碧空之下，恣意放歌，无拘无束。

然而，在诗的"幸""谪""偶"几个字之中，却又透出他一丝的抱怨和孤愤。清人沈德潜便读懂了柳宗元的孤独，他说："愚溪诸咏，处连蹇困厄之境，发清夷淡泊之音，不怨而怨，怨而不怨，行间言外，时或遇之。"（《唐诗别裁集》）柳宗元初到永州时，一位从长安来的朋友，看到他徜徉于山水之间，达观释然，仿佛是从永贞旧事中解脱出来了，便向他表示祝贺。柳宗元却说："嬉笑之怒，甚乎裂眦，长歌之哀，过乎恸哭。庸讵知吾之浩浩，非戚戚之尤者乎？"（《对贺者》）

在柳宗元笔下的永州山水的简淡旷远之中，始终有一种为天地所弃，或是自弃于天地之间的彻底孤独。这种孤独，正是他另一首作于永州时期的绝句《江雪》中绝世独立的渔翁的倔强与孤清：

江雪
柳宗元
千山鸟飞绝，万径人踪灭。
孤舟蓑笠翁，独钓寒江雪。

雪中的天地是旷远而高洁的，在辽阔的宇宙之中，唯有一个卑微渺小却又如雪一样高冷孤傲的渔翁，不合时宜地做着他自己想要做的事情，浑然不觉世界已经是一片肃杀与死寂。在孤独之心的另一面，柳宗元又怜悯着那些弱小的东西，那些废弃在世界角落的小丘、石潭,它们如同蚂蚁洞口的土堆一样卑微而幽深。而这何尝不是雪中独钓的渔翁内心的深致。

苏东坡常称赏柳宗元诗歌中的"旷"与"奥",说柳诗是"外枯而中膏,似淡而实美"(《评韩柳诗》)和"发纤秾于简古,寄至味于淡泊"(《书〈黄子思诗集〉后》)。元好问认为柳宗元很好地继承了谢灵运,他们的"寂寞心"是一致的:"谢客风容映古今,发源谁似柳州深。朱弦一拂遗音在,却是当年寂寞心。"(《论诗三十首·其二十》)实际上,柳宗元的"寂寞心"是其内心孤独的真挚流露,谢灵运的寂寞心,则略有些矫饰。

搬到愚溪的第五年(公元815年),柳宗元忽然得到了一个喜讯,永贞年被贬谪的人,包括他和挚友刘禹锡,被朝廷征召回京。

贬谪永州十年了,梦想在他已经放弃之后,不经意间成真了。然而,京城等待他的,是一场新的打击。

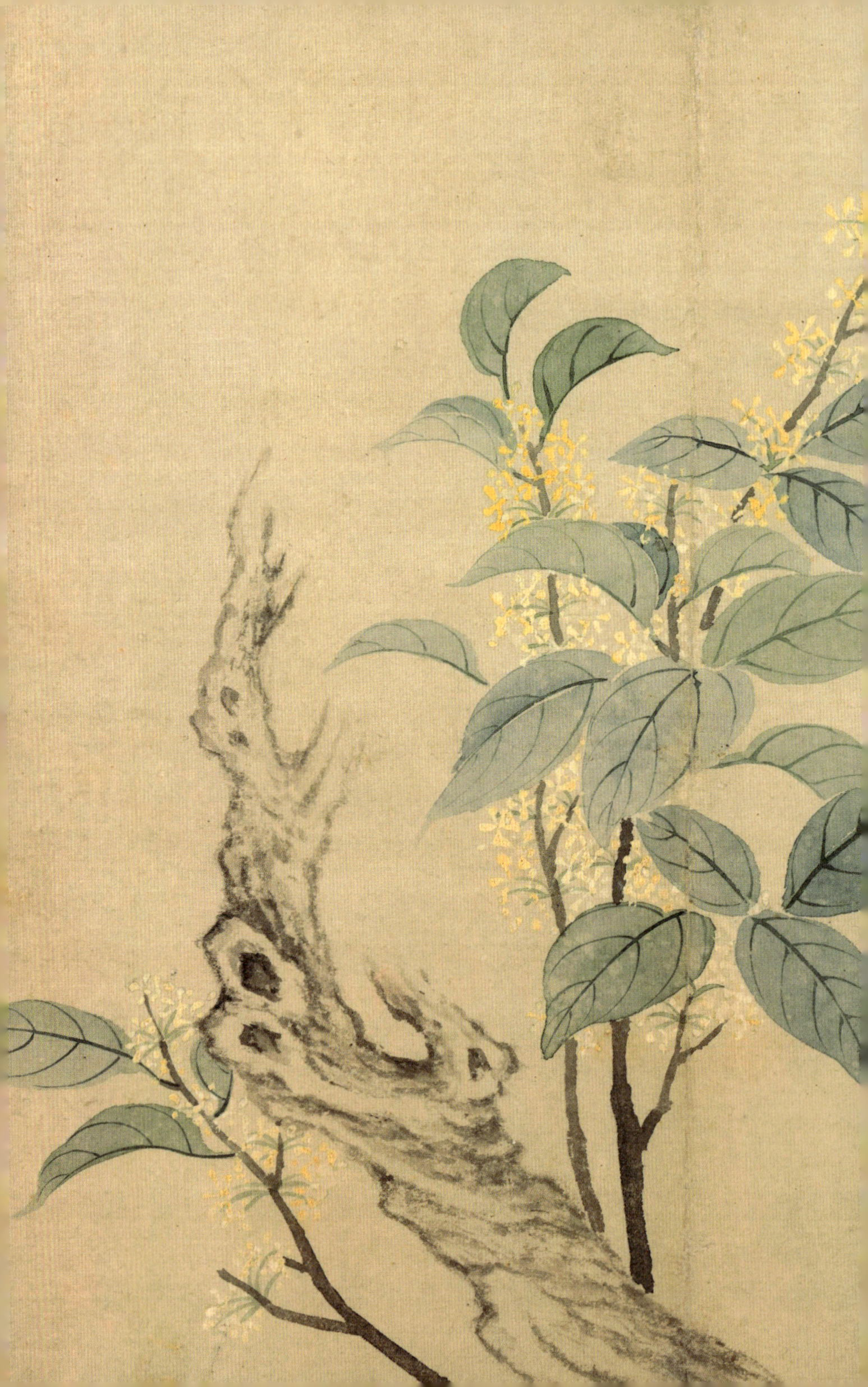

惆怅旧欢

枝上秋云金粟冷衣边香露玉杯凉
吴门客馆观元人本漫临寿平

唐诗里面不乏深致的思念，这些思念往往起于物候的微妙变化，比如月的圆缺，"海上生明月，天涯共此时。情人怨遥夜，竟夕起相思"（张九龄《望月怀远》）；比如季节的转换，"燕草如碧丝，秦桑低绿枝。当君怀归日，是妾断肠时。春风不相识，何事入罗帏"（李白《春思》）。这一类单纯的别离相思之苦，更多的是一种哀怨的愁绪。相比之下，李商隐爱情诗歌里的那些无端而起的悲凄愁绪，则是一种迷惘乃至绝望的孤独感。

这种特有的孤独感，来源于李商隐经历过的几段凄苦的爱情。少年时期的他，可能爱慕过一位女冠（唐代修道的女子头戴黄道冠，故称"女冠"）。青年时期，李商隐邂逅过一名叫柳枝的商人之女，或许也曾与另一名女子有过感情，这几段感情都没有得到期待的结果。李商隐有过两次婚姻，第一位妻子早早过世，对于这段婚姻，他并没有留给后人太多的信息。二十八岁左右，丧偶多年的李商隐，幸运地娶到泾源节度使王茂元的女儿，他与王氏感情甚笃，婚后却是聚少离多。不幸的是，在李商隐四十岁左右的时候，王氏病故。此后，他的幕主柳仲郢推荐一名仰慕他的营妓女子，为他纳妾，被他婉拒了，或许他对王氏念念不忘，或许感情上已经心境枯寂。这三四段感情经历中，最美好的，也是残酷的或许就是他与王氏的婚姻了。从李商隐写给王氏的多首诗歌中，读者都能够感受到这份婚姻的美满，这或许是对李商隐凄苦一生的最好补偿吧。然而，这段婚姻也带给他无尽的痛苦，不仅仅是王氏离世带来的思念之苦，而且是从他们结婚的开始，便被人贴上了背叛师门的标签,让他一生左右为难,这要从李商隐的身世和坎坷的仕途说起。

李商隐出生于一个衰落的基层官员家庭。虽然声称是李唐皇室的别支远亲,但这并没有给家族带来多少实际的利益,他祖上数代都是县令这样的底层官员。不幸的是,接连三代人都在青壮年时期便弃世而去,下一代只能依靠家族的女性来抚养,他的曾祖母就曾一个人照顾两代儿孙。李商隐大概出生于唐宪宗元和六年(公元811年)至元和八年(公元813年)之间。他出生时,父亲李嗣正担任河南道怀州府获嘉县令。这是家里的第一个男孩,或许是考虑到祖上三代年寿不永,李嗣给这个男孩起名商隐。秦末汉初,有四位白头年长的义士,见世道混乱,便在商山隐居不出,被称为"商山四皓"。后来在张良的推荐下,他们出山辅佐汉室。李嗣希望自己的孩子能够像"商山四皓"一样长寿,又能够像他们那样成为能够辅佐帝王的名士。父亲李嗣在五十岁左右死于两浙幕府的任上,当时只有十一二岁的李商隐,便承担起养家的重任。他靠给官府抄写文书、售卖舂米来获取微薄的报酬,维持全家的生计。同时,他立志求学,期待能够考取功名,改善家境。大概在十到十六岁期间,李商隐跟随自家的一位学养极高的堂叔求学。堂叔年轻时曾经参加过明经科的考试,后来奉养患病父亲二十多年,终身未仕。处士堂叔学问好、性格耿介,对李商隐学识、性格都产生了潜移默化的影响。

如果说寒微的出身带给李商隐的只是一种混合着自卑与自强的挣扎感,那么一生沉沦下僚、几度燃起希望又几度被浇灭的仕途遭遇,则是李商隐一生孤苦的根源。少年李商隐对命运的挣扎，最初也获得了幸运的眷顾。大和二年（公元828年），十九岁左右的李商隐来到东都洛阳，向令狐楚、白居易献上自己的文章拜谒。唐朝科举考试实行推荐制，考卷并不糊名，考官在考试之前就要了解考生的社会关系、才识等基本情况。因此，唐代士子在参加考试之前要"行卷"——将自己的作品献给有声望的前辈、要员，以期待得到他们的推荐，才能具备考试资格，也能够提高考中的概率。

这无疑是李商隐被厄运笼罩的一生中屈指可数的几次幸运之一：他的文章得到了两位前辈的赏识。尤其是时任东都留守的令狐楚，他让李商隐跟随自己的儿子令狐绹一起读书，并亲自教他们写文章、尤其是四六骈文，这既是参加科考必须要掌握的文字技能，也是今后入仕的必备技能，唐代的公文，惯例都是骈体文。不但如此，令狐楚还将李商隐招入自己所任职的天平军节度使幕府中，担任巡官。按照当时的制度，没有参加考试获取任职资格的人不能入幕，可见令狐楚是破格让李商隐入幕的。入幕之后，令狐楚还多次资助李商隐赴京考试。地方各州、县于每年冬天向朝廷上报当年赋税账目和贡品，时称"上计"。同时随同"上计"送去一批参加科举考试的人才，称作"随计"。当时郓州的"随计"推荐名额只有十几个，可见令狐楚对李商隐赏识之至，他们之间的情谊，远远超出了幕主和幕僚的上下级关系。

大和六年（公元832年），令狐楚调任太原尹、北都留守、河东节度使。李商隐跟随令狐楚来到太原，第二年再次在令狐楚的推荐下参加进士试，仍未考中。李商隐自称三次未果，均是遭到其他政治势力的排挤。大和七年（公元833年）六月，令狐楚调任检校右仆射兼吏部尚书。中央部门与地方幕府不同，官员皆由中央选拔任免，尚未通过科举考试的李商隐无法再跟随令狐楚到京任职。这年七月，李商隐投奔他的重表叔——华州刺史崔戎。次年三月（公元834年），崔戎转任兖海观察使，李商隐随至兖州任职。遗憾的是，崔戎到兖州一个多月就病故了。李商隐刚刚燃起的希望又意外地破灭了，失去了亲戚的照顾，李商隐只能返回郑州。

大和九年（公元835年），李商隐以郑州乡贡举子的身份再次"随计"赴京参加进士试。命运这次仍然没有眷顾于他，李商隐再次落第。是年十一月，宫中发生了骇人的"甘露之变"：郑注等人密谋诱杀宦官仇士良等人，反被宦官党察觉。仇士良等人劫持唐文宗，大肆杀戮朝官，宰相贾餗、王涯、舒元舆等被灭族。事变引动了京城暴乱，禁军假托搜查抢劫杀人，"**互相攻劫，尘埃蔽天**"（《资治通鉴》）。事变发生时，李商隐因处理家事回到郑州，未曾亲历，躲过了一劫，但是"甘露之变"却给李商隐带来了巨大的思想冲击，他写下了很多与此有关的诗歌。

开成二年（公元837年），在令狐绹的帮助下，李商隐终于进士及第。然而，命运刚刚开始眷顾他，又紧接着给他一个沉重的打击。十月份，就在通过关试等待吏部选调的时候，李商隐接到已调任山南西道节度使的令狐楚病重的消息，于是他紧急赶往兴元（今汉中，时为山南西道治所）辅助令狐楚处理公文事务。十一月中旬，七十多岁的令狐楚去世，这个世界上最赏识他、提拔他的人离他而去了。等李商隐陪同令狐绹兄弟将令狐楚的灵柩运回京时，他已经错过了吏部选调的时间，只好参加第二年春天吏部博学宏词科的考试。此次，吏部本欲录取他，报送到中书省时却被人驳下不取。

开成三年（公元838年）春，李商隐经人推荐，进入了泾源节度使王茂元的幕府中，负责起草公文。王茂元极为赏识李商隐，并将女儿许配给他。这本是一桩喜事，却给李商隐带来了极大的打击——令狐绹认为李商隐这是忘恩负义，令狐楚刚去世，他便改投家门。历史上有一种观点认为，当时朝廷存在着以李德裕为首的"李党"和以牛僧孺为首的"牛党"的党争，令狐家族亲近于"牛党"，而王茂元属于"李党"。李商隐夹于两党之间，被双方都看成是不忠不义之人。而近年来的研究观点认为，"牛李党争"更多存在于中高层官员之间，李商隐一生沉沦下僚，党争并没有波及他。

著名学者刘学锴先生便认为，李商隐个人在"牛李党争"中的倾向性，有一个发展变化的过程。早期的李商隐没有明显的党派倾向，他与令狐楚的关系，只是显贵长辈和寒门后学之间的情谊，不牵扯党派利益。令狐楚也不是严格意义上的"牛党"，与李德裕并无直接冲突。李商隐入泾幕娶王茂元之女，也非党争倾向所致，而是选官不成之后，寻找一个新的仕进途径，或是出于对爱情的追求。令狐绹对李商隐的不满，仅仅是出于他改换门庭的个人恩怨，不涉党争。"李党"失势后，核心成员悉数被贬或处死，此时李商隐却明显支持"李党"，先后加入被贬谪的"李党"成员郑亚、卢弘止、柳仲郢等人的幕府任职。在后人看来，相比于"牛党"一味排斥异己，结党营私，"李党"执政期间，在处理藩镇叛乱、边疆政策、宦官专权以及佛教等问题上做出了有利于国家和民生的政绩。可以说，李商隐支持失势的"李党"，更多的是出于个人对政治主张、是非曲直的判断。但是，李商隐也表现出性格上的软弱一面，尽管支持相对正义的"李党"，但是面对得势的"牛党"，不得不违心地诋毁李德裕。

开成四年（公元839年），心有不甘的李商隐再次参加博学宏词科的考试，终于通过了考试，被选为九品上的秘书省校书郎。这类官职，往往是提供给初次任职的士人的，人们戏称为"释褐之官"，从此之后，可以告别粗粝的褐衣了。数月之后，他被调整为九品下的弘农尉。任职期间，李商隐一度因为坚持公正判理一起案子，得罪了上司。他多次申请调回长安，并未得到允许。会昌元年（公元841年），李商隐辞去弘农尉，来到赏识他的华州刺史周墀的幕中，不久又被岳父王茂元紧急招入忠武军节度使幕中。次年，李商隐通过"书判拔萃科"的铨选，再次进入秘书省，任正字。刚赴任，他的母亲便病故，只得回乡守丧三年。两年后，岳父王茂元也离世了。

会昌六年（公元846年），守丧期满的李商隐回到秘书省正字的任上。这一年，唐武宗因服丹而崩，宣宗继位。依靠宦官拥立的宣宗执政后，极力打击"李党"，起用"牛党"。凡是武宗会昌年间的政策基本被废除，人事任用也全部翻盘。大中元年（公元847年），"李党"之首李德裕先是被贬到东都留守的闲职上，又被贬为潮州司马，第二年再贬为崖州司户，最终死在崖州。"李党"的郑亚被贬至桂林，驻节桂州（今广西桂林），任桂州刺史、桂管观察使。这一年的二月，李商隐应邀入郑亚桂幕。一年后，幕主郑亚却再被贬至循州（今广东惠州），李商隐罢幕回京。回京后,被朝廷选调为京郊的县尉,而在谒见京兆尹时,被留为京兆尹的掾曹。到了大中三年(公元849年)底,李商隐又应邀入徐州武宁军节度使卢弘止幕中。入幕仅一年多,幕主卢弘止也去世了。已经四十岁左右的李商隐再次失去幕职,只得从徐州返回长安家中。然而,在长安他迎来更大的打击:妻子王氏不幸病逝。

同年(公元851年)七月,李商隐得到了东川节度使柳仲郢的邀请,他将几个年幼的孩子交给他的同年兼亲友韩瞻照管,只身入蜀。五年后,柳仲郢征为吏部侍郎、充盐铁转运使,李商隐随柳仲郢回到长安,任盐铁推官,在此期间因公务短暂游历江东。大中十一年(公元857年),李商隐因病辞职,返回老家荥阳。大概一两年后,李商隐病卒于荥阳家中,年约四十八岁。

"虚负凌云万丈才,一生襟抱未尝开"(崔珏《哭李商隐二首·其二》),后辈崔珏悼念李商隐的这两句诗,可以说准确地总结了李商隐悲苦孤独的一生。李商隐的生命中那些短暂的欢愉和庆幸,都是此后悲伤和厄运的前奏。每次幸运刚刚开始眷顾于他,厄运便接踵而至,给他以沉重的打击。这种身世的卑微、命运的坎坷也深深影响了他性格,卑微又自尊,坚定执着又犹豫不决。

李商隐现存诗歌590多首,其中与爱情有关的诗歌有100多首。然而,任何试图从李商隐的生平遭遇来分析其诗歌本事的努力都是惘然的。李商隐是制谜的高手,他隐藏起真实的故事,又故意露出一些蛛丝马迹,引诱着读者参与他制作的文字游戏。同时,他又用自己惯用的障眼法——或是引用跟真实故事类似的典故,或是制造朦胧凄迷的意象,将私密的故事隐藏,又将瑰丽的词语开放,让阐释具备了多种可能,让试图考证真相的人们陷入迷宫。

细细翻检这些爱情诗歌,不难看出,李商隐的爱情孤独,大致有三个发展变化的阶段:

这种爱之孤独,起于对爱情的痴迷和执着。在故事的开始,李商隐诗歌中的倾诉者——他自己或是某个人,他们痴迷于爱情,却不幸地遭遇了重重阻隔。阻隔既有来自空间距离的,比如"刘郎已恨蓬山远,更隔蓬山一万重"(李商隐《无题·来是空言去绝踪》);也有读者无法猜透的、被人或者事情所阻断的,比如"隔座送钩春酒暖,分曹射覆蜡灯红"(李商隐《无题·昨夜星辰昨夜风》),即便是近在咫尺,也无法共处。

随着故事的发展,痴迷始终得不到想要的结果,阻隔无法突破,起初的执着,渐成绝望;绝望中闪现了犹豫和悔恨,"嫦娥应悔偷灵药,碧海青天夜夜心"(李商隐《嫦娥》);犹豫与悔恨之余,是更加坚定的痴迷与执着,"深知身在情常在,怅望江头江水声"(李商隐《暮秋独游曲江》)。

故事的结局,近于毁灭,"春蚕到死丝方尽,蜡炬成灰泪始干"(李商隐《无题·相见时难别亦难》);毁灭中伴随着无尽的痛苦与迷惘。这种迷惘中的孤独感,在李商隐的夫人王氏病逝之后,更加强烈和复杂。于是,李商隐在洛阳崇让宅的闺房里睹物思人时,那种由悼亡而起,又蔓延至人世无常的、痛彻骨髓的孤独感便产生了,"浮世本来多聚散,红蕖何事亦离披"(李商隐《七月二十九日崇让宅宴作》)。

这些爱情诗篇里,交织着希望与绝望、痴迷与悔恨的犹豫和迷惘。这些由爱之缺失而起的孤独中，浸透着世事的悲苦与命运的无常：那些如花一般美丽的爱情与生命，让人痴迷，却又如此短暂，如此高远不可企及。每一次执着追求，都如燃起的薰香渐渐化成寸寸的灰烬。明知结局如此，悔恨中依然痴迷于花开时的刹那美丽。在这些爱情诗篇里，藏着李商隐的一声喟叹：

春心莫共花争发，一寸相思一寸灰。

——李商隐《无题·飒飒东风细雨来》

一寸相思一寸灰

> 李商隐并不打算告诉我们事情的真相，
> 只是传达出一种爱情求之不得的苦痛和孤独感。

一

李商隐的爱情诗歌里，经常向读者传达一份欲言又止的私密感情，这也引发了历代诗歌阐释者的细密考证。有人认为，李商隐曾经与一位叫宋华阳的女冠有过恋爱或者私通。宋华阳可能是某位公主的侍从，唐代很多公主出家学道修行，与李商隐同时期的文安公主、浔阳公主、平恩公主等，都先后出家为女冠，但是这些猜测并无实证。李商隐十六岁时，来到位于济源的玉阳山，开始了一段三年左右的学仙修道的生活。玉阳山是当时的道教圣地，山中有一条叫作"玉谿"的溪水，李商隐自号"玉谿生"，便是来源这段修道生活。李商隐写过三十首与女冠情感有关的诗歌，在这些诗歌中，女冠往往是神仙的化身，却无法割舍人间的情感，想要冲破宗教清规的束缚，却又遭遇重重阻隔。她们身居仙境，令追求者感到缈不可攀：

无题

李商隐

紫府仙人号宝灯,云浆未饮结成冰。
如何雪月交光夜,更在瑶台十二层?

紫府仙人是可望而不可即的,一切接近她的想法都被及时地阻断了:正想要与她一起饮云浆仙酒,仙酒却突然结成冰;刚在雪月交映的夜晚看到她的身影,她却已然去了昆仑山的十二层瑶台之上。在一派空灵虚幻之中,美好的事物转瞬即逝,他们之间是不对等的,紫府仙人是俗世之人追求不到的。这种杳渺、迷惘的孤独,在《碧城三首》中再次出现。

碧城三首

李商隐

其一

碧城十二曲阑干,犀辟尘埃玉辟寒。
阆苑有书多附鹤,女床无树不栖鸾。
星沉海底当窗见,雨过河源隔座看。
若是晓珠明又定,一生长对水晶盘。

其二

对影闻声已可怜,玉池荷叶正田田。
不逢萧史休回首,莫见洪崖又拍肩。
紫凤放娇衔楚佩,赤鳞狂舞拨湘弦。

鄂君怅望舟中夜，绣被焚香独自眠。

其三

七夕来时先有期，洞房帘箔至今垂。
玉轮顾兔初生魄，铁网珊瑚未有枝。
检与神方教驻景，收将凤纸写相思。
武皇内传分明在，莫道人间总不知。

  碧城是道观的代称。道教的传说中，有一种海兽叫辟尘犀，用它的犀角做成梳子，梳头时尘土不会附着在头发上。另有传说，有一种观日火玉，可以辟寒。阆苑往往是指神仙居住的地方，仙家常常用鹤来传递书信。《山海经》中记载，女床山上有一种鸾鸟，当它出现的时候，天下安宁。有的解释者认为，玉辟寒、女床栖鸾，都是男女幽会的隐喻，在这组诗的另外两首中也做了连贯的隐喻：《碧城三首·其二》被认为是承接第一首幽会之后的分离，两人希望对方不要移情别恋，"不逢萧史休回首，莫见洪崖又拍肩"。又各自陷入独处的孤寂，"鄂君怅望舟中夜，绣被焚香独自眠"。而《碧城三首·其三》中，不知何故，期待的重逢落空了。或许是担心这不为世俗礼法所容的爱情私密被人发现，女方选择了服药堕胎，"玉轮顾兔初生魄，铁网珊瑚未有枝"。他们停止了通信："检与神方教驻景，收将凤纸写相思。"

  第一首诗的前四句，描写的是女冠修行的场所，它幽静清冷，如同仙界。仙界的视角，让人感受到了一种难以企及的距离感,凡人需要仰视它。在接下来的第三联中,这种遥不可及的阻断感,再次重现:女冠所居之处,高不可攀,透过她的窗子,可以俯视天宇,看到星沉海底。她坐的地方,可以俯视人间,看到雨过河源。星沉海底,也预示着天已经亮了;雨过河源,有人解释为男女云雨过后。颈联这两句或许是在说幽会结束,男女在离别之前,窗前隔座而坐,默默地看着外面的世界。"晓珠"有人解释为"太阳",也有人解释为夜明珠,或者露珠。"水晶盘"则可能是取典于赵飞燕的故事,传说中赵飞燕身体轻盈不胜风,汉成帝担心赵飞燕被风吹走,于是命人制作了一个有边沿的水晶盘子,让赵飞燕在水晶盘中跳舞。

无论如何解释,都无法说清楚"晓珠明又定"是一个怎么样的假设条件——"若是"在什么样的条件下,他愿意用一生呵护着这个易碎的水晶盘。盘子里也许是类似赵飞燕这样轻盈的仙女,也许是一颗明又定的夜明珠。然而无论是哪种解释,读者都能够感受到一种求不得的痛苦,他只能对着水晶盘——这个与思慕之人有关的物件,却永远无法接近那个思慕的人。一个在仙界,一个在凡间,他们不是同类,或许能够偶尔幽会,却终究是没有结局的。这种异类之间的相思,也多次出现在李商隐的其他诗歌中,比如一只蜜蜂和一只蝴蝶的相思,"花房与蜜脾,蜂雄蛱蝶雌。同时不同类,那复更相思?"(李商隐《柳枝五首·其一》)。明知道最终是没有结果的,但是他还是选择了痴迷的坚守,"一生长对水晶盘"。

二

有时候,李商隐有意地拒绝让他的读者区分一首诗是爱情诗,还是感遇诗,他经常以男女分离隐喻自己被令狐绹误解和抛弃的境遇。在一首《无题》诗中,李商隐吐露了这种因追求(爱情与仕途合二为一)遭遇阻隔之后迷惘无力,却又痴迷追求的孤独感:

无题

李商隐

重帏深下莫愁堂,卧后清宵细细长。
神女生涯元是梦,小姑居处本无郎。
风波不信菱枝弱,月露谁教桂叶香。
直道相思了无益,未妨惆怅是清狂。

清宵不寐,孤独的愁绪被缓缓蠕动的时间之蚕细细地咬噬着。楚襄王与巫山神女的朝夕幽会,原本只是虚幻的梦境,至今仍是幽居独处。柔弱的菱枝不胜风的摧折,芬芳的桂叶却得不到月露的滋养。末句的解释需要费一番思量:《汉书·昌邑王传》云,"清狂不慧",不狂似狂,谓之清狂。也有人认为,"清狂为不慧或白痴之意"(张相《诗词曲语辞汇释》),明明知道相思痛苦而没有结果,却始终痴呆地抱守着那一丝幻想。这首诗往往被认为是借闺中女子的相思之情,抒写身世遭遇之感。汪辟疆先生便认为是李商隐应"李党"的柳仲郢之辟入东川幕府,"决意令狐之诗也",

认为"月露谁教桂叶香"是感恩令狐楚与令狐绹的提携。末句则是感恩之情不被令狐绹原谅，相思无益，只得惆怅清狂自处。无论作为感遇诗，还是爱情诗，或者是兼而有之，都是在倾吐一种痴迷而不可自拔的孤独。

这首《重过圣女祠》也被认为是两解皆可的，假托写圣女，实则写女冠的爱情，又寄托着自己的遭遇。一般认为，这首诗写于大中十年（公元856年）春，李商隐跟随柳仲郢自梓幕返京途中。

重过圣女祠
李商隐

白石岩扉碧藓滋，上清沦谪得归迟。
一春梦雨常飘瓦，尽日灵风不满旗。
萼绿华来无定所，杜兰香去未移时。
玉郎会此通仙籍，忆向天阶问紫芝。

圣女祠位于大散关和陈仓之间，也有人认为圣女祠实际上是一座道观。再次来到圣女祠，这里已经衰败不堪了。前番来时"松篁台殿蕙香帏，龙护瑶窗凤掩扉"（《圣女祠》）的仙境不再；"上清"是道教中的仙宫，"上清沦谪得归迟"，暗喻着自己郁郁不得志的仕途遭遇。被碧苔藓掩盖的白石扉，是圣女自上清宫殿沦谪到凡间太久的印记。

古代的祠中往往树有灵旗。《汉书·郊祀志》载："画旗树太乙坛上，名灵旗。"春天的细雨连绵不绝，飘落在屋瓦上，凄迷而朦胧，如梦境一般；阴雨天的风是如此的虚弱无力，一整天都吹不起圣女祠前的灵旗,让人感到抑郁和无奈。这一联赋中有比,既是赋景,又是作喻,以眼前的迷蒙虚幻之景,映衬着内心那种难以言说的迷惘和沉郁。

颈联用一对典故加重了这种雨中的阴郁情绪:萼绿华和杜兰香均是道教传说中的下凡人间的仙女。萼绿华夜降于晋代羊权的家里,每个月来六次,来去无定。杜兰香则是与汉代一位名叫张硕的男子成婚,婚后便被西王母接回昆仑山上。她们就像这眼前的春雨一样,去来飘忽无定,令人捉摸不透。

无可奈何之际,却仍然痴迷其中,期待一个意外的到来:会不会有一位玉郎来帮助她,让她重登仙界。玉郎是一个掌管学仙薄录的小仙官。《金根经》载:"青宫之内北殿上有仙格,格有学仙薄录及玄名,年月深浅,金简玉札,有十万篇,领仙玉郎所掌也。"然而,在道教的仙官序列中,玉郎只是小辈官位,陶弘景《登真隐诀》载:"三清九宫并有僚属,其高总称曰道君,次真人、真公、真卿,其中有御史、玉郎诸小辈官位甚多。"玉郎有没有办法帮助她?其中隐含着对圣女的担心。尾联中会通玉郎摘取紫芝的期待,无法得到肯定的答复,它被颔联中迷惘沉郁的孤独情绪所笼罩了:

一春梦雨常飘瓦,尽日灵风不满旗。

三

如果说,《碧城三首》、《无题·重帏深下莫愁堂》和《重过圣女祠》中的孤独,是来自天界清规的阻断,那么,下面几首

元　倪瓚《楓落吳江圖》

《无题》中的孤独，则是源自人世间的阻隔。

无题
李商隐
昨夜星辰昨夜风，画楼西畔桂堂东。
身无彩凤双飞翼，心有灵犀一点通。
隔座送钩春酒暖，分曹射覆蜡灯红。
嗟余听鼓应官去，走马兰台类转蓬。

　　清代学者冯浩认为这首诗应是写于李商隐任职秘书省时，"兰台"是秘书省的代称。似乎不必拘泥于这一说法，作者也可能在多年以后追忆当年的"昨夜"。这首诗的起句界定了故事发生的时间，诗中的叙述者——男主人公，或许是李商隐，不妨暂且称为"他"——在追述昨夜发生的事情。次句点出了故事发生的地点，画楼和桂堂显示出了主人家的地位，或许是京城的某位权贵，有的学者便认为这是令狐绹的家宴，故事中的"女主人公"是令狐绹，李商隐借男女之情，写仕途中的被弃。也有人认为，这是李商隐依附的某位幕主家，更有甚者说是在其岳父王茂元的家宴上。故事中的女主人公无法考证出来，李商隐没有打算让他的读者猜透，这是他惯用的手法，他将真实的故事隐秘的同时，又将部分的片段开放，引发大家的猜想、参与。

　　这些臆测都可以搁置不论，读者仅需知道，画楼和桂堂是富贵华丽的空间，传达出来的信息是"阻断"——这是一个需要男主人公仰视的地方，类似于李商隐之于令狐家。他能够进入这个空间，却不能占有：他缺乏彩凤之翼，只是一只凡鸟。在别人的私宴上，男女主人公遇见了，他们或许是旧相识，或许是初见倾心。心灵的距离已经打通，然而物理空间上的一座之隔，却无法打通，他们之间的爱慕之情，无论是初见的羞涩，还是有悖礼法的私情，都是不被眼前这个热闹的空间所允许的。他们无法插翅飞越这层阻隔，一对相通的心灵感到了酒暖烛红中的孤寂：他们心神不定，期待着一处私密独处的空间，却又不得不陪衬着别人的热闹。大家费尽心思地猜测着送钩、射覆的酒令之谜，却无人在意他们的心思。

突来的鼓声打破了筵席的喧闹，人们骑上马赶赴衙司，不知道他们将要去处理什么紧急公务。猜谜的游戏就这样被终止了，没有人知道谜底是否被解开。随着走马远去的，还有记忆中昨夜让人痴迷的星辰和春风。

另一首《无题·相见时难别亦难》则是写别离之后的孤独，不妨作为上一首《无题·昨夜星辰昨夜风》之夜宴相逢的续章来看。

无题

李商隐

相见时难别亦难，东风无力百花残。
春蚕到死丝方尽，蜡炬成灰泪始干。
晓镜但愁云鬓改，夜吟应觉月光寒。
蓬山此去无多路，青鸟殷勤为探看。

首句言相见相离之苦痛。相见时难，即使见面了，恐怕又如上一首诗中所写，心有灵犀的两人席上相见，却只能在别人的热闹中，不得两相厮守。何况难得相见，却又遽然离别，内心便有无尽的悲苦。次句写别离之时的景象，暮春风软花残，无可奈何，只能任其憔悴枯萎。它在提醒世人：美好的东西总是留不住，比如春蚕终会死去，蜡炬终会化为灰烬。只有毁灭和死亡，才能停止这痴迷的相思。三四句为自叙，五六句则可以做两解：既可以理解为自己孤独地老去，孤独地在寒冷的月夜吟哦思念的诗篇；还可以理解为对思念之人的挂念与叮嘱，已经抱定至死不渝的信念，心疼对方会老去，心疼对方也经受着月夜下的孤独。

蓬山是道教里的杳渺不可及的仙境，青鸟是传说中西王母的信使。末句与《重过圣女祠》有异曲同工之妙，玉郎和青鸟，都是仙界中地位卑微的角色，寄希望于他们的帮助，实在是绝望之中仅存的一丝希望。也正是这一丝希望，让他至死不渝地坚守着。

四

在另一首《无题·飒飒东风细雨来》中，阻隔仍然来自人世间而不是仙界。然而，禁锢爱情的空间却不再是《无题·昨夜星辰昨夜风》里明丽的楼堂，而是更加幽闭的物件：香盒与深井。筵席的喧闹之声也消失了，只剩下自然界的声音：细雨与轻雷。阻断变得令人窒息，以至于绝望。

无题

李商隐

飒飒东风细雨来,芙蓉塘外有轻雷。

金蟾啮锁烧香入,玉虎牵丝汲井回。

贾氏窥帘韩掾少,宓妃留枕魏王才。

春心莫共花争发,一寸相思一寸灰。

对这首诗已经无法做出准确的背景推测,不知道李商隐在什么境遇下,又是受到何事的刺激之后写下了这首诗。如今只能从文字和引用的典故中去猜测它的背景。首联写春日的阴雨天气,呈现一片凄迷的景象,也奠定了全诗的忧郁迷惘的情感基调。诗中的主人公,是李商隐,还是其他人,是男子还是女子,都无从判断了。但肯定是一个心思细密之人,细雨的飒飒之声,和远处的隐隐雷声,也许只有一个人独处的时候才能够注意到。

颔联是一组关于幽闭的空间和静物的描写,孤独寂寞的人,往往会去探索这些幽闭空间的秘密。蟾是善于闭气的动物,古人喜欢在锁具上装饰金蟾形状的饰物,这里可能只是盛放薰香的器具,装饰有金蟾形状的鼻钮。一段香烧成灰之后,打开金蟾形状的鼻钮,可以更换新的薰香。玉虎则是井栏上的装饰,转动它可以牵动井索来汲水。香盒和深井,都是幽闭的空间,又都保留了开放的希望,它们需要有人来开启和搅动。

颈联照例是一组典故,这是七律的固有格式之一。《世说新语》里记载，有一位叫作韩寿的青年才俊，被贾充征为掾。贾充的女儿在帘后偷看韩寿，被其容貌所吸引。后来贾充的女儿与韩寿私通，并将一种外国进贡的香赠送给了韩寿。贾充通过韩寿身上的香气得知了他们私通的事情，并将女儿嫁给了韩寿。另一个典故则是关于曹植与甄宓的，曹植在他的《洛神赋序》中提到，曹植爱慕甄氏，请求曹操将甄氏赐予自己。但是，曹操却将甄氏赐给了曹植的哥哥曹丕。曹丕称帝后，甄氏因被郭皇后嫉妒、诽谤而死，曹丕将甄氏的金缕玉带枕头给了曹植。在这两则典故中，一个是美男子，一个是才子；一个是私通上司的女儿，一个是爱慕兄长的妃子。这种身份的悬殊和事件的私密，与《碧城三首》中的故事相像。它极有可能是同一个故事底本的两种表述：一个讲述为俗世的私通，一个讲述为凡间与仙界的幽会。李商隐引用这两个典故，或许想要隐晦地诉说什么。这丝隐晦，大概率指向一份遭遇重重阻隔的爱情。他的很多诗歌中都有类似的隐晦典故、意境，李商隐并不打算告诉我们事情的真相，只是传达出一种爱情求之不得的苦痛和孤独感。

所以，在这首诗的尾联中，李商隐将这种孤独感表现得刻骨铭心：思念之情随着春天的花一起争相萌发，随着时间的推移，每一次春心的萌发，都如同薰香一样，在装饰有金蟾的、封闭的香盒里面，极其缓慢地、一寸寸地烧成灰烬。然而，在这一寸寸的灰烬中，又一次次燃起希望的春心：那些封闭的空间，会不会突然地打开——金蟾之锁开启，封于香盒的往事，滑落在地；玉虎之栏搅动，沉于井底的谜语，涌出水面。

那些私密的故事，会不会突然出现一个峰回路转的结局——就像贾充的女儿，最终得到了她思慕的美男子韩寿；就像曹植行至洛水之滨，突然遇见了升仙的宓妃，她从仙界返回人间来看他。

柒 只是当时已惘然

> 李商隐有一种先验的敏感,
> 他的孤独感往往比别人来得更早、更透彻、更深刻。
> "断无消息石榴红",是谜底揭晓之后的遗憾。
> "只是当时已惘然",则是在爱情的开始,
> 就预料到了必将悔恨的结局。

李商隐的诗歌中,常有一种迟暮的孤独感。有时候,李商隐独自驱车登上一座古原,叹惜着夕阳的壮美和残酷,"夕阳无限好,只是近黄昏"(《登乐游原》)。有时候,他会怜悯雨中的一池枯荷,"秋阴不散霜飞晚,留得枯荷听雨声"(《宿骆氏亭寄怀崔雍崔衮》)。

迟暮的情感孤独,往往起于时间的消逝,或者美好事物的零落。迟暮意味着,时间突破了内心期待的临界点。在临界点之前,漫长的等待中带有一丝哀伤和痴迷的期许。临界点之后,最初的执着开始松动和崩溃,紧抱着一丝希望,等来的结局却是绝望,"曾是寂寥金烬暗,断无消息石榴红"(《无题·凤尾香罗薄几重》)。

迟暮的孤独感,还源自人事的变迁和心意的回转。迟暮也意味着错失,漫长等待中,人事变迁,不复昔时。李商隐是软弱和犹豫的,他宣告的至死不渝的执着,由于迟暮而变得迷惘,一丝错失的悔恨从中升起,"嫦娥应悔偷灵药,碧海青天夜夜心"(《嫦娥》)。

一

随着时间一起陈旧和凋零的,是那些美好的物件和鲜活的生命。

精致的物品不容易得到,即使得到了,也不容易呵护。越是珍贵和易碎,越是让人期待和珍惜。在《无题·飒飒东风细雨来》中,装饰精致的香盒和井栏,预示着主人高贵的身份。李商隐的语言总是隐秘的、沉默的,他只告诉你珍贵物品的存在,至于故事的主人公是否得到了它,它有没有被完整地保存,只能由读者自己来想象。同时,他又给人一种不好的预感,让人担心精致被破坏。这种担心在另一首诗《日射》中出现,这里不再是冰冷的香盒和死寂的井栏,而是一对鲜活的生命:

日射
李商隐
日射纱窗风撼扉,香罗拭手春事违。
回廊四合掩寂寞,碧鹦鹉对红蔷薇。

幽闭的空间再次出现:回廊被人为地四面关闭,这是一个深锁的院落。日影移动,射入幽居者的纱窗,提醒她时间在消逝。不知何时,风吹动了门扉,响声引起了一场美丽的误会,期待的人并没有来叩响门扉。这样的误会,《金瓶梅》里也写过。第三十八回里,潘金莲苦苦地盼着西门庆能到她的房里来,"等到二三更，使春梅连瞧数次，不见动静……猛听得房檐上铁马儿一片声响，只道西门庆敲得门环儿响，连忙使春梅去瞧。春梅回道：'娘，错了，是外边风起，落雪了。'"而《日射》中陪伴这位女子的，只有学舌的碧绿鹦鹉，对着初夏开放的红色蔷薇。蔷薇的开放告诉她，孤独地等待了又一个春天，她仍然是一个人幽居在深院里。除了无法被深院锁住的风，没有人来叩响她的门扉。"碧鹦鹉"和"红蔷薇"既是传达独处的孤寂，更是隐藏着一种幻灭，一种绝望的孤独：如此美丽而富有生趣的生命，它们将消失于幽闭的空间和无尽的时间之中。

在下面这首《无题》诗里，同样也看不到《无题·相见时难别亦难》的"蓬山此去无多路，青鸟殷勤为探看"和《重过圣女祠》中"玉郎会此通仙籍，忆向天阶问紫芝"的期待和坚守：

无题
李商隐

凤尾香罗薄几重？碧文圆顶夜深缝。
扇裁月魄羞难掩，车走雷声语未通。
曾是寂寥金烬暗，断无消息石榴红。
斑骓只系垂杨岸，何处西南任好风？

与美好的回忆一起被搁置和冷落的，是曾经绣有凤尾的香罗、精心缝制的碧纹圆顶百子帐——这都是新婚用的物品。不知何故，回忆中初次相见时，团扇半掩下女子的羞涩和男子殷勤往来的车马声，这一切都终结了。有人在独自面对空房的灯烛或是薰香，以及院中自开自落的石榴树。一直等到房内的灰烬熄灭，火光暗了下去，外面的石榴花又一次红了起来，期待的消息仍然没有到来。

在清代人冯浩对此诗的笺释中，"斑骓"被认为是化用了乐府《清商曲·吴声歌》中的《神弦歌》第十曲："陈孔骄赭白，陆郎乘斑骓。徘徊射堂头，望门不欲归。"陆郎已经无法确定指的是谁，清人朱鹤龄认为，陈、孔、陆均为狎客。"斑骓只系垂杨岸"，"只"字是主人公的一丝嗔怪：思念的人系马岸边，并没有做出另一个人心中期望他做出的更进一步的行动，空间的距离并不遥远，可是系马的人，望门踟蹰不归。然而没有风的帮助，无法将主人公吹到思念之人的怀中，叙事者希望得到"风"———一种不可把握的外力的帮助，却又不知道"何处"能有这阵风。他系住了马，她焦急而无助，只能在心里嗔怪："没有风的帮助，我也过不去。"这是令人伤心的故事。这像极了郑愁予《错误》一诗中的失落：

错误

郑愁予

我打江南走过
那等在季节里的容颜如莲花的开落

东风不来，三月的柳絮不飞
你底心如小小的寂寞的城
恰若青石的街道向晚

> 跫音不响，三月的春帷不揭
> 你底心是小小的窗扉紧掩
>
> 我达达的马蹄是美丽的错误
> 我不是归人，是个过客……

有时候，李商隐还会把自己想象成一只离群的流莺：

> 巧啭岂能无本意，良辰未必有佳期。

历来的笺释认为，《流莺》是以咏物来抒发漂泊无所依托，又不被人理解甚至被令狐绹误解和冷落的凄婉之情。实际上，《流莺》是在咏物（莺）的题材中夹杂着爱情的主题，最终抒写的，是身世遭遇的孤独感。不妨仅从爱情的角度来看：流莺乖巧而专注地歌唱，却并没有人欣赏和爱惜。这是令人惋惜的，与"断无消息石榴红"（《无题·凤尾香罗薄几重》）中期待的时间早已过去相比，《流莺》中的时间节点刚刚好，正是三春良辰。然而意外发生了，被期待的，甚至是被人许诺过的良辰，并没有变成结遇良缘的佳期。"未必"二字，透露出叙事者在追忆往事时的遗憾和后悔：曾经痴迷地以为美好的事情必然在未来发生，这个教训是刻骨铭心的。

《锦瑟》也是充满了遗憾的回忆。它是李商隐最为著名的作品，如果只允许给李商隐选一首代表作的话，恐怕多数人还是会选择《锦瑟》。这首诗被认为是作于李商隐临终之前,是诗人对其一生过往的总结,是他生命的终章。

诗歌取首二字为题,实际上也是无题,这是来自《诗经》传统的取名方法。先秦时期的很多作品都是没有题目的,有些题目也是后人为了方便区分而代拟的。李商隐的"无题"则是有意为之,题目以及自序,原本是方便阅读者了解诗歌写作的目的,李商隐则有意将这些叙事的部分隐去,刻意制造一种朦胧的私密感,诗歌失去了叙事和议论,却让意象和情绪更加突出。

"锦瑟"二字,本身就暗含着一个悲伤的典故,《汉书·郊祀志》中记载:"泰帝使素女鼓五十弦瑟,悲,帝禁不止,故破其瑟为二十五弦。"当然,历代关于"锦瑟"二字的解释不止于此,有人认为"五十弦"应为"廿五弦"之讹误,素女所用的弦,正是二十五弦。也有说是两张二十五弦瑟,合为五十弦瑟。还有人认为是"十五弦"之误,根据是《吕氏春秋》中所记载的另外一则典故。综合来看,五十弦较为合理,一则,典籍中本来就有五十弦瑟的存在;二则,李商隐此时年岁约为四十八岁,接近五十岁,次句"一弦一柱思华年",便是他病重之际历数一生形迹的象征。

对于本诗而言,历来解说纷纭,有人认为是单纯的咏物诗歌,有人认为是政治诗歌,也有人指出是李商隐自叙其诗歌创作的心法。诸种解释,以主张"悼亡说""自伤说"者为多。刘学锴先生、余恕诚先生在其《李商隐诗歌集解》中,对各家之说有着详细的辨析,认为悼亡一说虽有一些根据,也有地方略显牵强，不如"自伤身世"说更加合理。实际上，不必苛求于证实某一说，李商隐诗歌本身就是开放性的，自伤身世，也包含着自伤爱情经历中的坎坷，虽然不能确定是悼念王氏，但是不能排除其中有遣悼亡之悲怀的因素。

锦瑟

李商隐

锦瑟无端五十弦，一弦一柱思华年。
庄生晓梦迷蝴蝶，望帝春心托杜鹃。
沧海月明珠有泪，蓝田日暖玉生烟。
此情可待成追忆，只是当时已惘然。

诗歌的首联，以咏物起兴，兴中有比。"无端"接近于没来由、无心之意。孤独的愁绪不知因何而起，见到五十弦的锦瑟，便联想到了自己年近五十，人生已经转入迟暮之年。或许是，见到锦瑟，睹物思人，想起过世六七年的妻子王氏。颔联和颈联，是四个迷离而哀伤的意象。第三句中的庄生梦蝶，来自《庄子·齐物论》：

> 昔者庄周梦为胡蝶，栩栩然胡蝶也。自喻适志与，不知周也。俄然觉，则蘧蘧然周也。不知周之梦为胡蝶与，胡蝶之梦为周与？

庄周在梦中变成自由自在的蝴蝶，蝴蝶并不知道自己原本是庄周。等他醒来惊讶地发现,自己仍然是庄周。不知道是庄周梦见变成蝴蝶,还是蝴蝶梦中变成了庄周。李商隐将庄周梦蝶的时间放置在睡梦将要结束的早晨,"晓梦"意味着梦之短暂和即灭,梦醒之后,迷离之中分不清是耶非耶——这是对美好梦境的依恋,他并不想醒来。

第四句中"望帝"的故事,今见于《华阳国志·蜀志》及《文选·蜀都赋》注中所引的《蜀记》:

> 昔有人姓杜名宇,王蜀,号曰望帝。宇死,俗说云宇化为子规。子规,鸟名也,蜀人闻子规鸣,皆曰望帝也。

子规鸟,又名杜鹃鸟。传言望帝化为子规之后,日夜悲鸣,啼血染红杜鹃花。古人常以"子规"入诗,赞其死后仍然执着追求。"庄生梦蝶"与"杜鹃泣血",二者却都是虚幻的,是能够相互转化的:庄生是蝶,蝶即是庄生,望帝是杜鹃,杜鹃即是望帝。一联之内,形成了"痴迷于圆满"与"痛彻于遗憾"的反差对比。

第五句"沧海月明珠有泪",则是化用了海中鲛人泣泪变成明珠的传说。《博物志》记载:

> 南海外有鲛人,水居如鱼,不废绩织,其眼泣则能出珠。

《别国洞冥记》亦载:

> 其人乘象入海底取宝，宿于鲛人之宫，得泪珠，则鲛人所泣之珠也，亦曰泣珠。

古人认为，"月满则珠全，月亏则珠阙"，天心月圆的美好时节，却是鲛人泣泪最多的时刻。

第六句"蓝田玉暖日生烟"，虚幻如烟雾之中，留存了一丝氤氲和融的温暖。《长安志》记载：

> 蓝田山在长安县东南三十里，其山产玉，亦名玉山。

美玉虽暖，却隔着烟雾，可望而不可即。颔联两句，也是圆满与遗憾并存。

虽然无法从李商隐的生平遭遇中挖掘四个意象所指向的事件，但能够感受到它们传达的情绪是一致的：凄迷哀怨。它们预设的结局也是一致的：曾经圆满，终归虚幻。诗歌的尾句，便是对经历四种意象之后的总结："此情可待成追忆"，是追忆曾经执着追求的美好和圆满；"只是当时已惘然"，是喟叹追求的徒劳。"当时"二字似乎是在说，并不是结束之后才如梦方醒，追求的当时就预感到，事情原是不可企及的。

李商隐有一种先验的敏感，他的孤独感往往比别人来得更早、更透彻、更深刻。相比于"曾是寂寥金烬暗，断无消息石榴红"（《无题·凤尾香罗薄几重》）谜底揭晓之后的遗憾，"此情可待成追忆，只是当时已惘然"（《锦瑟》）便是提前预知了必将到来的迟暮。

当别人期待满月的圆满,李商隐却在月缺之日,便感受到月圆之日未必美满的遗憾:

月
李商隐

过水穿楼触处明,藏人带树远含清。
初生欲缺虚惆怅,未必圆时即有情。

当别人期待未来的时候,他却感受到今天可能已经是最好的。李商隐应试落第后,来到泾源王茂元幕中,借歌咏雨中败落的牡丹述说仕途的遭遇,在题为《回中牡丹为雨所败二首·其二》一诗的结尾,李商隐将孤独的愁绪向前延伸,等他日牡丹凋零之后,再回忆今日牡丹虽为雨所败,却仍有一些新鲜的粉态,好于日后之枯萎凋零:

前溪舞罢君回顾,并觉今朝粉态新。

这是一种彻底的绝望,一种先验的遗憾,一种无法挽回的迟暮之孤独。

二

这种敏感是令人痛苦的,让李商隐饱受煎熬,在孤独的等待中,他由最初"若是晓珠明又定,一生长对水晶盘"(《碧城三首·其一》)的执着，渐渐生出了"人间桑海朝朝变，莫遣佳期更后期"(《一片》)的悔意，这既是对未来幻想的破灭，也是对前尘旧梦的悔意。他还意识到，引发这种情感孤独的，除了时间的消逝和好物的零落，还有人事的变迁：或者是一些猝不及防的客观的意外，或者是思慕之人主观心意的迁移。

春　雨
李商隐

怅卧新春白袷衣，白门寥落意多违。
红楼隔雨相望冷，珠箔飘灯独自归。
远路应悲春晼晚，残宵犹得梦依稀。
玉珰缄札何由达，万里云罗一雁飞。

在这首《春雨》中，诗人以淡淡的离愁起句。"白袷衣"，是唐代人居家休闲所穿的一种白色夹衣；在南朝民歌中，"白门"是男女郊游欢聚的场所。思念的人远去之后，自己一个人像是失去了魂魄一样闲居无聊，重游白门故地，想起往日的情景，或是看到郊游的人群之中，已经没有她，不胜寥落。回忆中充满了阻隔：红楼里，斯人已去；抑或是，当时也只能是隔着雨仰望红楼。对他而言，红楼是一个封闭的空间，进不去，也等不出。只能打着灯笼一个人回去，他看到灯前细雨如同珠帘一般飘荡，灯中的雨丝便是孤独的愁绪。伊人离开的时间是在晚春，长夜难眠，唯有在黎明时分断续的梦中依稀可见她的身影。玉珰是一种耳珠，古人以玉珰为定情的信物，随书信一并寄赠女方。然而，路途遥远，纵使有云雁相助，玉珰和信件也无法寄达了。诗歌的最后，一丝悔意在晚春中升起：或许在离别之前，就应该尝试着将玉珰送出。

李商隐的爱情诗歌中，极少透露真实事件的原委，只是传达一种情绪和感受。即便是李商隐明白揭示了诗歌的主旨，读者也会陷入迷雾中。李商隐在二十多岁客居洛阳时，曾经邂逅一位名叫柳枝的女子，他罕见地将这次相遇展示给了读者。他在《柳枝五首序》中写道：

> 柳枝，洛中里娘也。父饶好贾，风波死湖上。其母不念他儿子，独念柳枝。生十七年，涂妆绾髻，未尝竟，已复起去，吹叶嚼蕊，调丝擪管，作天海风涛之曲，幽忆怨断之音。居其旁，与其家接故往来者，闻十年尚相与，疑其醉眠梦物断不娉。
>
> 余从昆让山，比柳枝居为近。他日春曾阴，让山下马柳枝南柳下，咏余《燕台诗》，柳枝惊问："谁人有此？谁人为是？"让山谓曰："此吾里中少年叔耳。"柳枝手断长带，结让山为赠叔乞诗。明日，余比马出其巷，柳枝丫鬟毕妆，抱立扇下，风鄣一袖，指曰："若叔是？后三日，邻当去溅裙水上，以博山香待，与郎俱过。"余诺之。会所友有偕当诣京师者，戏盗余卧装以先，不果留。雪中让山至，且曰："为东诸侯取去矣。"
>
> 明年，让山复东，相背于戏上，因寓诗以墨其故处云。

柳枝是居住在洛阳某个里坊的姑娘,她的父亲是商人,不幸死于水上事故。母亲不怎么挂念儿子,唯独担心女儿柳枝。十七岁的时候,柳枝便已经熟练演奏各种乐器,有时候梳妆未毕,就去吹拨弹奏,常常演奏出一些幽怨忆旧的声音,或许是她在回忆过去那一段没有结果的爱情,柳枝曾经与人交往多年,但是最终并没有被聘娶。李商隐的昆兄李让山,与柳枝是邻居。在一个春日,李让山来到柳枝家门外的柳树下,吟诵李商隐所作的《燕台诗四首》——这是一组哀伤凄美的爱情诗。虽然晦涩难懂,柳枝却听懂了,惊问让山这是谁写的,是为谁所写的。让山告诉柳枝,这是他年少的从弟所作。柳枝扯断一条长带结成结,请求李让山将此结送给李商隐,求李商隐为她作诗。第二天,李商隐骑马从柳枝的门前巷口经过。柳枝和丫鬟梳妆打扮一番,拿着扇子等李商隐经过。她请李商隐三日后到自己家中来,她会点燃博山香等候。然而,李商隐爽约了,他说他原本要去长安参加进士试,约定与人同行,朋友却偷拿了他的被子先走了,他不得不去追,这是一个多么敷衍的借口。春日结束,冬天来临。下雪的时候,让山也来到长安,他带来了柳枝的消息,东边的一个大户人家娶走了她。

第二年,李让山东归洛阳。李商隐在戏水送别让山,并请他将自己新作的《柳枝五首》题写在柳枝家门口的墙上,那是他们见面的地方:

柳枝五首

李商隐

其一

花房与蜜脾，蜂雄蛱蝶雌。
同时不同类，那复更相思？

其二

本是丁香树，春条结始生。
玉作弹棋局，中心亦不平。

其三

嘉瓜引蔓长，碧玉冰寒浆。
东陵虽五色，不忍值牙香。

其四

柳枝井上蟠，莲叶浦中干。
锦鳞与绣羽，水陆有伤残。

其五

画屏绣步障，物物自成双。
如何湖上望，只是见鸳鸯？

《柳枝五首》模仿了南朝乐府《子夜歌》《读曲歌》的歌调，通俗易懂。首章以蜜蜂与蝴蝶作喻，它们虽然同时在春日出现，却不是同类，相爱必然没有结果。曾经费尽心机地制造与柳枝相遇的机会，但是当爱慕他的柳枝约他相会的时候，年轻的李商隐却反悔了。"被子"是一个荒唐的谎言，以今天的观念来看，他反悔的理由是羞涩和懦弱的。然而，以当时的人的观念来看，为了追一条被子而放弃一个姑娘的选择，似乎又是明智的，司空见惯的。唐代社会仍然是注重门第出身的，婚姻首先是政治、仕途的纽带，感情是婚姻的附赠品。结婚的对象必须是门第相当的，王维的父母就是贵族婚姻中门当户对的典型，一个是太原王氏，一个是博陵崔氏，这是保证家族长盛不衰的关键。当然，女方下嫁的情况也是常有的。李商隐这样的寒门子弟，能够娶王茂元这样的中高层官员的女儿，很大程度上在于王家看好这位青年才俊的前程。

在唐代，商人的地位是非常低的。他们的子弟不得参加科举，只能世代经商，他们的女儿，往往只能嫁与富贵人家为妾，难以成为正室之妻。在古代的婚姻文化和社交文化中，妻与妾有着严格的区分。妻是主人，妾是奴婢。妻是唯一的，是需要明媒正娶的，除非休妻或者丧偶，男子不得再娶妻，而妾是可以有多个的，如同有很多奴仆一样。作为男主人正室的妻子，往往是出身和男主人大致相当，甚至更高贵的家庭，作为家族中的女主人，她管理着内务和妾。妾则是地位卑微的，她们多数是妻子娘家的陪嫁丫鬟，或者是男主人豢养、购买的乐籍女子，有的是官方在册的官妓，命运悲惨。在社交场合中，男主人的妻子是不可以被谈论和冒犯的，而纳养的官妓甚至妾是可以被公开品评谈论的，这在当时竟然会被视为一种风雅的事情。妓和妾也可以像礼物一样赠送给他人。李商隐居天平军幕时，曾向令狐楚献诗，赞美他的一位做过女冠的侍妾,柳仲郢也曾介绍他的乐妓给李商隐纳妾。白居易《燕子楼诗序》记载,他有一次参加徐州张尚书的私宴,张尚书让他的爱妓盼盼佐宴。张家败落之后,盼盼独居燕子楼,不再嫁人。杜牧所作的《张好好诗》中,官妓张好好先是跟随沈传师,后又被让给沈传师的弟弟为妾。多年后,杜牧在洛阳的酒肆中重见张好好,她已经沦落为卖酒女。柳枝嫁给东边大户人家之后的遭遇,无从得知,大致和张好好、盼盼的苦难命运一样。

了解了唐代社会环境之后,或许能对李商隐的反悔和逃避有了些许的理解。另外,不妨跳出故事本身来看李商隐的逃跑。《柳枝五首序》这个故事的真实性很难确定,宇文所安先生在《他山的石头记》一书中提到过一种可能的猜测,柳枝的故事连同序中提及的《燕台诗》,或许是李商隐为了提升自己的诗名而杜撰的故事——他预设的读者是京洛的士大夫圈子。类似于科举之前的"行卷",他需要被人了解。在这种可能性中,宇文所安先生看到了两个李商隐:

> 一个李商隐,在浪漫话语的参与者面前把自己呈现为浪漫情人的形象;另一个李商隐,在对于提携后进感兴趣的男性读者群体面前把自己呈现为一个年轻才子、再世李贺的形象。……诗人对于吸引柳枝这样的读者和对吸引洛阳的显宦应该同样感到快意。

换言之,无论从故事内部的叙述——李商隐为了赴京赶考逃离了柳枝,还是从故事外在的编写目的——传播自己的名声

《董小宛像》

来看,似乎都与李商隐想要追求的仕途有关。为了前途,忍痛放弃了爱情。与其说是追他的被子,不如说是逃离了柳枝。去追一条被子实际上就是去追求功名和前途,逃离柳枝实际上就是逃离了年少冲动和迷惘的自己。反悔和逃离是懦弱的,但至少是善良的,在尚未开始之前便反悔和逃离,远好于那些始乱终弃的人。唐代传奇小说中有很多才子佳人的故事,元稹以自己为原型所写的《莺莺传》、蒋防所写的《霍小玉传》,都是男子对所追求的女子始乱终弃的结局。这或许是李商隐逃离柳枝的根本原因。

所以,《柳枝五首》的第二、三两首,表达的是作者内心的哀伤和对柳枝境况的担忧。"本是丁香树,春条结始生"是回忆春天相见的美好,也是对迟暮的叹惜。以丁香结子这一微观的变化,来指代整个春天的结束,这一修辞手法,在其《代赠二首·其一》中再现:"芭蕉不展丁香结,同向春风各自愁。"芭蕉和丁香,虽然同在一个春天里,却并非同类,好似两个差异悬殊之人,又天各一方,只能各自哀伤。而"玉作弹棋局,中心亦不平"则是借棋弹的跳动,抒发心中的不平和遗憾。在第三首中,李商隐借《采莲赋》的"碧玉小家女,来嫁汝南王"来写柳枝嫁给了富贵人家,自己只能哀怨和悔恨。第四首则是用鱼和鸟来比喻自己和柳枝,他们水陆两隔,各自悲伤。在第五首中,他只能一个人孤独地看着那些成双成对的物:画屏与步障,双宿双栖的鸳鸯,这再次引发了内心的幽怨与悔恨。

令柳枝姑娘倾心的《燕台诗四首》，堪称是李商隐最为隐晦难懂的诗歌之一。它以春、夏、秋、冬的顺序，写一年四季的相思之苦，回忆一段悲伤的爱情往事。如同李商隐的其他诗歌一样，再多的笺释，也无法确定这组诗歌的主题，或许是李商隐自身的经历，或许是他人故事的编织。虽然不是明确的女冠故事，但是诗中频繁出现幻化的魂魄和道教传说中的仙境，为诗歌叙事的场景增加了虚幻迷离的氛围，时空的跳跃和词句的华丽，增加了诗中情绪的缠绵悱恻，也刻意地抽空了故事的细节，私密被隐藏，只剩下了凄婉和悲伤，飞蛾扑火的执迷，若有若无的悔恨。这让人惊艳，又让人怅然。

燕台诗四首·春
李商隐

风光冉冉东西陌，几日娇魂寻不得。

蜜房羽客类芳心，冶叶倡条遍相识。

暖蔼辉迟桃树西，高鬟立共桃鬟齐。

雄龙雌凤杳何许？絮乱丝繁天亦迷。

醉起微阳若初曙，映帘梦断闻残语。

愁将铁网罥珊瑚，海阔天翻迷处所。

衣带无情有宽窄，春烟自碧秋霜白。

研丹擘石天不知，愿得天牢锁冤魄。

夹罗委箧单绡起，香肌冷衬琤琤珮。

今日东风自不胜，化作幽光入西海。

春光冉冉的陌上，一只失落的"娇魂"，如同蜜蜂与飞鸟一样，在花间枝头一遍遍地寻找它的旧相识。"几日娇魂寻不得"，主语并不确定，所以无法得知诗歌的叙述者是男性还是女性，是娇魂在寻找，还是有另一个精魄在寻找"娇魂"。综合各家所说来看，诗歌的叙述者似乎是一名男子，他来到故地，寻找一名女子的"娇魂"。找了好几天都找不到，终于，在春烟暖暖的桃树林西，见到了梳着高高的、桃状发髻的女子。这是唐代女子的一种流行发型，在敦煌莫高窟的壁画中经常能够见到。"暖蔼辉迟"，预示着时间已晚，有一丝不好的预感，也是一丝抱怨，事情来得太迟了。何况，迷离的春烟让人分不清，是真的找到了女子，还是男子来到曾经与女子共同游历的桃树下，在恍惚的回忆中想见了女子的模样。

恐怕是落空的可能性更大，诗歌接下来并没有二人相见的描述，而是进行了转场：已是恼人的暮春时节，柳絮漫天飞舞，雄龙和雌凤仍是相隔杳渺。下午时分，一个醉酒的人醒来了，迷糊中将下午当成了早晨。耳畔依稀还听到梦中之人的细语，却只剩下只言片语。此处，时空突然跳转，无可奈何之际，他幻想能够像铁网捞取珊瑚一样，从茫茫的大海中捞取什么，或许是对方的踪影，或许是方才梦中人的言语碎片。结果是徒劳的，他迷失在宽阔的海天之中，不知道自己身在何处。相思令人独自消瘦，而自然界兀自无情地变换着季节，春烟绿后，秋霜又白，时间一如既往地流逝，它并不理会孤独之人的感受。然而，孤独之人的思念之情却如同丹石一样赤诚，不知能否以这番赤诚感化上天，锁住冤魂，不令其离去。

夏天来了,人们换上了单衣,收起了夹衣,挂着玉佩的肌肤感受到了换衣之后初夏的微凉。一天的苦苦追寻结束了,春天也结束了。愁绪随着象征春天的东风渐渐减退,又随入夜的幽光,慢慢地沉入了西海。

燕台诗四首·夏

李商隐

前阁雨帘愁不卷,后堂芳树阴阴见。
石城景物类黄泉,夜半行郎空柘弹。
绫扇唤风阊阖天,轻帷翠幕波渊旋。
蜀魂寂寞有伴未?几夜瘴花开木棉。
桂宫流影光难取,嫣薰兰破轻轻语。
直教银汉堕怀中,未遣星妃镇来去。
浊水清波何异源?济河水清黄河浑。
安得薄雾起缃裙,手接云軿呼太君。

如果说,《春》之章是写白日的苦寻,《夏》之章则是写深夜的密约。诗歌的色调突然由春日之明媚变成夏夜之幽暗。

夏天到来,阁前堂后,树木荫郁,阴雨绵绵。这让整个石城幽暗无光,仿佛是黄泉地狱一般,又似夜半时分。孤独地行走在阴暗的城市里,即便是潘岳这样的美少年,也无人投来爱慕的果子。《晋书·潘岳传》云:

> 岳美姿仪……少时常挟弹出洛阳道，妇人遇之，皆联手萦绕，投之以果，遂满车而归。

幽暗中，男主人公想到了远在异乡的女子，她此时或许正孤独地坐在房间里，摇动手中的绫扇，唤醒那自天界吹来的风，翠绿而轻盈的帷幕，如水面的微波一样荡漾起来。没有人来陪伴，寂寞的她仿佛是传说中蜀国的君王望帝，化为子规鸟，孤独地啼叫，血泣不止。多少个南方的夜里，火红的木棉花在烟瘴中静静开放。回忆起往昔月夜之下，吐气如兰，耳畔轻语。如果银河能够坠入我怀中就好了，这样牛郎织女就不用苦于来去奔波。然而，清清的济河水与浑浊的黄河水，终究不是一个源头。你我二人南北异域，仙凡异种，重重阻隔，难在一起。多么希望你身着细裙，从薄雾中驾车而来，我用手揭开车上你用云做的帘幕，轻唤你的名字。

燕台诗四首·秋
李商隐

月浪衡天天宇湿，凉蟾落尽疏星入。

云屏不动掩孤嚬，西楼一夜风筝急。

欲织相思花寄远，终日相思却相怨。

但闻北斗声回环，不见长河水清浅。

金鱼锁断红桂春，古时尘满鸳鸯茵。

堪悲小苑作长道，玉树未怜亡国人。

瑶琴愔愔藏楚弄，越罗冷薄金泥重。

> 帘钩鹦鹉夜惊霜，唤起南云绕云梦。
> 双珰丁丁联尺素，内记湘川相识处。
> 歌唇一世衔雨看，可惜馨香手中故。

《秋》之章的前四句，似是承接《夏》之章的夜境。此时独坐房中的，似乎是女方。月光浸湿天宇，不知不觉中，月已落尽，星光入户。屏风遮挡了紧蹙的双眉，秋风吹得楼顶檐上的铃铛叮叮急响。孤独的人，对于声音是敏感的，热闹之时不曾留意的琐细之声，衬托了更深的孤寂。本想要将织就的花与信件寄给远方的人，却又无端地生起了满腹的怨念。寂静之中，只听见仙人用北斗酌取酒浆的回声。随着时间的流逝，清浅的银河消失于夜空。女子以前居住的地方，被用金鱼装饰的锁深深锁住了，红桂花树的香气断了，织着鸳鸯的褥子落满了灰尘，原来私家的小苑变成公众的行道。世易时移，有谁还怜惜当年与陈后主一起歌唱《玉树后庭花》的人呢？

女子如今客居南方楚地，瑶琴弹拨出了悲怨的楚地之声。百越之地的罗衣轻薄，不耐秋寒，寒冷中感受到了衣服上装饰的金泥的重量。帘钩上的鹦鹉，被夜里的霜惊醒，啼叫声打断了她的南国的梦。寄来的耳珠丁零作响，信中回忆他们在湘川相识的地方。无奈双方远隔南北，难再相见。那轻轻歌唱的唇，将一生衔着泪水，反复读这封信件。可惜的是，对方留在信件上的暗香，终将在手中慢慢地消失。

燕台诗四首·冬

李商隐

天东日出天西下,雌凤孤飞女龙寡。
青溪白石不相望,堂中远甚苍梧野。
冻壁霜华交隐起,芳根中断香心死。
浪乘画舸忆蟾蜍,月城未必娟娟子。
楚管蛮弦愁一概,空城罢舞腰支在。
当时欢向掌中销,桃叶桃根双姊妹。
破鬟倭堕凌朝寒,白玉燕钗黄金蝉。
风车雨马不持去,蜡烛啼红怨天曙。

  冬天意味着结束。冬日是短暂的,太阳刚出来就又落下了,日复一日。雌凤、女龙均指女子,她仍是一个人独居。男女双方,就像清溪小姑与白石郎君,相隔遥远,互不相见。女方居住的地方,比舜帝所葬的苍梧之野还要遥远,无法达到。想来她居住的地方非常寒冷,墙壁上结起冰霜。良缘随着花树的香根一起断掉,思念之心也几欲枯死。于是,他乘着画舸回忆当时的一些情景,初见她时,惊如月中嫦娥。如今想来,她也未必就如同嫦娥一样美丽。思绪再次飞向南方的所在,想象中,她仍会像以前一样拨弄管弦,只是所用的乐器变成了蛮楚之地的乐器。

  或许她仍会跳起舞蹈,然而舞罢只剩下寂寞的空城和被孤独消损的腰肢。曾在掌上舞蹈的桃叶桃根姐妹,早已香消舞歇,当时的欢乐也慢慢消失了。如今,容颜已老,懒于梳理鬓鬟,金玉的首饰也闲置了。独自一个人坐在漫长的冬夜里,忍受寒冷的侵袭。风雨不能化成车马载着她离去，她只能独自对着蜡烛涕泣到天明。

《燕台诗四首》的孤独情绪，随着季节的变化发生了改变。从最初《春》之章"几日娇魂寻不得"的执着追寻，到《夏》之章"蜀魂寂寞有伴未？几夜瘴花开木棉"的幽怨牵挂，所写的是由离别、仙凡相隔的阻断导致的情感之孤独。春夏之时，期待尚未落空，仍是一片痴迷不渝的坚守。在夏天到来的时候，还曾幻想着对方能够乘坐着云车来相见，能够轻唤对方的名字。然而，随着天气转冷，一年将尽，痴迷的坚守开始瓦解和松动。秋天的时候，怨恨生起，"欲织相思花寄远，终日相思却相怨"，此时的怨恨仍是由爱而生，并未心死。只不过，春夏之中流露过的一丝犹豫和绝望，开始蔓延和扩大了，他再次敏感地预感到了结局："歌唇一世衔雨看，可惜馨香手中故。"自春历冬，临近岁暮，期待的结果没有到来。《冬》之章中，从第六句"芳根中断香心死"开始，痴迷坚守的信念开始动摇了，悔恨渐渐升起，思念中女子的美好形象不再，"破鬟倭堕"。往昔的欢乐眼睁睁地消失，直到最后因绝望而崩溃，独自在寒夜里哭泣。

三

当李让山在墙外吟哦《燕台诗四首》时，可怜的柳枝姑娘，是否听懂了诗中隐含于痴迷背后的悔恨？李商隐对柳枝反悔的原因多半是出于对前途的考虑，但是《燕台诗四首》中的主人公，为何始于痴迷，终于悔恨？就无从知晓了。《嫦娥》一诗中也有这种在执迷与绝望之间犹豫不决的悔意：

嫦娥

李商隐

云母屏风烛影深，长河渐落晓星沉。
嫦娥应悔偷灵药，碧海青天夜夜心。

嫦娥奔月的故事，来自《淮南子·览冥训》："羿请不死之药于西王母，姮娥窃以奔月。"从时间上看，从深夜写入，以清晨收束，孤独的嫦娥通宵不寐。从空间上看，触及孤独的媒介，由近及远，从面前幽深的烛影，次及夜空遥远的银河，再写早上的"晓星"，层层推开，推至缥缈的月宫中，引出了寂寞、后悔的嫦娥。明月从青天沉入碧海，夜复一夜，每个夜里嫦娥都在孤独中度过，每一夜都在后悔当初偷药奔月的选择。可以说，"夜夜心"写尽了无人陪伴的孤独。

《嫦娥》中引发作者感慨的，或许是某位孤寂的女冠后悔当初学道的选择；或许是自己后悔某一段感情经历，比如对柳枝的错过；或许是感慨自身遭遇，后悔某次错误的选择，让他被令狐绹误以为背叛恩主；或者是三者混合在一起，一并吐露。具体原因并不重要，重要的是，在诗人的内心之中，有着"痴迷与悔恨"的博弈。执迷不悟的，要么是未经岁月磨砺的少年的孤独，要么是不敢面对内心中不完美的自己，或者违心地维护完美的形象而撒下了谎言，如元稹的"曾经沧海难为水，除却巫山不是云"（《离思诗五首·其四》），当时信誓旦旦，过后又是多么的苍白。而李商隐《燕台诗四首》《嫦娥》中的"痴迷与悔恨"的博弈，或者由痴迷到悔恨，再到绝望的变化，则是中年的孤独。对于中年人来说,"人生过处惟存悔"(王国维《六月二十七日宿硖石》)。

　　李商隐的这种后悔与孤独,来自对自己的"错误"的正视。《燕台诗四首》和《嫦娥》脱胎于南朝以来的闺怨诗歌传统。但是,在传统闺怨诗中的孤独,侧重的是迟暮之伤和空闺之怨。如:

闺怨
王昌龄
闺中少妇不知愁,春日凝妆上翠楼。
忽见陌头杨柳色,悔教夫婿觅封侯。

或又是独守空房的孤独:

怨情
李白
美人卷珠帘,深坐颦蛾眉。
但见泪痕湿,不知心恨谁。

而李商隐"悔恨"题材的诗歌,超越了闺怨诗一味写"怨恨"的传统。超越体现在两个方面。一方面,"怨恨"的形式,由简单的皱眉流泪、愁绪不展,深化成了无可奈何和绝望。比如,"碧海青天夜夜心"(《嫦娥》),一颗夜夜孤独之心,孤零零地在寒冷的碧海青天之中。诗歌以月之升落——宇宙规律的亘古不变,衬托了"夜夜心"——也便是孤独之心,所经受的煎熬如同夜空一样深,如同星月一样持久不散。另一方面,李商隐在"悔恨"中加入了对心灵孤独的抒写。《嫦娥》中"碧海青天夜夜心"的悔恨,不再是由于男子的征戍或者移情别恋,而是由于自己的错误——偷灵药/学道。

这是古典诗歌传统中罕见的对自我的反思和剖析。相比之下,现代人能够更加深刻地剖析自己的心灵,敢于面对错误的自己。诗人张枣的名作《镜中》,便充满了这样直面自己的悔意。这也是一次起于情感的错误:

镜中

张枣

只要想起一生中后悔的事

梅花便落了下来

比如看她游泳到河的另一岸

比如登上一株松木梯子

危险的事固然美丽

不如看她骑马归来

面颊温暖,

羞惭。低下头,回答着皇帝

一面镜子永远等候她

让她坐到镜中常坐的地方

望着窗外,只要想起一生中后悔的事

梅花便落满了南山

解释张枣这首成名之作的难度,不亚于解读李商隐的《锦瑟》。自1984年问世以来，很多学者、新诗人对《镜中》进行了各种各样的解读，它被认为是张枣"试图从汉语古典精神中衍生现代日常生活的唯美启示的诗歌方法"的早期尝试之一。《镜中》或许受到过李商隐一些诗歌的启发。由于镜子的存在，让诗歌的意象变得如《锦瑟》一样朦胧、迷离。确定这首诗歌的抒情主体是一件困难的事情，钟鸣在其《笼子里的鸟儿和外面的俄耳甫斯》一文中分析，《镜中》有"八种交错的隶属人称关系"。有时候难以区分是"我"，还是镜中的我。"我"和"皇帝"是什么关系，是不是一个人？恐怕很难有确定和统一的答案。

"只要想起一生中后悔的事／梅花便落了下来"，在古典诗歌中，梅花往往是孤独和洁身自好的隐士的象征。张枣的用字极其讲究，"梅"和"悔"字形相近，原本无形的悔意具象化，成为轻盈的梅花。梅花的出现，让原本可能是沉重的悔，变得轻盈而朦胧——它隐去了悔恨的具体缘由和事件。事件本身对心生悔意的人来说，是不堪回首的隐私。梅花落了下来，这是古典诗歌中常有的迟暮感，花谢预示着春天的结束，美好的结束，而且是不可挽回的结束。

如同李商隐一样，《镜中》的叙述者欲言又止，隐藏的同时又散落事情的一些碎片，让读者从蛛丝马迹中猜测后悔的原因。有人将日常的事情看作是危险的，"比如看她游泳到河的另一岸／比如登上一株松木梯子"。这个人或许是"皇帝"，他有着不容挑战的至上权力，"她"渡河和登高的任性，挑战了"皇帝"的控制欲。这个"皇帝"仿佛是既专制又开明的，不能容忍"她"去做"皇帝"认为的危险的事情——尽管在"她"看来这并不危险，而且觉得这些事情是美丽的，冒险是刺激的。或许是因为对于"危险"与"美丽"定义的分歧，或许是"她"不再能够忍受以爱为名义的固执和专制行为，"她"离开了她的"皇帝"。这让"皇帝"后悔了。"皇帝"希望"她"能够骑马归来，像昔日那样乖巧、温顺、羞涩。李商隐的《瑶池》里，西王母也希望她所思念的穆王骑着骏马重来：

瑶池
李商隐
瑶池阿母绮窗开，黄竹歌声动地哀。
八骏日行三万里，穆王何事不重来？

《穆天子传》中记载，周穆王西游昆仑山，遇到了西王母。二人在瑶池宴饮，并约定三年后，如果未死，便重来相见。然而，穆天子虽然有日行三万里的八匹骏马，却再也没有回来。有人认为，这首诗是讽刺唐武宗求仙，以穆王之死讽刺学仙无益。也有人认为是悼亡，次句"黄竹歌声动地哀"预示着穆王已崩。实际上，如果将这首诗作为爱情诗歌来看，也是说得通的。穆王死去，或者不知道什么原因导致穆王爽约了。苦等的"阿母"希望"看他骑马归来"。

"一面镜子永远等候她／让她坐到镜中常坐的地方。"或许是"皇帝"希望"她"回到他习惯于"她"常坐的地方，这仍然是带有一丝爱的专制和强硬。或许是诗歌的叙述者"我"，希望"她"回到镜中常坐的地方，其中则是带有一丝祈求。祈求时光倒回，回到后悔的事情发生之前。

诗的结尾"望着窗外，只要想起一生中后悔的事／梅花便落满了南山"，与诗的开头"只要想起一生中后悔的事／梅花便落了下来"也形成了镜中的结构，互为镜中映像。不同的是，结尾部分所流露出来的孤独感更深了。诗人、学者西渡便说："'梅花便落了下来'发展为'梅花便落满了南山'，好像电影中的纵深镜头，一下子把诗歌的空间推向远方。"

《镜中》的"皇帝"，让人不禁联想到了李清照的丈夫赵明诚。搜集金石碑拓，是他一生最为痴迷的事情。在太学做学生的时候，他就经常典当衣物换钱，去相国寺附近购买他喜欢的这些文物拓片，回家跟妻子李清照一起玩赏。在《金石录后序》中，李清照这样回忆这段年轻时光：

> 后屏居乡里十年，仰取俯拾，衣食有余。连守两郡，竭其俸入，以事铅椠。每获一书，即同共校勘，整集签题。得书画彝鼎，亦摩玩舒卷，指摘疵病，夜尽一烛为率。故能纸札精致，字画完整，冠诸收书家。

入仕之后的赵明诚，更加痴迷，近乎疯狂地收集书籍、文物，每得到一件新的东西，都会认真地整理、校勘、题签。收集的藏品及其对藏品的用心程度，为当时收书家之冠。这些精致的物件，最初给他们夫妇二人带来了无尽的欢愉，李清照难忘这些快乐的场景，她回忆说：

> 余性偶强记，每饭罢，坐归来堂烹茶，指堆积书史，言某事在某书某卷、第几页第几行，以中否角胜负，为饮茶先后。中即举杯大笑，至茶倾覆怀中，反不得饮而起。甘心老是乡矣，虽处忧患贫穷，而志不屈。

闲暇无事的时候，他们两个人坐在归来堂上烹茶，并以"赌书"消遣：李清照的记性胜于赵明诚，便指着家藏的书，说某个事记录在哪本书、第几卷、第几页、第几行。回答正确的话，便先饮茶为胜。兴奋之余，茶倒在了怀中，洒落一身。清人纳兰性德无比羡慕二人的婚姻生活，曾在一阕《浣溪沙》中写道："赌书消得泼茶香，当时只道是寻常。"

> 收书既成，归来堂起书库大橱，簿甲乙，置书册。如要讲读，即请钥上簿，关出卷帙。或少损污，必惩责揩完涂改，不复向时之坦夷也。是欲求适意而反取僭栗。余性不耐，始谋食去重肉，衣去重采，首无明珠翡翠之饰，室无涂金刺绣之具。

不曾想到的是，这种单纯的快乐，因为藏品的增多而生出了琐细的分歧和轻微的怨恨。赵明诚越来越看重自己的藏品，他建起了书库，制定了保存和阅览藏品的一些严格的规则，不能再随意存放和阅读，"如要讲读，即请钥上簿，关出卷帙"。更为严苛的是，如果图书不小心被污损了，就要接受一些小小的惩罚。这些规则与惩罚，仿佛是他官场上一些工作守则和奖惩条例的缩小版。规则的引入，让此前的融洽开始出现裂痕，李清照觉得被束缚了，"不复向时之坦夷"，她的反应是"余性不耐"。

不久之后，靖康国难，金人犯京师，众人四顾茫然。李清照和丈夫挑挑拣拣，载着十五车方便运输的书籍器物南逃，留下十余间房屋的藏品，藏于青州老家。十二月底，青州陷落，十几间房子的藏品，成为灰烬。

> 建炎戊申秋九月，侯起复知建康府。己酉春三月罢，具舟上芜湖，入姑孰，将卜居赣水上。夏五月，至池阳，被旨知湖州，过阙上殿，遂驻家池阳，独赴召。六月十三日，始负担，舍舟坐岸上，葛衣岸巾，精神如虎，目光烂烂射人，望舟中告别。余意甚恶，呼曰："如传闻城中缓急，奈何？"戟手遥应曰："从众。必不得已，先弃辎重，次衣被，次书册卷轴，次古器，独所谓宗器者，可自负抱，与身俱存亡，勿忘也。"遂驰马去。

他们一路随着朝廷逃难至建康，先后辗转建康、芜湖、姑孰。他们刚在池阳安家，赵明诚却又被调任湖州。临行前，李清照心中不安，问即将远行的丈夫，如果池阳陷落，我该怎么办呢？赵明诚此时却是"葛衣岸巾，精神如虎，目光烂烂射人"，他说，看其他人怎么办就怎么办吧。万不得已，先丢弃家产，其次是衣物，其次是藏书，再次是"古器"，一些古代的器具。最后，是他最珍贵的藏品——夏商周时期的祭祀用的宗器。在赵明诚眼中，这些宗器比生命还重要，他要求妻子李清照与宗器共存亡，并不忘叮嘱她,"勿忘也"。单纯而愚钝的赵明诚,天真地认为,他的妻子李清照的想法和他是一样的,他并没有觉得自己这种叮嘱,如同"皇帝"的命令一样,让李清照不安。此时的赵明诚,像极了张枣《镜中》的"皇帝"。下达了命令之后,赵明诚从李清照的世界里驰马而去,因为湖州有重要的公务等着他处理。

故事的结局是不幸的,赵明诚随后病死湖州任上。他所珍爱的藏品,成了李清照流亡路上的累赘。李清照先后奔走于台州、剡县、黄岩、温州、越州、杭州、四明等地。一路上,她按照丈夫的嘱托,悉心爱护着它们,却又一路散落,还被人欺盗。最终,"所有一二残零不成部帙书册,三数种平平书帖,犹爱惜如护头目",李清照依然像爱护头和眼睛一样保护着它们,它们是丈夫的嘱托,是她那已经亡故的"皇帝"的命令。

捌 浮世本来多聚散

> 那是秋风吹动桂花树的声响,
> 不是你起来的声音。
> 我再也等不到你了。

唐文宗开成三年（公元 838 年），二十八岁左右的李商隐与泾源节度使王茂元的女儿结婚。此时他的第一任妻子已经病故多年了，李商隐较少提及第一任妻子的情况，却经常提到王氏。对于一位寒门子弟来说，能够娶节度使的女儿，算是高攀了。更为难能可贵的是，夫妻二人情投意合。他们时常联词唱和，李商隐曾回忆说"春风犹自疑联句，雪絮相和飞不休"（《过招国李家南园二首·其一》）。从一些忆内的诗中，可以看到李商隐对夫人王氏的倾慕之情。他常常赞美王氏的贤惠美丽，他说"莫将越客千丝网，网得西施别赠人"（《病中早访招国李十将军遇挈家游曲江二首·其二》）。李商隐娶王茂元之女后，遭到了恩家令狐绹的鄙弃。待他如师如父的令狐楚刚过世不久，李商隐便入王茂元幕府中。在李商隐看来是生计所迫，在令狐绹看来，即便不涉及"牛李党争"，却也是"忘家恩，放利偷合"。另外，王茂元选婿，更多是觉得年轻才俊李商隐未来可期。然而，李商隐仕途坎坷，一生潦倒，必然承受着来自王茂元家族的无形压力。从李商隐的一些诗文中可以看出，夫人王氏和李商隐共同分担着这些外在的压力，她心甘情愿地跟随李商隐生活。

何况，自从王氏嫁入之后，李商隐大部分时间在各个地方幕府中奔波，一两年就会调换一次，他们聚少离多。一个富贵家族的小姐，默默承担起了家庭的重担，并无怨言。这或许是古代多数妇女的命运，王氏像极了李商隐所写的《日射》一诗中的女子，听到风吹动门扉的声响，会误以为是归人。一个人孤独地守着深院，看鹦鹉和蔷薇："日射纱窗风撼扉，香罗拭手春事违。回廊四合掩寂寞，碧鹦鹉对红蔷薇。"十三年的婚姻生活，她绝大部分时间都是在等，等着李商隐归来，又怔怔地看着他离去。

一

只是这次红蔷薇初开的时节，她没来得及等到丈夫李商隐的归来。大中五年（公元851年），武宁节度使卢弘止去世。四十岁的李商隐再次失去了幕职，从待了一年多的徐州返回长安。然而，就在李商隐罢幕回京的路上，他一生中最珍爱的人永远离他而去了，只留下一张锦瑟：

房中曲

李商隐

蔷薇泣幽素，翠带花钱小。
娇郎痴若云，抱日西帘晓。
枕是龙宫石，割得秋波色。
玉簟失柔肤，但见蒙罗碧。

> 忆得前年春，未语含悲辛。
> 归来已不见，锦瑟长于人。
> 今日涧底松，明日山头檗。
> 愁到天池翻，相看不相识。

这首《房中曲》写于王氏病故后不久。《房中曲》是乐府诗歌的旧题，在汉代的时候便经常用于悼亡。诗歌从清晨梦醒时分写起，李商隐喜欢写清晨，很多诗歌中带有"晓"字，"庄生晓梦迷蝴蝶"(《锦瑟》)，"长河渐落晓星沉"(《嫦娥》)等，或许是诗人一夜似睡未睡，残梦依稀。清晨又是梦境破灭的开始，重新回到了现实的人间。

诗歌的前八句是触景思人，目光由帘外的景物缓缓转回床前枕上：帘外的蔷薇花小如钱，叶绿如带，花上的露珠如同哭泣的泪水。懵懂无知的孩子尚不能理解失去母亲的意义，仍在西帘下痴睡。王氏生前用过的石枕上仍然留着她的光泽，竹簟上却看不到她的人，只盖着一层碧罗被。

后八句是抒发思念之悲苦与孤独。李商隐回忆起他们的最后一面，应该是前年春天，李商隐离家返回徐州卢弘止幕府之前，王氏沉默不语，面露悲辛之色。除了离散的愁绪之外，或许王氏此时已经染病，有不祥的预感。"归来已不见，锦瑟长于人"，等李商隐回到家的时候，已经再也看不到她，只见她生前用的锦瑟静静地安放在原处。锦瑟的寿命竟比它的主人长。

"涧底松"的比喻来自左思《咏史》："郁郁涧底松，离离山上苗。以彼径寸茎，荫此百尺条。"原本可以参天的松树，因为生长于涧底，竟被生长于山上的小苗所遮挡。"檗"是一种黄木，味苦。在汉乐府中，常用黄檗来形容人生的辛苦。"今日涧底松，明日山头檗"，是将悼亡之痛与身世之悲融为一体，今日郁郁不得志，明日仍将为艰辛的生活所累。这种孤独的愁绪，或许要等到天地翻转才能消解，那时或许能够再次与妻子王氏相见，却又担心再相见的时候，相互认不出对方了。明人钱龙惕便说末句是"设必无之想，作必无之虑，哀悼之情，于此为极"。苏轼悼念夫人王弗的一阕《江城子·乙卯正月二十日夜记梦》中的"纵使相逢应不识，尘满面，鬓如霜"，或许便是从李商隐这一句化来的。

王氏病故于初夏，蔷薇花开的时节。同年七月，柳仲郢调任东川节度使，辟李商隐为节度书记。此时，李商隐的家事仍未料理完毕，直到九月份才启程入川。临行前，李商隐曾回到位于洛阳崇让坊王茂元的旧宅。他和王氏婚后曾在洛阳崇让宅居住过一段时间，七月二十九日这一天，他和王家的兄弟喝了一些酒，一个人来到崇让宅院子里的池塘前。

七月二十九日崇让宅宴作

李商隐

露如微霰下前池，风过回塘万竹悲。
浮世本来多聚散，红蕖何事亦离披？
悠扬归梦惟灯见，濩落生涯独酒知。
岂到白头长只尔，嵩阳松雪有心期。

首联写初秋夜景，夜深露重，疾风吹过曲折回绕的池塘，竹子发出萧瑟的声响。颔联因景生情，由时序之夏秋更替，想到了刚刚去世的妻子，想到人世的聚散无常。人世已然是漂泊不定，再看到池塘中的红荷，不知因何事兀自凋零，仿佛是不解人情，前来增加人世间的伤感。颈联承接颔联，将丧妻之痛、人世聚散、无常之悲，向孤独的更深处推进：从今以后，只有在梦中能够见到妻子，从恍惚的梦中醒来之时，陪伴自己的只有一盏孤灯。一生寥落，只有酒知道自己的孤独。尾联由孤独推至绝望，人世间欢乐已尽，或许唯有归隐山林可以解除悲伤与孤独。末句看似解脱，实则无解，乃至于绝望。

另一首题作《正月崇让宅》的诗，可能是李商隐晚年因病回乡，重访洛阳崇让宅时所作。此时崇让宅的景致，已经破败不堪了。当然，也有人认为并非作于此时，只是一首隐含着偷情或者私会情节的诗歌，他们从诗歌中看到了阻隔——密锁重关、廊深阁回，和试图冲破重重阻隔的失败尝试——闯入者惊扰了蝙蝠和老鼠，蝙蝠和老鼠终被帘子和窗网阻隔在外。这种解释从字面上来看有一定的合理性。不过，很难想象李商隐会在岳丈王茂元的家里与人私会，理或难通。如果看作是思念王氏之作，则更为合理。

正月崇让宅

李商隐

密锁重关掩绿苔，廊深阁回此徘徊。

先知风起月含晕，尚自露寒花未开。

蝙拂帘旌终展转，鼠翻窗网小惊猜。
背灯独共余香语，不觉犹歌起夜来。

主人离去之后，绿苔占领了这些幽深曲回的廊阁庭院。多年之后重访旧地的李商隐，在月色中将重门层层开启，仿佛要向人道出一些封锁的秘密。然而秘密马上又被隐匿：含晕的月朦胧凄迷，带露的花苞尚未开放。月和花都是寒冷的、凄凉的。同时又都是圆形的、封闭状态的，一个被圆形的光晕遮挡，一个被圆形的露珠封锁，诗人并不想透露更多心事。来到昔日的房间中，回想起与王氏一起居住在这里的情景，而今斯人已逝。辗转难眠之时，听到蝙蝠拂动帘旌、老鼠翻动窗网的声音。或许这是当年两人住在崇让宅时发生的情景，王氏曾经因为蝙拂帘旌、鼠翻窗网不能入睡，或者是因为这些动静而惊恐害怕。房间中仿佛还残留着王氏的余香，如今只有李商隐一个人背着灯自言自语，不知不觉中，唱起南朝乐府《起夜来》的歌谣："飒飒秋桂响，非君起夜来。"——那是秋风吹动桂花树的声响，不是你半夜起来的声音，我再也等不到你了。

二

不期而至的死亡，令人束手无策。最初的痛贯心肝和无可奈何，可以通过时间的流逝来缓慢地弥平。每逢此时，人们或许会用命数、无常来宽慰自己。陶渊明所说的"死去何所道，托体同山阿"（《拟挽歌辞》），便是时间给出的解药。亲友死亡带来的痛苦可以抚平，死亡的事实可以接受，但是它带来的孤独却难以遣散。这种孤独是潜藏于心底的，无论过了多长时间，看到亡人旧物仍在，如锦瑟（"归来已不见，锦瑟长于人"《房中曲》）、床簟（"更无人处帘垂地，欲拂尘时簟竟床"《王十二兄与畏之员外相访见招小饮，时余以悼亡日近不去，因寄》），或者看到亡人曾经居住的故居的变迁（"密锁重关掩绿苔"《正月崇让宅》），那种天人永隔的孤独感便被这些旧物触发。

而有时候，触发悼亡之孤独的，是曾经习以为常的生活习惯。李商隐写过很多与雪有关的诗歌，如《喜雪》《对雪》《忆雪》《残雪》等，"雪"往往带有夫人王氏的身影。其中《对雪二首》是大中三年（公元849年）冬月赴徐州卢幕前所写，"欲舞定随曹植马，有情应湿谢庄衣"，将王氏比喻成晶莹无瑕的白雪，在他将要离去的马前回旋飞舞，有情的雪又沾湿了他的衣服，不忍他离去。这些有关"雪"的诗歌，都是写在王氏生前的。下面这首《悼伤后赴东蜀辟至散关遇雪》则是写于王氏去世之后。大中五年（公元851年）十月，从洛阳崇让宅回来的李商隐，处理完夫人王氏的后事，又将幼小的孩子托付给他的连襟加同年韩瞻，便启程赶赴梓州（今四川三台）。当他行至大散关时，下雪了。

悼伤后赴东蜀辟至散关遇雪
李商隐
剑外从军远，无家与寄衣。
散关三尺雪，回梦旧鸳机。

寒冷让李商隐再次想到了刚刚过世的王氏,如今没有人给他准备御寒的衣服了。诗歌的三、四两句,分别回应一、二两句,因孤身远行来到大散关,因无家人可寄寒衣,想到了有家人之时。纪昀在《玉谿生诗说》提出这样的观点:末句"回梦旧鸳机"是"犹作有家之想",李商隐一个人孤独地在漫天飞雪中怀念着亡妻,怀念生前两人对雪联句的日子。

李商隐与夫人王氏的故事,跟他们的前辈元稹有些类似。元稹的岳父韦夏卿,也是在元稹少年微时便赏识其才华,并将最疼爱的小女儿许配与他。与李商隐一生潦倒不同,元稹早期仕途坎坷,几经贬谪,后来青云直上,官拜宰相。然而,他的夫人韦丛并没有见到他风光的时候,却跟他一起经历了早年的波折。韦丛过世后,元稹写过一些悼亡诗来怀念她。流传较广的便是《遣悲怀》三首。

遣悲怀三首
元稹

其一

谢公最小偏怜女,自嫁黔娄百事乖。
顾我无衣搜荩箧,泥他沽酒拔金钗。
野蔬充膳甘长藿,落叶添薪仰古槐。
今日俸钱过十万,与君营奠复营斋。

其二

昔日戏言身后意,今朝皆到眼前来。

衣裳已施行看尽,针线犹存未忍开。
尚想旧情怜婢仆,也曾因梦送钱财。
诚知此恨人人有,贫贱夫妻百事哀。

其三
闲坐悲君亦自悲,百年都是几多时。
邓攸无子寻知命,潘岳悼亡犹费词。
同穴窅冥何所望?他生缘会更难期。
惟将终夜长开眼,报答平生未展眉。

　　韦氏在世的时候,元稹尚未发迹,他们过着贫苦的生活,只能靠野菜充饥,以落叶为柴,搜遍衣箧都无法找到一件像样的衣服。为了喝酒,元稹缠着妻子卖掉金钗,如今他俸钱终于过十万钱,不用再过贫苦的日子,而她却已经不在人世了,只能频频地祭奠她,为她斋戒。生前曾开玩笑设想死后怎么办,如今真的在眼前发生了。为了避免伤心,他把妻子穿过的衣服施舍出去,用过的针线封存起来。可是,看到侍候过她的女婢,就会想到她,并且不由得怜顾这个女婢。怕妻子在另外一个世界仍然过得清苦,梦中给她送去很多的钱财。贫贱的夫妻,诸事不顺,这种遭遇可能是人间常见的。每次闲下来的时候,总是会想到妻子,然而悼亡又是没有任何用处的,不能起死回生。他生再会,更是不可期待的,也无法弥补今生的苦。唯有整日整夜的思念,报答妻子一生不展的愁眉。

　　《红楼梦》中贾宝玉也有类似李商隐这样的深情。触发他的悼亡之孤独感的,也是生活习惯的改变。宝玉最先是从衣物察觉到的

思念之孤独的。晴雯死后,宝玉一直穿着晴雯做的一条大红裤子,《红楼梦》第七十八回写道:

> 宝玉满口里说"好热",一壁走,一壁便摘冠解带,将外面的大衣服都脱下来麝月拿着,只穿着一件松花绫子夹袄,袄内露出血点般大红裤子来。秋纹见这条红裤是晴雯手内针线,因叹道:"这条裤子以后收了罢,真是物件在人去了。"麝月忙也笑道:"这是晴雯的针线。"又叹道:"真真物在人亡了!"

《红楼梦》的后八十回是续作,情节前后多有纰漏,但是也有一些精彩之处。在宝玉思念晴雯这个细节上,处理得比较细腻。在续作的第八十九回中,袭人担心学房冷,便吩咐小厮焙茗帮宝玉带了一包衣服去上学。这一包衣服里,有一件是那年晴雯忍着病痛连夜帮宝玉补好的雀金裘:

> 宝玉到了学房中,做了自己的功课,忽听得纸窗呼啦啦一派风声。代儒道:"天气又发冷。"把风门推开一看,只见西北上一层层的黑云渐渐往东南扑上来。焙茗走进来回宝玉道:"二爷,天气冷了,再添些衣服罢。"宝玉点点头儿。只见焙茗拿进一件衣服来,宝玉不看则已,看了时神已痴了。那些小学生都巴着眼瞧,却原是晴雯所补的那件雀金裘。宝玉道:"怎么拿这一件来!是谁给你的?"焙茗道:"是里头姑娘们包出来的。"宝玉道:"我身上不大冷,且不

明　陆治《天池石壁图》

穿呢，包上罢。"代儒只当宝玉可惜这件衣服，却也心里喜他知道俭省。焙茗道："二爷穿上罢，着了凉，又是奴才的不是了。二爷只当疼奴才罢。"宝玉无奈，只得穿上，呆呆地对着书坐着。代儒也只当他看书，不甚理会。晚间放学时，宝玉便往代儒托病告假一天。代儒本来上年纪的人，也不过伴着几个孩子解闷儿，时常也八病九痛的，乐得去一个少操一日心。况且明知贾政事忙，贾母溺爱，便点点头。

宝玉一径回来，见过贾母王夫人，也是这样说，自然没有不信的，略坐一坐便回园中去了。见了袭人等，也不似往日有说有笑的，便和衣躺在炕上。袭人道："晚饭预备下了，这会儿吃还是等一等？"宝玉道："我不吃了，心里不舒服。你们吃去罢。"袭人道："那么着你也该把这件衣服换下来了，那个东西哪里禁得住揉搓。"宝玉道："不用换。"袭人道："倒也不但是娇嫩物儿，你瞧瞧那上头的针线也不该这么糟蹋呀。"宝玉听了这话，正碰在他心坎儿上，叹了一口气道："那么着，你就收起来给我包好了，我也总不穿他了。"说着，站起来脱下。袭人才过来接时，宝玉已经自己叠起。袭人道："二爷怎么今日这样勤谨起来了？"宝玉也不答言，叠好了，便问："包这个的包袱呢？"麝月连忙递过来，让他自己包好，回头却和袭人挤着眼儿笑。宝玉也不理会，自己坐着，无精打采，猛听架上钟响，自己低头看了看表，针已指到酉初二刻了。一时小丫头点上灯来。袭人道："你不吃饭，喝一口粥罢。别净饿着，看仔细饿上虚火来，那又是我们的累赘了。"宝玉摇摇头儿，说："不大饿，强吃了倒不受用。"袭人道："既这么着，就索性早些歇着罢。"于是袭人麝月铺设好了，宝玉也就歇下，翻来覆去只睡不着，将及黎明，反蒙眬睡去，不一顿饭时，早又醒了。

在第七十八回穿大红裤子时，宝玉还不知道晴雯已经死去，只是穿着晴雯做的裤子思念她。到八十九回，晴雯死去多时，死亡给宝玉带来的痛苦已经减弱了很多，看到与晴雯有关的雀金裘不会再当即痛苦，却还是"神已痴了"，痴呆了一整天，饭也不吃了，直到晚上就寝时仍是痴痴呆呆的。宝玉房里的其他人，多半已经不会再为晴雯死去的事情挂心了：第七十八回中，秋纹和麝月，是笑着谈论晴雯"物在人亡"的，晴雯的死，宝玉的孤独，与她们无关。而续本第八十九回中，善解人意的袭人虽然能够懂得宝玉思念晴雯的心思，劝宝玉脱下了雀金裘，劝宝玉吃饭，也都是出于自己对宝玉的关心，和她作为"准姨娘"的职责，担心宝玉生病之后，"又是我们的累赘了"。袭人能够理解宝玉的行为，却不能理解和分散宝玉思人的孤独。随后，收起雀金裘的时候，麝月还是如同七十八回中那样，把宝玉珍惜跟晴雯有关的衣物这件事，来当笑话看——"回头却和袭人挤着眼儿笑"。只有宝玉，经由雀金裘的触发，物是人非、世事无常的孤独感便一整天也遣散不去。在懂事的袭人，和不懂事的麝月、秋纹等人一系列反应的衬托下，宝玉的这种孤独感更深了。

就像李商隐不习惯于锦瑟失去了原有的喈鸣，贾宝玉不习惯于不是晴雯帮他上夜，《白鹿原》里的白嘉轩也不习惯于自己烧水喝茶——田小娥之死给原上带来的瘟疫，也夺走了他的老伴儿仙草：

> 屋里是从未有过的静宁，白嘉轩却感觉不到孤寂。他走进院子以前，似乎耳朵里还响着上房明间里仙草搬动织布机的呱嗒声；他走进院子，看见织布机上白色和蓝色相间的经线上夹着梭子，坐板下叠摞着尚未剪下来的格子布，他仿佛感觉到仙草是取纬线或是到后院茅房去了；他走进屋里，缠绕线筒子的小轮车停放在脚地上，后门的木闩插死着，他现在才感到一种可怕的寂寞和孤清。他拄着拐杖奔进厨房，往锅里添水，往灶下塞柴，想喝茶得自己动手拉风箱了。

老伴儿仙草刚死的时候，硬气的白嘉轩并没有感到孤独，他仿佛觉得老伴儿还在织布，在院子里忙活着，直到他看到纺线的小轮车居然是停下来的，后门闩居然是插死了的，厨房里居然没有了热茶——这些习以为常的生活细节被停滞、被改变的时候，白嘉轩才意识到，自己已经失去了老伴儿仙草，才感觉到了可怕的孤独。以后这些事情，只有他自己来做了。这些生活细节的突然改变，也是仙草临终前唯一的担心：

> 谁给你跟老三做饭呀？

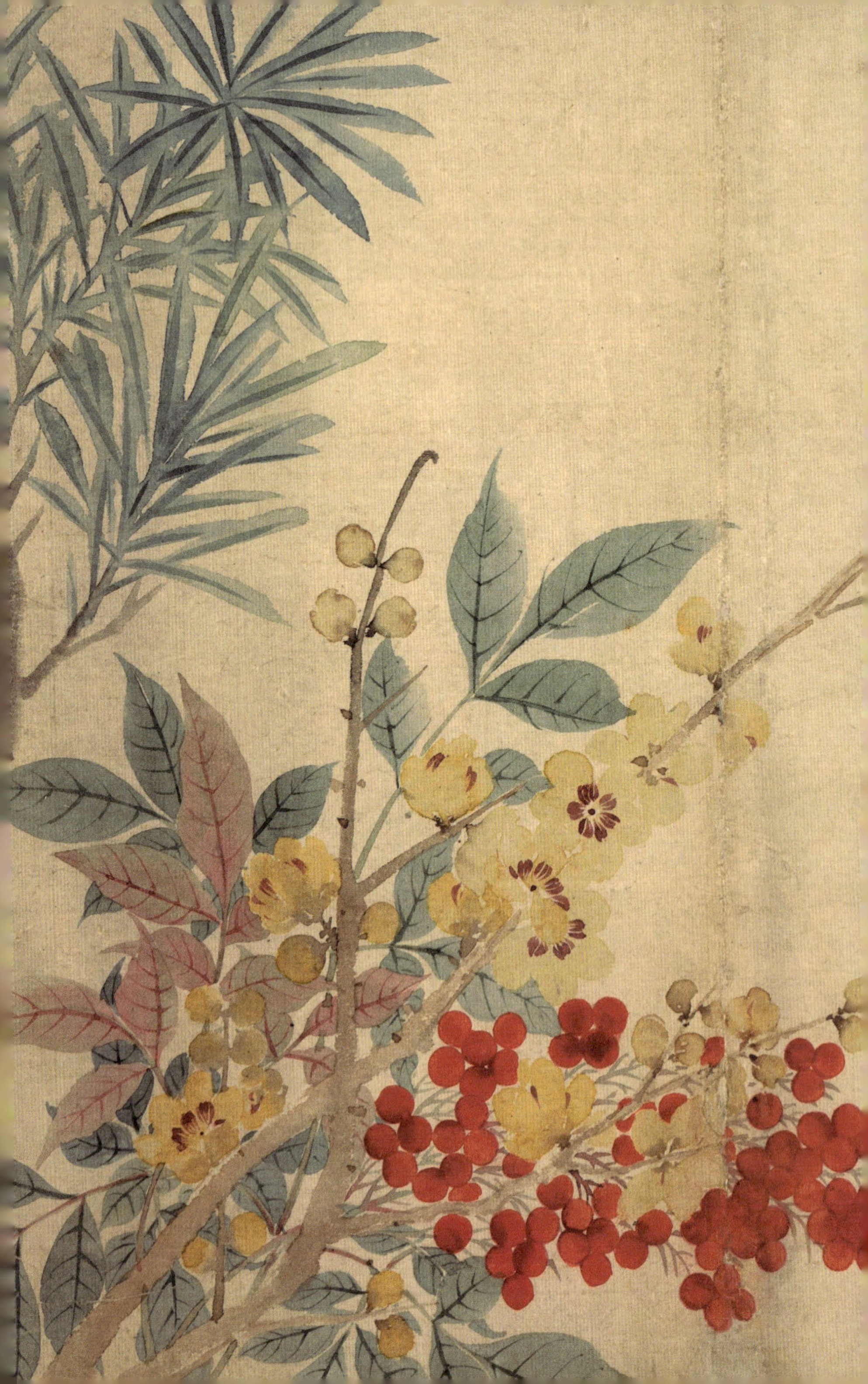

聚散有时

昔人多畫歲寒三友予獨取此三種愛其有凌寒之姿雖雪霰摧剝未遽丰蘤後凋何愧爲因補爲同心之賞 白雲外史壽平

在《晦日寻崔戢李封》这首诗里，杜甫曾讲述了一场小型的节日私宴。

晦日寻崔戢李封

杜甫

朝光入瓮牖，尸寝惊敝裘。

起行视天宇，春气渐和柔。

兴来不暇懒，今晨梳我头。

出门无所待，徒步觉自由。

杖藜复恣意，免值公与侯。

晚定崔李交，会心真罕俦。

每过得酒倾，二宅可淹留。

喜结仁里欢，况因令节求。

李生园欲荒，旧竹颇修修。

引客看扫除，随时成献酬。

崔侯初筵色，已畏空樽愁。

未知天下士，至性有此不？

草芽既青出，蜂声亦暖游。

思见农器陈，何当甲兵休。

上古葛天民，不贻黄屋忧。

至今阮籍等，熟醉为身谋。

威凤高其翔，长鲸吞九州。

地轴为之翻,百川皆乱流。
当歌欲一放,泪下恐莫收。
浊醪有妙理,庶用慰沈浮。

这是正月的最后一天,早晨的一道阳光透过窗棂,惊醒了躺在床上酣睡的杜甫。他起身看看天气,已经能够渐渐感觉到初春和柔的气息。此刻的心情非常好,他不再像往日那样懒得收拾而蓬头垢面,而是兴致勃勃地梳理了头发,走出了门。

此时,杜甫想到要去找他的两个好友:崔戢与李封。与"公侯"们不同,他们两位是难得可以交心的朋友。每次经过他们的府门,杜甫都会去喝一杯,他们两家是可以留下来喝酒的地方。何况在今天这样一个初春和柔的节日里来拜访,他们一定会欢迎。杜甫来到李生的家里。经过一个萧索的冬天,李生的园子快要荒芜了,经年的旧竹依然修拔。李生引领着杜甫,去看他们家正在做的"晦日"扫除工作。("晦日"在唐代是一个节日,官员放假,民间有扫除的习俗。)崔侯不知道什么时候也来了,园子扫洒停当,他们随时可以喝酒了。

可是,筵席刚刚开始,崔侯却面露忧愁之色,担心酒会被喝光。酒宴之后,他们三人出门踏春,青芽萌出、蜂声暖游,一派初春景象。然而,当杜甫看到了道旁闲置的农具,一下子想到了中原地区的战争,不知道何时才能休止。就在一个多月前,安禄山以讨伐杨国忠的名义自范阳叛乱,此时叛军正在攻打潼关。理想中,大家应像葛天氏之民一样整日悠然起舞,不必为国事和战争担忧。现实中,却是威仪的凤凰(贤良)高飞而去,凶恶的长鲸（奸人）吞并九州，地翻川乱，昔日开元全盛之日的繁华不再。黎民百姓无法做葛天氏之民，而那些像阮籍一样的有识之士，也只能以酣醉来躲避杀身之祸，无力为国君分忧。此情此景，杜甫长歌当哭，涕泪难收。或许唯有浊酒，可以慰藉这乱世与心底的沉浮。

诗歌的前半部分，杜甫用长达百字的篇幅铺叙他在融融春日里找朋友聚会喝酒的愉悦心情。但是敏感的崔戢打破了杜甫的欢愉：“崔侯初筵色，已畏空樽愁。”他在宴会开始之前想到了必然到来的散场，朋友的欢聚也无法掩盖他内心的焦虑和担忧，愁绪从尚未到来的结局向开始蔓延。崔侯的这种"空樽之愁"是与生俱来、渗透始终的。可惜的是，杜甫觉察到了崔侯的"空樽之愁"的焦虑，却体会不到崔侯"空樽之愁"的孤独。杜甫误以为朋友崔侯是在替主人李生担心酒不够喝。杜甫说"未知天下士，至性有此不？"他称赞崔侯不拘礼节，不拘形迹，有阮籍的风度。宴会结束后，被崔侯感染的杜甫却陷入了他自己的"空樽之愁"——叹息战乱与帝国的盛衰。在诗歌的后半部分，虽然崔戢、李封仍在杜甫的身边，但是诗中再也没提到他们了，他们二人从诗歌的文本中消失，剩下杜甫一个人孤独地自说自话、自歌自泣——杜甫这种忧国忧民的孤独，也是崔戢和李封所不能感同身受的。

朋友聚散是如此，人世的聚散也是如此。曹雪芹对于聚散的领悟是深入骨髓的，整本《红楼梦》便是描写了一场始于欢聚、终于零落的"盛筵"。宝玉最喜欢的事情，便是大家欢聚在大观园里，一起玩耍，永不分散。在一次误会之后，宝玉懵懵懂懂地悟到了聚散的无常。《红楼梦》第二十八回《蒋玉菡情赠茜香罗 薛宝钗羞笼红麝串》写道：

> 话说林黛玉只因昨夜晴雯不开门一事，错疑在宝玉身上。至次日又可巧遇见饯花之期，正是一腔无明正未发泄，又勾起伤春愁思，因把些残花落瓣去掩埋，由不得感花伤己，哭了几声，便随口念了几句。不想宝玉在山坡上听见，先不过点头感叹；次后听到"侬今葬花人笑痴，他年葬侬知是谁"，"一朝春尽红颜老，花落人亡两不知"等句，不觉恸倒山坡之上，怀里兜的落花撒了一地。试想林黛玉的花颜月貌，将来亦到无可寻觅之时，宁不心碎肠断！既黛玉终归无可寻觅之时，推之于他人，如宝钗，香菱，袭人等，亦可到无可寻觅之时矣。宝钗等终归无可寻觅之时，则自己又安在哉？且自身尚不知何在何往，则斯处、斯园、斯花、斯柳，又不知当属谁姓矣！——因此一而二，二而三，反复推求了去，真不知此时此际欲为何等蠢物，杳无所知，逃大造，出尘网，始可解释这段悲伤。

眼前之斯人、斯花、斯柳，在春暮之时，本是何等美丽。但当宝玉想到黛玉如果不在，无可寻觅，那宝钗、香菱、袭人等每日相伴之人，也同样会有无可寻觅的一天。而自己也许也化为灰烟，从这世间消逝。而这世间，终究也不知是何等模样了。这时候，他忽然觉得一切是那么"杳无所知"，于是悲从中来，不可制止。这种大悲之心，不惟是担心人间的聚散，更是关切宇宙之间所有因缘之起生和幻灭。身处锦绣富贵之乡的宝玉，在青春的年纪，人生的热闹才刚刚开始，就已经担心这眼前的繁华终究要被卷去、化成空。宝玉所虑及之事是无比悲伤的，而虑及这等悲伤之事的宝玉，也是让人感到戚戚然的。人生不过是一瞬间，而眼下这世界之存在相比于宇宙之浩瀚，同样不过是一瞬间，这瞬间的缘起缘灭、来来往往，是那样的无情，最后，万事万物又都回到最初的孤独。

大观园中相聚的欢愉，在第六十三回"寿怡红群芳开夜宴"中达到了高潮，宝玉的这场生日私宴，成为曹雪芹精心构置的家族盛衰、个人命运悲喜的转折点。这一回中，宝玉在大观园晚上关门上夜之后，在自己的怡红院里悄悄组织了一场小型的、最为私密的生日宴会。前来赴约的，是他最要好的几个人。筵席之上，大家行酒令、抽花签，人生的欢愉达到了极致。然而曹雪芹却在花签中埋下了人物各自悲惨的命运，从这一回开始，筵席上的人逐渐离去、死亡。故事的最后，贾家衰落，群芳离散，大观园草木荒芜。

人们总能在眼前的欢愉中，看到隐藏在日后的悲伤。

世事两茫茫

他并不知道，今夕竟是最后的相逢，
自己再也回不到长安了。
在这样的乱世里，一别之后，永隔山岳。

一

乾元二年（公元759年）春天，杜甫从洛阳老宅返回华州（今陕西渭南）。途中，他拜访了老朋友卫八处士，留宿一宿而去。卫八是谁，如今已无从查考，处士是对不曾应举入仕的士人的称呼。后人只能知道，他姓卫，行八，是杜甫年轻时候的朋友。他们两个人，已经二十年没见了。杜甫此次应是匆匆拜访，留宿一宿而去，却留下了这首名作《赠卫八处士》。

赠卫八处士

杜甫

人生不相见，动如参与商。
今夕复何夕？共此灯烛光。
少壮能几时，鬓发各已苍。
访旧半为鬼，惊呼热中肠。
焉知二十载，重上君子堂。

昔别君未婚，儿女忽成行。
怡然敬父执，问我来何方？
问答乃未已，驱儿罗酒浆。
夜雨剪春韭，新炊间黄粱。
主称会面难，一举累十觞。
十觞亦不醉，感子故意长。
明日隔山岳，世事两茫茫。

　　二十年恍若隔世，能够乱世重逢，想必杜甫自己也是恍惚的，他没有表现出更多的兴奋或者惊喜，他是恍惚，旋即又是忧伤的。他淡淡地向后来人说到这次重聚：我们难得相逢，就像天空的参商两星，一个出现在黄昏，一个出现在黎明，此出彼没，永不相见。这是一个怎样的夜晚？你我竟然又可以对坐在烛光之下了。青春少壮之时光，倏忽短暂，如今你我已鬓发苍白。你可知道，我自洛阳一路寻访旧友，一半已经离世了，惊见你还在，我心肠一热。谁料二十年之后，我竟然还能来到你家里。昔日离别时，你尚未婚娶，如今你我的儿女已经排成行。孩子们跟我很亲近，问我是从哪里来的，对答尚未结束，你便吩咐孩子们去取酒。而你，不顾夜雨去外面剪来春韭；新煮的掺着黄粱的米饭，香气弥漫。你说，咱们见一面不容易，连干十杯酒。喝下十杯酒也没有醉意，你是多么怀念我们的旧情意。可是，明天我又要离开了，将与你隔着重重山岳。这样的乱世里，何时再相逢，今后你我各自怎样生活，这些都杳茫不知了。

　　这篇作品里，有很多传颂千古的名句，比如"夜雨剪春韭，新炊间黄粱"和"明日隔山岳,世事两茫茫"等诗句,相比于这些句子,"今夕复何夕?共此灯烛光"这一句很少有人注意它到的妙处。历来注杜诗者,注意到它化用了《诗经·唐风·绸缪》里的"今夕何夕,见此良人",感慨时间的恍惚。这一句在全诗结构上的作用往往被忽略。细读全篇会发现,它是全诗叙事的关键和情绪的起始,是全诗时间和空间的延伸。

"今夕复何夕",这是杜甫对于时间的自问自答。对于这次相逢,杜甫是恍惚的,他感慨今晚是哪一个晚上。"今夕"是确定的当下,是这个短暂重逢的夜晚,又是对当下的前后延伸。向前,追忆的是二十年前,仿佛是重现了他们青年时期某个寻常相见的夜晚。向后,关联的是十一年的漂泊。杜甫希望以后还能如"今夕"一样再重逢。然而,杜甫不知道,他们以后再也不会相见了。这一年(公元759年)的冬天,四十八岁的杜甫入川,开始了他余生十一年"漂泊西南天地间"(杜甫《咏怀古迹五首·其一》)的悲辛生涯,在益州(今四川成都)、梓州、阆州(今四川阆中)等地滞留五年,又在云安、夔州休养两三年,出三峡、下湘鄂,流落于江陵(今湖北荆州江陵县)、公安(今湖北公安)、岳州(今湖南岳阳)、潭州(今湖南长沙)、衡州(今湖南衡阳)。五十九岁时,诸病缠身的杜甫,死在自潭州赴岳州的客船上。

"共此灯烛光",这是全诗的叙事空间和情感温度所在。这句与前一句"动如参与商"相对照,它将星空这个浩瀚而永恒的空间,与一室之内、烛火之下,这个温暖而易逝的空间相对比,让这次重逢显得更加珍贵。"烛光"覆盖了全诗的活动空间。"今夕"

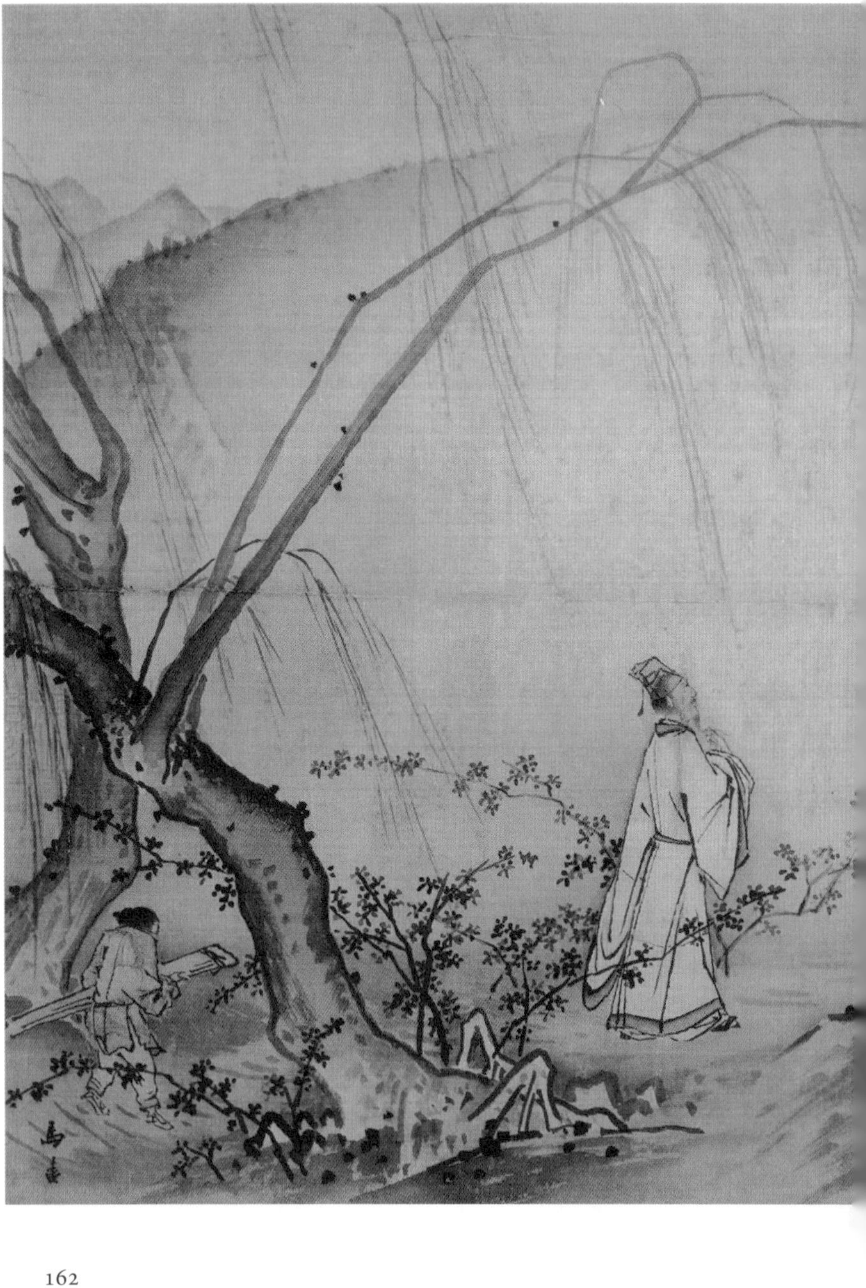

觸袖野花多自舞

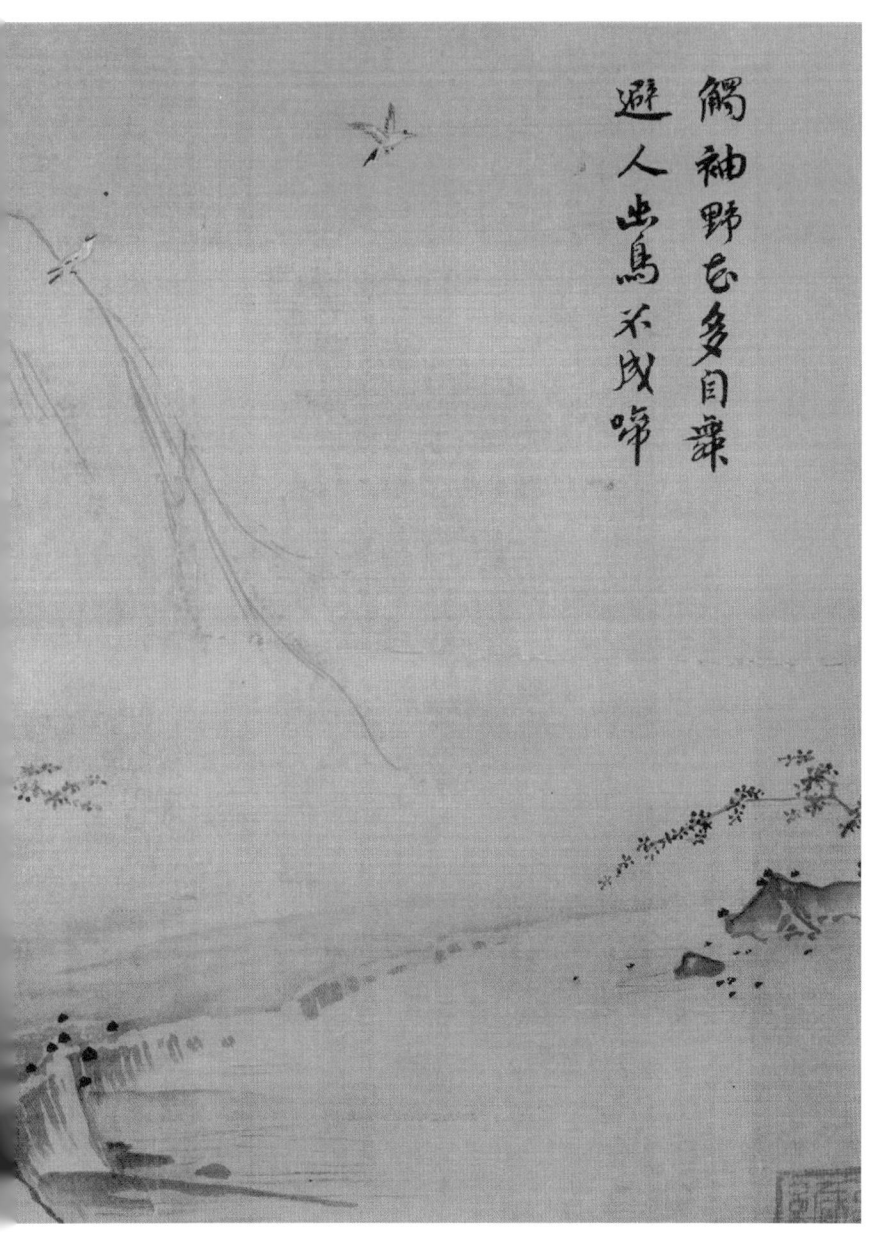

避人幽鳥不成啼

宋 马远《山径春行图》

发生的所有活动，都是在这"烛光"之下进行的。这一句，领起了全篇的叙事。烛光给全诗的活动空间赋予了温暖的情感底色。烛光之下，儿女和悦亲昵，时蔬清香，弥漫着触手可及的人间烟火气息。相对而言，前一句的星光，是杳渺不可及的，是冰冷的、孤独的。然而，烛光又是短暂的、摇曳不定的。"烛光"的短暂，让卫八兴奋而急迫，他打断了杜甫与孩子的对话，晚上冒雨去剪春韭——他在追赶着时间，一夜的时间，相比于二十年的离散，对他们来说真的是太短暂。而一夜的时间，对于已知后世他们将永不再见的读者来说，短得残忍。"烛光"的摇曳，让现实的一切活动变得梦幻，不敢相信是真的重逢了。喝酒的同时，他们想到了"明日"，"明日"意味着烛光将要消失，温暖而狭小的空间将再一次被推向冰冷而遥远的空间——山岳，它将被"山岳"隔断。在这样的离乱之世，一别之后，永隔山岳。"何夕是今夕"，也变得杳渺不可知，人事如何变幻，无从料想。

如果翻看杜甫年谱，将时间从"今夕"向后延长到大历五年（公元770年），或是查看唐代历史地图，循杜甫行踪，沿着关中、西北，向着西南、东南画出一条曲线，再去重读"今夕复何夕？共此灯烛光"这句之后的每一句，丝丝温暖中夹杂着无边的悲凉，孤独浸透全身，句句不忍看，句句催人泪下。

彼时的杜甫虽然预感到了"世事两茫茫"，但是并不能准确地知道，"今夕"竟是最后的相逢，而他再也回不到华州，回不到长安了。更大的"空樽之愁"，在即将开始的十一年漂泊之路上，等着他。

二

作别卫八处士后不久，出于对政局的失望，加之"关畿乱离，谷食踊贵"（《旧唐书·杜甫传》），杜甫便弃官而去，携家西走秦州（今甘肃天水），投靠他的侄子杜佐以及和尚赞上人。然而，令他失望的是，秦州此时正受到吐蕃的威胁，鼓角遍野，烽烟连绵，战争如箭在弦。侄子和朋友的帮助也是有限，他想要找地方建一间草堂，也没有建成，只能靠卖药维持全家的生计。谋生的计划落空，孤立无援，又无人可以倾诉的杜甫，频频想念起自己的那些同样遭遇不顺的朋友，想起以前的虽然艰辛但是有朋友可以相互慰藉的旧时光。

在这个西北边城的萧索秋日里，他先是得到了好友郑虔贬谪台州（今浙江临海）的消息。杜甫担心已经年老的郑虔有生之年回不到长安了，即使回得去，也是老态龙钟，"郑公纵得归，老病不识路"（杜甫《有怀台州郑十八司户》）。杜甫回忆起以前长安落雨的日子，天宝十三载（公元754年）的时候，自己衣食无着，只能去买官府救济穷人用的减价的太仓米度日。有时候，他会拿着米去换酒找郑虔一起喝：

> 日籴太仓五升米，时赴郑老同襟期。
> 得钱即相觅，沽酒不复疑。
> 忘形到尔汝，痛饮真吾师。
> 清夜沉沉动春酌，灯前细雨檐花落。
>
> ——杜甫《醉时歌》（节选）

春夜已深，外面飘起了蒙蒙细雨。雨下了很久了，同病相怜的两个人还在喝酒。抬头看，不知何时，檐前的灯光下，花都被雨打落了。

坏消息接踵而至，有人告诉杜甫，李白在流放夜郎途中落水而死了。实际上，在这年的春夏之交，杜甫从华州来秦州之前，李白已经遇赦而还，东下江陵。然而，远离京城消息中心的杜甫，无法判断流言的真伪，他将信将疑。

天末怀李白

杜甫

凉风起天末，君子意如何。
鸿雁几时到，江湖秋水多。
文章憎命达，魑魅喜人过。
应共冤魂语，投诗赠汨罗。

秋天的西北边陲，起风了，不知道此时的李白心情怎样。

我的思念随着鸿雁南飞，不知道几时能到达李白所在的南方。江上湖上，秋水涨了，路途险恶，需要倍加小心。有才能的人总是命运不济，流放在烟瘴之地，恶鬼正在路上等着你。这时候，李白应该路过屈原怀沙沉水的汨罗江了，他应该会像汉代的贾谊那样投诗于江中，纪念冤屈的屈原。

杜甫对李白的挂念实在是太深了，以至忧思潜入梦中：

梦李白二首
其一
杜甫

死别已吞声，生别常恻恻。
江南瘴疠地，逐客无消息。
故人入我梦，明我长相忆。
恐非平生魂，路远不可测。
魂来枫林青，魂返关塞黑。
君今在罗网，何以有羽翼？
落月满屋梁，犹疑照颜色。
水深波浪阔，无使蛟龙得。

　　对死去的人的思念，只是哀伤；对不知生死的人，更是挂念。尤其是被贬谪到夜郎这种偏远的烟瘴之地，更是令人担心，而且，断无消息。或许是怜悯我太过于牵念了，你到了我的梦里来，缓解我的思念。然而，我却更加担心梦中见到的不是你生时的魂魄。你我的距离实在是太遥远了，一夜之间，你的魂魄要从青枫郁郁的西南，来到黑沙蔽日的塞北。何况，你还被羁押着，哪里能够插翅飞来呢？梦中见到的，真的是你吗？这时候，梦醒了，月光满屋，我好像在月光中看到了你。秋天的西南，水深浪恶，你自己多加小心，不要被恶龙吞噬了。生也死也？醒也梦也？一梦未竟，又复一梦：

梦李白二首
其二
杜甫

浮云终日行,游子久不至。
三夜频梦君,情亲见君意。
告归常局促,苦道来不易。
江湖多风波,舟楫恐失坠。
出门搔白首,若负平生志。
冠盖满京华,斯人独憔悴。
孰云网恢恢?将老身反累。
千秋万岁名,寂寞身后事。

还是没有你的消息。这是我连续第三个晚上梦到你了。

你来到我的梦里,你说来一次非常不容易,秋天的江湖之上,风急浪高,总害怕风把船吹翻了,坠入水中。(李白落水而死的传闻,印入了杜甫的梦中)梦中短促,你着急要回去,出门的时候,你摸着已经白了的头发,感叹一生未能实现自己的志向。长安城里的达官贵人如此之多,唯你憔悴独行。是谁说天网恢恢,恶人必有恶报呢?将老之年,反而遭受如此的冤屈。虽然你的诗文必将流传后世,却无法弥补生时的孤寂与委屈。

连续三个晚上梦到李白,杜甫是何等重情重义之人,无怪乎梁启超称其为"情圣"。杜甫和李白也仅仅是见过三次而已,就是这短暂而集中的三次会面,让年轻的杜甫对李白倾慕不已。天宝三载(公元744年)初夏,三十三岁的杜甫,在洛阳遇见了四十四岁的李白。此时的李白，刚刚被玄宗"赦金放还"离开长安。两人结伴同游，相约一同去寻仙访道。在诗歌的国度里，这是旷世的初见。闻一多先生几近激动地说这是诗国里的"太阳"和"月亮"的相见：

> 在我们四千年的历史里，除了孔子见老子，没有比这两人的会面，更重大、更神圣、更可纪念的。我们再逼紧我们的想象，比如说，青天里太阳和月亮走碰头了，那么，尘世上不知要焚起多少香案，不知有多少人要望天遥拜，说是皇天的祥瑞。

同年的秋天，杜甫与李白、高适三人同游梁宋，登上吹台、单父琴台，一起在酒肆酣饮。天宝四载（公元745年）的秋天，杜甫又在鲁郡与李白重逢。临别之前，以及既别之后，豪爽的李白也写了几首诗送别、思念杜甫的诗歌。其中这首《鲁郡东石门送杜二甫》中，李白期待着两人的重聚：

鲁郡东石门送杜二甫

李白

醉别复几日，登临遍池台。
何时石门路，重有金樽开？
秋波落泗水，海色明徂徕。
飞蓬各自远，且尽手中杯。

一别之后，你我二人就像飞蓬一样，各自天涯，不知道何时相见了。但愿有一天，你我还来到东石门路上，一起重开金樽。现在，就让我们喝尽手中的这一杯酒吧。

李白和杜甫，中国诗坛上最明亮的两颗星，就这样匆匆相聚，又像飞蓬一样东西分散，从此再未相见。

三

关于李杜的友谊，历来讨论较多。从现存诗歌篇目来看，杜甫诗中提及李白的，凡十五首；李白诗中言及杜甫的，仅存四首，其中两首存在争议，有人认为不是李白所作，其中包括一首调侃杜甫的《戏赠杜甫》："饭颗山头逢杜甫，头戴笠子日卓午。借问别来太瘦生，总为从前作诗苦。"这首诗曾被认为是李白并没有视杜甫为至交的佐证。事实上，现存文献已经不足以支撑关于李杜交情深浅的判断，或许李白只写了这四首或者两首，或许写了更多，已经散佚。李白对杜甫怀着什么样的感情，很难揣测。毕竟李白比杜甫大十一岁，或许李白在心中只把杜甫当成一个与自己有共同语言的青年才俊。

能确定的是，虽然杜甫有很多像卫八、郑虔、严武、高适这样的朋友，但是在杜甫心中，能够真正理解他、读懂他的至交，只有李白一人而已。正如浦起龙所说："公当日文章契交，太白一人而已。"人生得一知己足矣，在这乱世中，能够有人欣赏自己，是难能可贵的。可惜的是，他们二人的交往实在是太短暂了，两年里三次见面，同游的时间加起来也就是几个月而已。当杜甫写《天末怀李白》《梦李白二首》的时候，他们已经十四年未见了。听到李白的坏消息，杜甫惊恐不已，忧思入梦，除了友情外，更多的应该是一种同样怀才不遇、同样遭受岁月磨砺的同理心。杜甫思念李白，其实也是在慨叹自己。梦到孤独的李白，也可以说是杜甫预想到了今后自己的境遇。在这个冷漠的世界上，在遥远的天边，原本只有李白可以理解自己的孤独。之前，杜甫可能并没有从李白那里获得过语言上的理解，而今，李白可能已经撒手人寰，世上已经无人可以陪伴我，只剩下一事无成、衣食无靠、垂老将死的自己。

杜甫用对李白的思念，来慰藉西北天边孤独的自己。

实际上，真正能够理解李白的，也只有杜甫，只是潇洒的李白并不知道。在他们初次相见的时候，杜甫就用一句"飞扬跋扈为谁雄"（杜甫《赠李白》）说出了别人读不懂的狂傲；在存世文献里，杜甫最后一次提到李白，是作于唐肃宗上元二年（公元761年）的一首《不见》（诗下自注，近无李白消息）："世人皆欲杀，吾意独怜才。"

在对李白最后的挂念中，杜甫内心的孤独，似乎伴着一声长叹传来：这个世界上，没有人怜惜李白，也没有人真正怜惜自己。有才能的人落得如此下场，一个被人流放，一个被迫流浪。

拾 把君诗卷灯前读

> 孤独的人，会不厌其烦地将自己在异乡的生活细节，
> 悉数告诉朋友，希望得到对方的回应。
> 在写下这些文字，寄出这些期待的时候，
> 孤独之中便会感觉到跨越空间的温暖陪伴。

除了像杜甫这样思虑入梦之外，朋友的文字，包括诗文、书信，甚至是生死托付的遗嘱等，也是对孤独的陪伴。当时被人并称"元白"的元稹、白居易，便是以文字陪伴对方的生死至交。

一

唐宪宗元和九年（公元814年），蔡州刺史吴元济据淮西叛乱。当时，朝廷武事悉由宰相武元衡决断，武元衡力主征讨吴元济。平卢淄青节度使李师道替吴元济请赦，朝廷不允。李师道便佯装出兵寿春攻打吴元济，声称支持朝廷平乱，却暗中支持吴元济叛乱。

元和十年（公元815年）六月，李师道派人偷偷烧毁了位于河阴的军需粮仓，又派他豢养在长安的刺客，趁天黑暗杀了准备出门上朝的武元衡，刺伤了另一位宰相裴度。猖狂的贼人还在京城府衙里散布纸条说：不要急于抓我，否则先杀了你。当时，京城大骇，官员不到天亮不敢出门，皇帝上朝后，大臣们还未到齐。看到这种情况,刚被任命为左赞善大夫的白居易,第一个上疏,请紧急捉捕贼人,洗刷朝廷之耻辱。然而,有人却认为白居易这是越位言事。之后,又有人诬陷白居易,指责他在母亲去世期间写的一篇《新井赋》,言语浮夸,不合礼制,白居易因此被贬为地方刺史。与白居易不合的中书舍人王涯又趁机进言说,白居易没有能力治理一郡,不适合担任地方一把手,朝廷又追贬白居易为江州司马。

同年年初(公元815年),元稹因弹劾房玄龄的后人、河南尹房式,反被坐罪,从外地召回京城。行至敷水驿时,元稹在一间上房里休息。夜半,宦官仇士良一行也来到驿站,当时已经没有上等房间,便蛮横地要元稹让出上房。元稹与之争执,反而被仇士良一行人打得头破血流,伤了面部。更可恶的是,宰相竟然怪罪元稹年少不懂事,有失体面。不久,元稹被贬为江陵士曹参军。

到任江陵后,元稹便得了一场严重的疟疾,数月卧床不起,一度濒临死亡。元稹开始安排自己的后事,决定把自己的诗文卷轴托付给最信任的人——白居易。他和白居易识于微时,贞元十九年(公元803年),二人同登书判拔萃科,又一同进入秘书省担任校书郎,一同倡导"新乐府"。当时的人便对两位青年才俊交口称赞,并称"元白"。然而,之后两人又先后陷入人生逆境,被贬外地。在江陵得到了白居易贬谪江州(今江西九江)的坏消息后,濒临死亡的元稹写信给白居易,回忆二人的交往,告诉他自己的病况和心境,并请一位叫熊孺登的人将书信、题诗以及自己的作品送给了白居易,他说:"*危慑之际,不暇及他,唯收数帙*

明 陈洪绶《蕉林酌酒图》

文章，封题其上曰：他日送达白二十二郎，便请以代书。"（白居易《与微之书》）这可以说是生死托付了。

元和十年（公元 815 年）十月，白居易来到江州，在舟中收到了元稹寄来的诗和卷轴。

闻乐天授江州司马
元稹

残灯无焰影幢幢，此夕闻君谪九江。
垂死病中惊坐起，暗风吹雨入寒窗。

元稹是在一个晚上得到了白居易贬谪九江的消息，本来患上重病的他，惊讶地坐了起来，不知如何是好，他坐了很久，灯都快要灭了，人影映在墙上，黑幢幢的。外面的秋雨，被不知道哪里刮来的一阵暗风，吹进了窗子里，屋里更加阴冷了。元稹的诗中，没有多言他的感受，只是用一个"惊坐起"的动作，向他的同年白居易诉说了他的惊愕之情。二人原本是同在京师做谏官，却先后因奸人陷害而遭受贬谪。此时相距遥远，不知道何时再能见面，也不知道各自的命运将会如何。这份无尽的愁绪，在一片秋风秋雨之中愈加凝重了。

舟中读元九诗
白居易

把君诗卷灯前读，诗尽灯残天未明。
眼痛灭灯犹暗坐，逆风吹浪打船声。

白居易在一艘客船上读到了元稹来信。读完之后，他陷入了和元稹一样的沉思，一夜未睡。天快亮的时候，白居易灭了灯，独坐在黑暗中，感慨自己，也同样感慨元稹的遭遇。他就这样像元稹一样枯坐着，微明之中，只听见外面风浪拍打客船的声音。白居易回赠给元稹的诗，延续了元稹寄来的这首诗的处理手法：诗歌的最后一句，他们选择了沉默地听着自然界里凄苦的声音，江陵那边的风吹打着寒窗，江州这边的风促使江浪拍打着客船。他们各自陷入对对方的思念，以及对对方遭遇的感同身受。

风声延续着他们各自的孤独，来信（和诗）又让他们各自得到了对方的陪伴。

二

"元白"可以说是唐代诗人中相互唱和最多的两位诗人了。看他们二人的书信往复，很多诗都是一些即兴而成的作品，没有经过精心的处理，没有诗歌的繁复技法。当然，这跟"元白"二人倡导的"新乐府运动"有一定的关系，他们主张写作那些能够让不识字的老妪都听得懂的作品。但是二人即兴酬唱的作品，与"新乐府"不同，它们预设的读者只有对方，而"新乐府"作品则是带有向上进谏、向下教化大众的期待。从这个意义上看，"元白"私人唱和的诗作，更像是一种私信。这些千里往还的文字，是专属于朋友之间私密的絮语，他们简直如同恋人一般，无话不谈，生活中的一些琐事，都可以引发对对方的思念。

元白二人，也像杜甫梦见李白一样，互相闯入对方的梦中。唐宪宗元和四年（公元809年）的一天，白居易和朋友李杓直从慈恩寺出来，来到一家种着花的酒肆喝酒，当他折了一段花枝作为行酒令之物时，顿时想到，酒席中独缺他最好的朋友元稹。元稹几天前刚刚离开了长安，白居易约略算了一下，这时候他应该来到梁州（今陕西汉中）境内了。

同李十一醉忆元九
白居易
花时同醉破春愁，醉折花枝作酒筹。
忽忆故人天际去，计程今日到梁州。

元稹的《元氏长庆集》中载，元稹到梁州后的某一天夜里，梦见自己还在长安，正在跟白居易、李杓直一起游慈恩寺。这时候，驿站的胥吏招呼别人去排马的声音把他惊醒了，恍惚中才发现，自己原来已经到了梁州。

使东川·梁州梦
元稹
梦君同绕曲江头，也向慈恩院院游。
亭吏唤人排马去，忽惊身在古梁州。

元稹在诗下注："是夜宿汉川驿，梦与杓直、乐天同游曲江，兼入慈恩寺诸院，倏然而寤，则递乘及阶，邮吏已传呼报晓矣。"晚唐有位叫孟棨的人，编辑过一本叫《本事诗》的册子，记录了很多诗人的趣闻逸事和诗歌本事，虽然书中演绎的诗歌故事多不可信，却也能看到唐代人对诗人、诗歌的一些看法。《本事诗》中便将"元白"二人上面这两首诗捏合在一起，认为是同时之作："时白尚书在京，与名辈游慈恩寺，小酌花下，为诗寄元曰（同上，省略）。时元果及褒城，亦寄梦游诗曰（同上，略有文字出入，省略）。千里神交，合若符契，友朋之道，不期至欤？"感应之说未必可信，却也可以看到唐人对元白交情的羡慕。检诸元白诗集，二人唱和频繁，除这两首之外，还有一些诗中说到经常梦到对方，或者因为对方梦到自己，而自己却梦不到对方而自责不已：

梦微之
白居易

晨起临风一惆怅，通川溢水断相闻。
不知忆我因何事，昨夜三回梦见君。

酬乐天频梦微之
元稹

山水万重书断绝，念君怜我梦相闻。
我今因病魂颠倒，唯梦闲人不梦君。

有时候，他们经过了对方行经的地方，看到对方在某个地方的题壁诗，便会想到对方。

武关南见元九题山石榴花见寄
白居易
往来同路不同时,前后相思两不知。
行过关门三四里,榴花不见见君诗。

元和十年(公元 815 年),白居易自京至江州,路过武关时,看到了元稹先前在此题写的石榴花的诗。便写下一首诗寄给元稹,他说,我们先后路过武关,却相互不知道。在关门外三四里的地方,当我看到你所题写的石榴花诗的时候,石榴花已经谢了。

酬乐天武关南见微之题山石榴花诗
元稹
比因酬赠为花时,不为君行不复知。
又更几年还共到,满墙尘土两篇诗。

元稹收到白居易寄来的诗后,便和诗一首说,过几年我们一起再去看看,在满墙的尘土中,还会找到我们的两首诗。

孤独的人,会不厌其烦地将自己在异乡的生活细节,悉数告诉朋友,希望得到对方的回应。在写下这些文字,寄出这些期待的时候,孤独之中便会感觉到跨越空间的温暖陪伴。左迁九江三年后,白居易渐渐习惯了南方的生活,他把家人接了过来陪自己,还在庐山上置一处草堂闲居。他写了一封信向元稹分享这些事情(《与微之书》):

四月十日夜，乐天白：

微之微之！不见足下面已三年矣，不得足下书欲二年矣。人生几何，离阔如此。况以胶漆之心，置于胡越之身，进不得相合，退不能相忘。牵挛乖隔，各欲白首。微之微之，如何如何？天实为之，谓之奈何？

仆初到浔阳时，有熊孺登来，得足下前年病甚时一札。上报疾状，次叙病心，终论平生交分。且云："危惙之际，不暇及他，唯收数帙文章，封题其上曰：他日送达白二十二郎，便请以代书。"悲哉！微之于我也，其若是乎！又睹所寄闻仆左降诗云："残灯无焰影幢幢，此夕闻君谪九江。垂死病中惊坐起，暗风吹雨入寒窗。"此句他人尚不可闻，况仆心哉？至今每吟，犹恻恻耳。

元和十二年（公元817年）四月十日夜里，白居易在自己新置办的庐山草堂里，写信给元稹。他已经两年没有收到元稹的信了，他在信的开始，如同见了面一样地大声连呼元稹的字，"微之微之"，我已经三年没见到你了，也有两年没有收到你的信了。人生能有几年呢，我们却分离如此之久。微之啊微之，这可能是上天注定的吧，实在是没有办法的事情。又想起刚到九江时，你托人带来一札诗信，当时你得了大病，病危之际，不顾其他事，只是收集这些文章信札，并在上面题字签封，嘱咐家人把这些书信文章送给我，由我来替你处理。这是对我多大的信任啊。我看到这里面有那首"暗风吹雨入寒窗"诗时，更加难受。三年来，我每每吟诵，仿佛就在耳边。

叙及三年来的旧事之后,白居易开始向朋友讲述自己三年来的情况:

> 且置是事,略叙近怀。仆自到九江,已涉三载。形骸且健,方寸甚安。下至家人,幸皆无恙。长兄去夏自徐州至,又有诸院孤小弟妹六七人提挈同来。顷所牵念者,今悉置在目前,得同寒煖饥饱,此一泰也。江州风候稍凉,地少瘴疠。乃至蛇虺蚊蚋,虽有,甚稀。湓鱼颇肥,江酒极美。其余食物,多类北地。仆门内之口虽不少,司马之俸虽不多,量入俭用,亦可自给。身衣口食,且免求人,此二泰也。仆去年秋始游庐山,到东西二林间香炉峰下,见云水泉石,胜绝第一。爱不能舍,因置草堂,前有乔松十数株,修竹千余竿。青萝为墙援,白石为桥道,流水周于舍下,飞泉落于檐间。红榴白莲,罗生池砌。大抵若是,不能殚记。每一独往,动弥旬日。平生所好者,尽在其中。不唯忘归,可以终老。此三泰也。计足下久不得仆书,必加忧望,今故录三泰,以先奉报,其余事况,条写如后云云。

白居易是个报喜不报忧的人。他向病中的朋友分享了他的三个好消息。三年来,自己身体无恙,家人也都很好。而且,他的兄长还带着一些家人来到九江和他同住,之前挂念的家人,如今都在九江团聚了。这是第一个好消息。另外,九江这个地方,虽然也有一些奇异的虫蛇蚊蚋,总体还不算多,而且,湓江的鱼很肥,酒也很好喝,其他的食物,跟北方也差不多,我已经习惯了这里的气候和饮食了。我的俸料钱虽然不算多，但是够养家的了，不用求助于人。这是第二个好消息。去年的时候，我开始去庐山游玩，因为喜欢庐山香炉峰的风景，就置办了一处草堂，有时候一个人住在那里，一住就是十天。我想我可以终老此处了。这是第三个要告诉你的好消息。

  微之微之！作此书夜，正在草堂中山窗下，信手把笔，随意乱书。封题之时，不觉欲曙。举头但见山僧一两人，或坐或睡。又闻山猿谷鸟，哀鸣啾啾。平生故人，去我万里，瞥然尘念，此际暂生。余习所牵，便成三韵云："忆昔封书与君夜，金銮殿后欲明天。今夜封书在何处，庐山庵里晓灯前。笼鸟槛猿俱未死，人间相见是何年？"
  微之微之！此夕我心，君知之乎？
  乐天顿首。

  我写这封信的时候，正在香炉峰草堂的山窗下，随意写着，不知不觉天都快亮了。抬头一看，只有几个僧人，有的坐着，有的睡着了。我听到山谷间猿猴和鸟的啼叫声。我平生结交的朋友们，像你一样，都距离我万里之遥，我孤单一人住在这里，忘却了尘世的烦恼。此刻，想到我常常牵挂的人和事，想到了微之你，便草成一首诗，回忆往昔在朝廷同朝为官的点滴。有一次我在金銮殿后给你写信，一直到天亮。今夜，我独自一人在庐山草堂黎明的灯下为你写信，窗外猿鸣鸟啼。我们何时才能再相逢？此时此刻的心情，唯有微之你能够懂得。

元稹收到这封信的时候心情究竟如何呢?应该还是一如既往地激动又痛苦吧。在某一次收到白居易的信时,他激动得痛哭流涕,以至于吓到了自己的妻子:

得乐天书
元稹
远信入门先有泪,妻惊女哭问何如?
寻常不省曾如此,应是江州司马书。

差点儿病死的元稹太需要这些书信的陪伴了。然而元稹的痛苦又无情地揭示了一个美丽的谎言:无论他们的文字(二人频繁的诗文、书信往来)如何热闹,终究无法取代人的陪伴。这让每一次的和诗与来信,都陷入了一种悲喜交集的孤独的循环:眼痛灭灯犹暗坐,逆风吹浪打船声。灯芯终于燃尽了,读了许多遍的文字也停止了,陪伴自己的还是凄苦的风声。

热闹的文字,成为徒增的"空樽之愁"。

拾壹 巴山楚水凄凉地

> 我看到你的帆，逆湘江而上，转过一座山。
> 谁料，从此你从我的生命中消失了。
> 十四年后归来，刚正耿直之气仍在，
> 只是增添了无尽的孤独与悲凉。
> 当年一起看桃花的柳宗元，
> 没有能够看到今日的玄都观，
> 刘禹锡是只身回到长安的。

一

唐宪宗元和十年（公元 815 年）春。

或许是因平剿淮西等藩镇叛乱急需人才，朝廷终于命令在"永贞革新"中被贬谪的人回京待命。因朗州（今湖南常德）、永州相近，柳宗元与刘禹锡约定结伴同行，他们一路心情欢畅，期待着此次回京，能够被朝廷委以重任。

刘禹锡（772—842）是柳宗元最好的朋友。他字梦得，祖籍洛阳，后迁居荥阳，童年时期的刘禹锡，曾经跟随父亲刘绪在江南待过一段时间。或许出于社交仕进的需求，他对人自称是汉代中山靖王刘胜之后。青年刘禹锡的人生比柳宗元还顺利一些，贞元九年（公元 793 年），二十一岁的刘禹锡与二十岁的柳宗元同登进士第。同年，刘禹锡通过吏部关试，授弘文馆校书郎。贞元十三年（公元 797 年），刘禹锡回乡给父亲办丧事，期满后入淮南节度使兼徐泗濠节度使杜佑幕中，任掌书记。贞元十八年（公元 802 年），刘禹锡调任京兆府渭南县主簿，为时任京兆尹韦夏卿起草公文。次年刘禹锡调任监察御史，与同年提升监察御史里行的柳宗元等人一道，结交了韦执谊、王叔文、韩愈、牛僧孺等人，并进入了以王叔文为首的"永贞革新"集团。

贞元二十一年（公元805年）正月，唐德宗驾崩，顺宗李诵在王伾、王叔文等人的拥立下得以继位。顺宗登基后，立即提拔了韦执谊、王伾、王叔文等人，决心革除德宗时期的弊政，内除宦官、外削藩镇，以期中兴大唐，后人称之为"永贞革新"。早在担任太子侍读时期，王叔文便着手经营自己的人脉圈子。"二王"掌权之后，更加明显地提拔自己的人，排除异己。当时，刘禹锡、柳宗元经常被王叔文请入禁中议事。是年五月，刘禹锡被提拔为屯田员外郎兼判度支盐铁案，协助杜佑、王叔文管理财政；柳宗元也被提拔为礼部员外郎，掌管礼仪、贡举、享祭等政务，人生得意之时，他们两位有意无意间得罪了一些人，侍御史窦群弹劾刘禹锡挟邪乱政，被王叔文一党即日罢免。而他们在御史台的上司，御史中丞武元衡被王党贬为太子右庶子。在王叔文的操作下，朝中逐渐地形成了以"二王刘柳"为核心的改革派集团。当时，求见二王的人经常在他们门外排着长队，有时候还要夜宿在附近的饼肆、酒垆之下，甚至要支付千钱才能进去过夜。王伾还经常接受贿赂，睡在受贿得来的钱币和丝帛上。王叔文力主财税改革，他自己担任盐铁转运副使，却将国税用来经营自己的羽翼。随着改革的锐猛推进，"二王"集团发生了内讧，王叔文先后与韦执谊等人交恶。

"二王"集团在皇帝的支持下，强力推行涉及政治、经济、军事领域的多项重大改革措施。比如，豁免百姓所欠的一些租赋、钱帛，废止了一些杂税项目，废除劳民伤财的宫市和五坊小儿，放出部分宫女匠作，打击藩镇势力等。这些措施得到了底层民众的支持，韩愈曾记载说："百姓相聚欢呼大喜。"（《顺宗实录》）清代史学家王鸣盛也说改革是"上利于国，下利于民，独不利于弄权之阉宦，跋扈之强藩"（《十七史商榷》）。改革从根底上触及了宦官、藩镇势力的利益，以宦官俱文珍为首的朝廷内外旧势力进行了强力的反扑。

唐顺宗在即位之前便患有严重的风疾，口不能言。即位后，他病情加重，上朝时只能坐在帘子后面裁决事务，让东宫系统的宦官李忠言和昭容牛氏分立左右，辅助传达。同年四月，以俱文珍为首的宦官党，以唐顺宗病情不见好转为借口，逼迫唐顺宗册立广陵王李淳（后改名李纯）为太子。王叔文等虽然反对立李纯为太子，但在"立嫡为长"的规则面前，也无能为力。随后，俱文珍等人勾结藩镇势力，继续排挤革新派。王叔文被排挤出翰林院，使得他难以进入内廷。不久，王叔文的母亲病故，回乡办丧事的王叔文失去了对局势的控制。"二王集团"逐渐失势。同年七月，病重的唐顺宗同意让太子监国，八月份，唐顺宗禅位，太子李纯即位，是为唐宪宗，改元"永贞"，历时一百四十多天的"永贞革新"宣告失败。

唐宪宗即位后的第三天，即着手清理革新派成员，王叔文等悉数被罢黜。王伾被贬为开州司马，旋即病死。王叔文先是被贬为渝州（今重庆）司户，第二年又被赐死。"二王"集团其他诸人也相继被贬谪出京：屯田员外郎刘禹锡贬为连州（今广东连州）刺史、礼部员外郎柳宗元贬为邵州刺史、神策军司马韩泰贬为抚州刺史、司封郎中韩晔被贬池州刺史。然而,反对派认为他们由员外郎贬为地方大员,贬得太轻了,旋即改贬刘禹锡为朗州司马、柳宗元为永州司马、韩泰为虔州(今江西赣州)司马、韩晔为饶州(今江西鄱阳)司马。同时又贬陈谏为台州(今浙江临海)司马、凌准为连州司马、程异为郴州(今湖南郴州)司马、宰相韦执谊为崖州(今海南琼山)司马,史称"二王八司马"。并制令"纵逢恩赦,不在量移之限"(《旧唐书·宪宗本纪》),今后遇有朝廷恩赦,他们八个人也不能被量移到离京城近一些、好一些的中上等的州郡任职。这条诏令,几乎将"八司马"的仕途生涯固定在了蛮夷之地,永不叙用,几近断绝了他们起复的希望。

朗州和永州,唐制同属江南西道,都是当时的"下州",多用来下放因罪贬谪的官员。在这种地方任职,也就意味着远离了政治中心。两州"地居西南夷,土风僻陋"(《旧唐书·刘禹锡传》),是令外来人望而生畏的烟瘴之地。被贬到这里,不仅仅是仕途沉沦,更有可能面临着疾病和死亡的威胁。刘禹锡初到朗州,正赶上水灾过后,四处一片狼藉,他只能借住在水边,"举目殊俗,无可与言者"(《旧唐书·刘禹锡传》),面对他的只有"枫林橘树鹧鸪声"(刘禹锡《酬朗州崔员外与任十四兄侍御同过鄙人旧居见怀之什时守吴郡》)。和大多数贬谪之臣一样,刘禹锡、柳宗元二人来到谪所之后,也积极地保持着与京城旧交的联系,刘禹锡曾致书杜佑、李吉甫、李绛等人,以期获朝廷重要人士的帮助。然而,最初的几年,京城官员对于"八司马",即使想要帮助,也是有心无力。宪宗皇帝对"八司马"始终心存芥蒂,加上武元衡等人的极力反对,刘禹锡和柳宗元期待的回京或者量移,直到十年之后才有了结果。

二

起复回京的这一天,他们两人等了十年了。

元和九年(公元814年)十二月,刘禹锡和柳宗元分别从贬所启程北归。他们来到汨罗江畔的时候,起风了。柳宗元触景生情,写诗道"为报春风汨罗道,莫将波浪枉明时"(《汨罗遇风》),希望汨罗江的波浪不要耽误他们奔赴光明所在,他们准备着回京干一番大事业。次年二月,两人抵达京郊的驿站。刘禹锡预料韩泰等其他几位回京的老友也将经过此处,便题诗一首《元和甲午岁,诏书尽征江湘逐客,余自武陵赴京,宿于都亭,有怀续来诸君子》,诗云:"云雨江湘起卧龙,武陵樵客蹑仙踪,十年楚水枫林下,今夜初闻长乐钟。"十年贬谪的孤苦心情,在这一刻得到了释放。

到京之后,刘柳两人会见故友,积极争取当朝主政者的支持。两人还曾结伴同去城南的玄都观看花。唐代长安城有春日赏花的习俗,时人以牡丹为贵,争相观赏,不以耽玩为耻。桃花虽然也为人所观赏,但是花品不及牡丹。刘禹锡看到玄都观里长满了桃树,联想到十年前被贬谪出京的遭遇,便以戏谑的口吻写下了这首让自己悔恨不已的诗:

元和十年,自朗州承召至京,戏赠看花诸君子
刘禹锡
紫陌红尘拂面来,无人不道看花回。
玄都观里桃千树,尽是刘郎去后栽。

在这首诗中，刘禹锡用花品不及牡丹的桃花，比喻"永贞革新"之后得势的权贵，讽刺那些反对"永贞革新"的人是靠打击排挤他们这些改革派上位的。这首诗被如今执政的那些当年的反对派得知，并传到了宪宗皇帝的耳中。宪宗皇帝当年便是依靠宦官和藩镇拥立，逼宫登基的，顺宗皇帝的死，或许是死于谋杀。刘禹锡的诗，无疑触及了宪宗皇帝最为敏感、最为隐晦的内心私密。这让之前那些帮助刘柳等人起复回京的努力毁于一旦，在复杂的朝廷官员派系暗斗中，他将破绽和把柄拱手送给了对手。

元和十年（公元815年）三月，"永贞革新"的旧人再次被外放远州。《旧唐书·宪宗本纪》载："以虔州司马韩泰为漳州刺史，以永州司马柳宗元为柳州刺史，饶州司马韩晔为汀州刺史，朗州司马刘禹锡为播州刺史，台州司马陈谏为封州刺史。"当然，他们召回一个月旋即外放，并非仅仅因为这一首逞一时之快的诗，主要的原因还是以武元衡为首的反对派的阻止，让原本改变主意的宪宗皇帝又心生变化。《资治通鉴》卷第二百三十九云："谏官争言其不可，上与武元衡亦恶之。三月，乙酉，皆以为远州刺史，官虽进而地益远。"他们几人虽然由原来的州郡副职司马，提升为一州之长，但是任职的州郡较之前更为偏远，明升实贬。

尤其刘禹锡被贬到的播州，今属贵州遵义地区，是唐代下州之中的下州，也是此次一同被贬的四个州中最为偏远的、生活条件最为恶劣的地方，当时人说播州是"猿狖所宅"，人无法居住，本地的州民也不过五百户。唐代惯例，官员外任，家属可以随行。当时刘禹锡的母亲已经年老多病，此行恐怕难以经受路途颠簸。刘禹锡得知自己将赴播州的消息时，惊恐失措，"昨者诏书始下，惊惧失次，叫阍无路，挤壑是虞"。自己更是懊悔不已，"智乏周身，动必招悔"（上引刘禹锡《谢中书张相公启》）。此时，好友柳宗元想到了自己母亲病死永州的旧事，便要奏请跟刘禹锡交换，以柳州换播州。他说："播非人所居，而梦得亲在堂，万无母子俱往理。"（《资治通鉴》）与刘禹锡交好的御史中丞裴度向宪宗皇帝进谏，说刘禹锡虽然罪不可赦，但是他的母亲年老多病，此去必然是死，"与其子为死别，良可伤"（《资治通鉴》卷第二百三十九）。宪宗皇帝说："为人子尤当自谨。勿贻亲忧。此则禹锡重可责也。"（《资治通鉴》卷第二百三十九）作为儿子不能够谨言慎行，让亲人担忧，更应该重加责罚。裴度再次请求，劝宪宗皇帝勿伤孝理之风。宪宗皇帝思考良久，说自己刚才的一番话，是责怪刘禹锡不懂为人子之道，但是不想伤了他母亲的心。第二日，将刘禹锡改任连州刺史。

　　从京城到柳州与连州又是同路，刘禹锡再次与柳宗元结伴南下。南下之路，正是他们十年前被贬南下的路，也是几个月前回京的路。他们两人一路相伴来至衡阳。自此，柳宗元要沿着湘江逆流而上，西行赴柳州，刘禹锡则要从陆路南下连州。两人互赠诗歌作别。

明　沈周《京口送别图》

衡阳与梦得分路赠别

柳宗元

十年憔悴到秦京，谁料翻为岭外行。

伏波故道风烟在，翁仲遗墟草树平。

直以慵疏招物议，休将文字占时名。

今朝不用临河别，垂泪千行便濯缨。

自永贞元年（公元805年）改革失败被贬算起，两人离开京城已经十年了，本来年初一起被召回，谁料又被贬谪到更远的岭南。分别之地甚是荒凉，风烟雾霭之中，依稀还能够辨认出汉代伏波将军马援南征时留下的古道，墓道上的石翁仲，遗落掩没在野树荒草之中。昔日的风云人物，早已消逝于无形。本来不屑于与庸俗之流为伍，却屡屡招致非议与陷害。回想年少轻狂时的所作所为，不过是徒有文名而已，最终并不为世所用。或许，柳宗元也是在叮嘱刘禹锡，不必纠结于文名。如今在湘江水滨再次话别，不禁让人潸然泪下。十年前湘江作别时，两人不过三十多岁的年纪，如今已经都是四十多岁，上次一贬十年，此次作别，不知道有生之年是否还能再见面。泪水之多，可以用来洗濯帽子上的璎珞了，不必再到江中取水。"沧浪之水清兮，可以濯我缨"（《孟子·离娄》），你我二人虽

被贬谪，我们的所作所为却是正直清白的。

刘禹锡和诗酬赠柳宗元：

再授连州至衡阳酬柳柳州赠别
刘禹锡

去国十年同赴召，渡湘千里又分歧。
重临事异黄丞相，三黜名惭柳士师。
归目并随回雁尽，愁肠正遇断猿时。
桂江东过连山下，相望长吟有所思。

十年前，你我二人同在湘江分别，我独自西行朗州，你南下永州。今天，你我又要在湘江的另外一个岔路口上作别了。领联化用了两则典故，黄丞相是汉宣帝时期的黄霸，他曾两次担任颍川太守，政绩突出。黄霸再次任职颍川太守，是朝廷对他的重视和信任。而刘禹锡再任连州刺史，两次都是被贬谪，与黄霸恰恰是相反的。柳士师则是指柳下惠，春秋时期鲁国的名士，姓展名禽，谥号为惠。因住在一个叫柳下的地方，后世称他为柳下惠。柳下惠担任过掌管刑狱的士师，曾经三次被罢黜。刘柳二人十年前先授刺史，未及到任，中途再贬为司马，此番是第三次被贬。柳下惠三度遭贬，却留下了美名，此处以柳下惠来称赞柳宗元有其远祖柳下惠的品德和美誉，自己与挚友柳宗元比起来，深感惭愧。这种惭愧，不仅仅是出于朋友间的客气，更可能是想到自己所作的讽刺执政权贵的诗连累了朋友。柳宗元不但没有埋怨，还请求用柳州交换播州，堪称患难与共的生死之交。

颈联触景生悲，衡阳有回雁峰，相传北来越冬的大雁，到了衡阳之后，不再南下，等春天到来的时候飞回北方。而他们两个人的贬谪之地，又在衡阳之外更远的地方。此时正值春天，大雁北归的季节，他的目光，随着回乡的大雁望向北方，直到雁行消失在天边。归雁的消逝，点燃了含杂着失意、离乡与分别的愁绪。临别老友柳宗元之前，刘禹锡的悲痛如同断肠的猿猴。"断猿"化用了《世说新语·黜免》的典故："桓公入蜀，至三峡中，部伍中有得猿子者，其母缘岸哀号，行百余里不去；遂跳上船，至便即绝。破视其腹中，肠皆寸寸断。"尾联承接湘江作别的意绪，桂江即是漓江，代指柳宗元将要去往的柳州。刘禹锡想到，柳州境内的水将汇入桂江，桂江与湘江是同源，将会流经自己所在的连山，两地水系是同源相通的，水能够汇合在一起，而两个人却难以见面。见到同源的水，就像见到了对方，或许可以稍稍缓解离愁。两人各在水一方，吟唱着汉乐府铙歌《有所思》："**有所思，乃在大海南。**"这是一首离别和思念的歌。

甫一到任，柳宗元便想要写信给刘禹锡和此次一同贬谪的永贞旧友，却又担心远路崎岖，音书寄送不到。

登柳州城楼，寄漳、汀、封、连四州
柳宗元

城上高楼接大荒，海天愁思正茫茫。
惊风乱飐芙蓉水，密雨斜侵薜荔墙。
岭树重遮千里目，江流曲似九回肠。
共来百越文身地，犹自音书滞一乡。

柳宗元登上了柳州城的最高楼，他向着漳州（今福建漳州）、汀州（今福建长汀）、封州（今广东封开）、连州的方向望去，那是刘禹锡他们被贬的地方，他希望能够看到那些州郡的样子，看到自己的朋友。然而，他只能望见茫茫的旷野，如混沌未开的原始世界一般。看不到朋友所在的地方，孤独的愁绪如同茫茫海天。首联起势雄浑苍凉，以南国荒蛮的天地为背景，衬托出孤独而渺小的自己。

诗歌的中间两联是赋中有比，实中有虚，以近、远四种实景，营造出一种凄迷孤苦的气氛，恰好与此时孤独的心情契合。颔联是近景，岭南的凄风苦雨之中，高楼之下池塘里的荷花被风吹散、摧折，密集的雨侵打着墙上爬满的薜荔。在《楚辞》的传统里，芙蓉、薜荔都是美人的象征，《离骚》云："制芰荷以为衣兮，集芙蓉以为裳。不吾知其亦已兮，苟余情其信芳。"又云："擥木根以结茝兮，贯薜荔之落蕊；矫菌桂以纫蕙兮，索胡绳之纚纚。謇吾法夫前修兮，非世俗之所服。"此联中，惊风、密雨摧折了具有美德的芙蓉、薜荔，以此比喻仕途的险恶，暗含他们遭恶势力打击陷害。颈联状远景，接续首联的远望，望向远处的目光被重重山岭、密密丛林所遮挡，江流千回百折，如同此时的愁肠百结。既是赋景，又是作比。尾联扣题做结，五个人一起被贬谪到了南越荒蛮之地，本已经凄苦不堪，却又不能互通音讯，各自孤独地滞留一乡。

写作此诗时，柳宗元或许挂念着何时才能再见到刘禹锡。令人悲伤的是，两位挚友在衡阳界的湘水边上一别之后，此生再未相见。

三

唐宪宗元和十四年（公元819年），冬。

刘禹锡九十多岁的母亲在连州离世，刘禹锡卸任连州刺史，奉灵柩回洛阳丁忧。次年春，刘禹锡来到了五年前与挚友柳宗元分别的衡阳境内。此时，他或许再次感念柳宗元曾经为他请求以柳州换播州的事情。如果真的贬到了播州，恐怕自己的母亲早已死在了赴任的路上。他的母亲刚去世的时候，柳宗元还专程派人到连州吊唁，信中担心刘禹锡过于悲伤会生病，悉心劝慰。或许正在思念柳宗元之际，刘禹锡忽然被告知，从柳州来了一位信使。刘禹锡原本以为，这是柳宗元来信回复之前的某个约定，不料却是挚友去世的讣告和遗嘱。柳宗元在遗嘱中，将自己幼小的孩子和诗文稿件，托付给了他最为信任的人——刘禹锡。

慈母初丧，又失去了一生之中最好的朋友，刘禹锡得信之后，"惊号大叫，如得狂病。良久问故，百哀攻中。涕洟迸落，魂魄震越"（刘禹锡《祭柳员外文》）。在追思柳宗元的《重至衡阳伤柳仪曹》中，刘禹锡回忆了五年前两人最后分别的情形：

重至衡阳伤柳仪曹并引
刘禹锡

元和乙未岁，与故人柳子厚临湘水为别。柳浮舟适柳州，余登陆赴连州。后五年，余从故道出桂岭，至前别处，而君没于南中。因赋诗以投吊。

> 忆昨与故人，湘江岸头别。
> 我马映林嘶，君帆转山灭。
> 马嘶循古道，帆灭如流电。
> 千里江蓠春，故人今不见。

五年前的春天，湘江岸头分别之时，我的马在岸边的林中长嘶，我看着你的船帆逆江而上，转过一座山峰，消失在我的视线中。我骑着马，继续沿着你所说的伏波将军的古道前行，而你的风帆如闪电一般流过，谁料从此你在我的生命中消失了。在这样一个悲伤的春天里，我从来时的古道重过衡阳——我们最后分别的地方。如今，只看到水中红色的江蓠，目极千里，却怎么也看不到你曾从此处远去的风帆。看到江蓠，刘禹锡想到了高洁的楚人屈原，《离骚》云："扈江离与辟芷兮，纫秋兰以为佩。"亡友柳宗元的身上，仿佛有屈原那孤独的影子。

唐敬宗宝历二年（公元826年），秋。

五十五岁的刘禹锡奉诏回洛阳，结束了近二十多年的贬谪生涯。在他为母亲守丧的那年（公元820年），依靠宦官逼宫即位、打击"永贞革新"派的唐宪宗为宦官所杀。长庆元年（公元821年）冬，唐穆宗任刘禹锡为夔州刺史。长庆四年（公元824年），刘禹锡调任和州（今安徽和县）刺史，四年连守两州，仍是贬谪状态。

此番自和州奉诏卸任回洛阳，刘禹锡途经扬州时，偶遇辞去苏州刺史之职，欲回洛阳养病的白居易。二人虽是初见，却如故交一般，百感交集。席间，白居易即兴题诗，为刘禹锡的贬谪生涯感叹：

醉赠刘二十八使君
白居易
为我引杯添酒饮,与君把箸击盘歌。
诗称国手徒为尔,命压人头不奈何。
举眼风光长寂寞,满朝官职独蹉跎。
亦知合被才名折,二十三年折太多。

刘禹锡则即席回赠一首:

酬乐天扬州初逢席上见赠
刘禹锡
巴山楚水凄凉地,二十三年弃置身。
怀旧空吟闻笛赋,到乡翻似烂柯人。
沉舟侧畔千帆过,病树前头万木春。
今日听君歌一曲,暂凭杯酒长精神。

自"永贞革新"失败后,刘禹锡初贬朗州司马,十年后再外放连州刺史,之后又调任夔州刺史、和州刺史,在凄凉荒蛮的巴山楚水之间,被弃置了二十二年(实为二十二年,因白居易原诗中有"二十三年",又拘于平仄,故诗中云二十三),始终是身在谪籍。《晋书·向秀传》记载,向秀曾经与嵇康一起锻铁,与吕安一起灌园。后嵇康、吕安因事被诛,向秀路经山阳旧地,思念死去的朋友,作《思旧赋》,序云:"逝将西迈,经其旧庐。于时日薄虞泉,寒冰凄然。邻人有吹笛者,发声寥亮,追想曩昔游宴之好,感音而叹，故作赋曰……"此时，刘禹锡想到向秀闻笛作《思旧赋》的旧典，当年一起参与"永贞革新"的旧友，王叔文、王伾、柳宗元、韦执谊、陈谏、凌准、吕温等人，先后死于贬所，只他一人脱离谪籍。重回京洛旧地，仿佛人间已经更换了几世。"烂柯人"的典故来自《水经注》。书中记载，有位叫王质的人，入山伐木，见有人在下棋，也有人说是童子弹琴，王质驻足观看。童子送他一个枣核，含在嘴里，便不再饥饿。等他看完要回去的时候，斧柯已烂。回到家中，世上已经过去了很多年，不复旧时。诗的颈联则是一反白居易赠作的低沉情绪，豪迈的刘禹锡认为沉舟、病树这些陈腐之物必将消亡，掩不住千帆竞发，万木争春。

唐文宗大和二年（公元828年），三月。

在宰相裴度、窦易直和淮南节度使段文昌等人的推荐下，刘禹锡调回长安，任主客郎中。一别长安，已经十四年了。恰好又是三月进京，刘禹锡再次来到了玄都观：

再游玄都观绝句并引
刘禹锡

余贞元二十一年为屯田员外郎，时此观未有花木。是岁，出牧连州，寻贬朗州司马。居十年，召至京师，人人皆言有道士手植仙桃，满观如红霞，遂有前篇以志一时之事。旋又出牧，于今十有四年，复为主客郎中。重游玄都，荡然无复一树，唯兔葵燕麦动摇于春风耳。因再题二十八字，以俟后游。时大和二年三月。

百亩庭中半是苔，桃花净尽菜花开。
种桃道士归何处？前度刘郎今又来。

十四年后的玄都观里，当年长安士人争相观瞻、灿如红霞的桃花荡已经荡然无存，取代它们的是菟葵、燕麦之类的野菜。玄都观已然凄凉如此，当年亲手种植桃树的道士不知道去往何处，是生是死。较之前篇《元和十年，自朗州承召至京，戏赠看花诸君子》，这篇《再游玄都观绝句》中，对当年得势权贵之人的戏谑没有了，不过轻蔑不减，刚正耿直之气仍在，只是增添了无尽的孤独与悲凉：当年同时看花的柳宗元，没有能够看到今日的玄都观，他是一人只身北归的。

呜呼子厚，我有一言，君其闻否？

——刘禹锡《祭柳员外文》

拾贰

空山松子落

> 思念的深情再次归于平淡,
> 消散于满山落叶之中。
> 偌大的滁州,唯一人可怀。

不同性格的人,应对孤独的方式便不同。生平不喜欢交际的张充和先生,曾经自撰一联总结自己生平交游说:"十分冷淡存知己,一曲微茫度此生。"的确,总有一些不喜欢交际的人,虽然朋友很少,平时交流恐怕也不多,但是,看似冷淡之中,却蕴藏着无言的深情。韦应物便是这样的一位诗人。

一

得不到朋友陪伴的孤独,沉郁的杜甫选择入梦来消散,直爽的"元白"二人选择在频繁的诗歌唱和中絮语呢喃,而寡淡的韦应物则是选择以沉默来回应。韦应物对朋友的思念,是不着痕迹的,像"元白"二人关心的一些生命中的喜怒哀乐,一些类似"溢江鱼肥"之类的生活细节,在韦应物的心中,如同鹅卵石原有的棱角一样,早已被岁月洗刷得圆润而冰冷。即便是偶遇十年、二十年不见的朋友,韦应物依然只是淡淡地叹息:

淮上喜会梁川故人

韦应物

江汉曾为客，相逢每醉还。
浮云一别后，流水十年间。
欢笑情如旧，萧疏鬓已斑。
何因不归去，淮上对秋山。

不言之中，引人无限猜测，这是怎样的淡远，又是怎样的深情。很可惜，两《唐书》都没有给韦应物立传。诗人的生平细节已消散于历史风烟，诗歌的背景也难以确定。在这首《淮上喜会梁川故人》里，后人无法得知梁川故人是谁。从淮上来看，学者猜测这首诗作于唐德宗建中四年（公元783年）或兴元元年（公元784年）秋，韦应物时年四十八岁左右。韦应物因事重过淮上，重逢十年前客游此地时的故人。对于十年不见的老朋友，寻常人一般会激动地询问对方这十年经历了什么，甚至天南地北地聊起来，唯恐错过任何细节，如李益"别来沧海事，语罢暮天钟"（《喜见外弟又言别》）；或者感慨对方的变化，如老杜是老泪纵横，"访旧半为鬼，惊呼热中肠。焉知二十载，重上君子堂"（《赠卫八处士》）。韦应物也会这样询问，然而当他写诗记录下来的时候，他对十年间的人事变换，或许已经不太关心了。韦应物仿佛是参透了崔侯的"空樽之愁"，他知道世间聚散如流水无期，无去来处。

在韦应物的很多赠别、怀念的诗歌里，都有这样一种沉默和淡然，尤其是在这首《寄全椒山中道士》里，体现得最为明显：

寄全椒山中道士

韦应物

今朝郡斋冷,忽念山中客。

涧底束荆薪,归来煮白石。

欲持一瓢酒,远慰风雨夕。

落叶满空山,何处寻行迹?

这是唐德宗兴元元年(公元784年)普通的一天。滁州刺史韦应物的官舍里,秋天深了。能够感觉到,房间里有些阴冷了,这让韦应物突然想起山中修道的朋友。他此刻在做些什么呢?或许正在涧底砍掇荆柴,他会用它们来煮一点粗茶淡饭来吃。他的生活如此清苦,就像葛洪《神仙传》里的白石先生,"**煮白石为粮**"。在这样阴冷的风雨交加的秋日,韦应物突然想带酒去看他,去给他一些温暖的安慰。可是,秋日空旷的山中,落叶纷纷,不知道去哪里寻找他的踪迹。或许,只能在郡斋之中,持一瓢酒,远远地思念和祝福山中的朋友。

"**落叶满空山,何处寻行迹**",看似冷淡之中,却包含着韦应物对朋友的深情。深情起于首句"**今朝郡斋冷**"之中,因为心底存着朋友,才会由自己的冷,念及朋友的冷暖,潜意识里是希望朋友能够过得好一些。"忽"是不自觉的深情,是条件反射似的想到,唯有存于心底,才能忽然想到。"忽"字又将深情隐藏,稀释于平淡——韦应物希望朋友过得好,却又知道朋友是安于山中煮白石的清苦岁月的,朋友不喜欢被打扰。懂得朋友喜好的韦应物,便不再多加叨扰。君子之交,其淡如水。山中道士不需要别人救济衣食，甚至也不需要酒，能有这份想念，便足够了。所以诗的最后，韦应物放弃了找他喝酒的想法，思念的深情再一次归结于平淡，消散于满山落叶之中。

偌大的滁州，唯一人可怀。

二

翻看韦应物的集子，会看到他有多首寄给朋友的诗，寄诗的缘由往往是跟《寄全椒山中道士》一样，因为雨雪天气，他突然想到了朋友。早在结识全椒山道士的二十年前，二十九岁的韦应物任职洛阳丞，他惩治了几个骄横的军士，反而被诬告。他不为所屈，遂弃官养疾于洛阳同德寺中。

同德寺雨后寄元侍御李博士
韦应物
川上风雨来，须臾满城阙。
岧峣青莲界，萧条孤兴发。
前山遽已净，阴霭夜来歇。
乔木生夏凉，流云吐华月。
严城自有限，一水非难越。
相望曙河远，高斋坐超忽。

一个夏日的傍晚，洛水之上，不知不觉起风落雨了。郊外的山寺之中，本就少有人迹，更何况是雨天，这种意境，在沈从文先生的《边城》中也有过，有一句"雨落个不止，溪上一片烟"，两处关于山中落雨的白描，都让人觉得清冷而又安静。韦应物进而写道：这川上升起的风雨，瞬间飘满整个洛阳城。这种随着风雨延伸的想象，又会让人觉得孤寂，他一个人伫立在城外的世界里，遥想着洛阳城里的世界也在下雨。为何会想到了"洛阳城"？韦应物没有说破，因为城中有他挂念的人，相比于山寺的冷清孤寂，城市是热闹的，是有人烟的所在。

雨中的山，因云雾缭绕而显得更加高耸清幽，仿佛是进入了佛家所说的一尘不染的青莲界中。寺中听雨的人，却陷入了孤寂之中。傍晚时分，山中的云雾散去，夜的水汽暗暗生起。树木间散发着夏日雨后的凉气，月亮从微云之中露出来了。此时此刻，他想到了洛阳城中的两位朋友。他和他们，仅仅隔着一条洛水，其实是不难找到的。然而，韦应物并没有趁夜去寻访朋友，只是隔水相望。"相望曙河远，高斋坐超忽"，诗的最后，韦应物想到，此时朋友们应该也是坐在房间里，望着河水，心中些许惆怅，却终是幽远淡然的，如同此刻的我想念他们一样。

在韦应物的世界里，只存一份思念朋友的心，便可慰藉孤独。韦应物仿佛是看透了世间的聚散，见面不过是徒增了"知交半零落"的伤感。这或许是受了王子猷的影响：

> 王子猷居山阴，夜大雪，眠觉，开室命酌酒，四望皎然。因起彷徨，咏左思《招隐诗》，忽忆戴安道。时戴在剡，即便夜乘小船就之。经宿方至，造门不前而返。人问其故，王曰："吾本乘兴而行，兴尽而返，何必见戴！"（《世说新语·任诞》）

然而，王子猷更多的是狂傲与放诞，韦应物却是深情。晚年担任苏州刺史时，韦应物结识了一位叫作丘丹的人，他有时候会到临平山里去修道。韦应物经常会想到他，寄了很多诗给他。

秋夜寄丘二十二员外
韦应物
怀君属秋夜，散步咏凉天。
空山松子落，幽人应未眠。

秋天的夜里，天气转凉，韦应物就想到了丘丹，这与"今朝郡斋冷，忽念山中客"是异曲同工之妙。同是因秋天变冷而兴起了怀念，却略有差异：滁州郡斋的怀念起于"冷"，冷则令人挂念担忧，对于全椒山道士，韦应物多的是挂念，担心他的清苦。这种担心在中间两联，"涧底束荆薪，归来煮白石。欲持一瓢酒，远慰风雨夕。"虽然是白描，却是阴冷之中想到了温暖，字字可见韦应物对山中道士温厚的怀念。苏州秋夜的怀念则是起于"凉"，清凉之中透露着幽远。对于丘丹，韦应物少了一丝挂念，多了一些同道知己之感。此处的"幽人"既是丘丹，也是理想中的自己。两首诗的结句"空山松子落"（有版本作"山空"），与"落叶满空山"，分别是对"凉"和"冷"的接应。树叶落则萧疏，不免生起对冷的悲悯之心；"松子落"则幽寂，多了一份冲淡之意。

韦应物对丘丹的这份幽寂的怀念，苏东坡有过一次成功的借用：

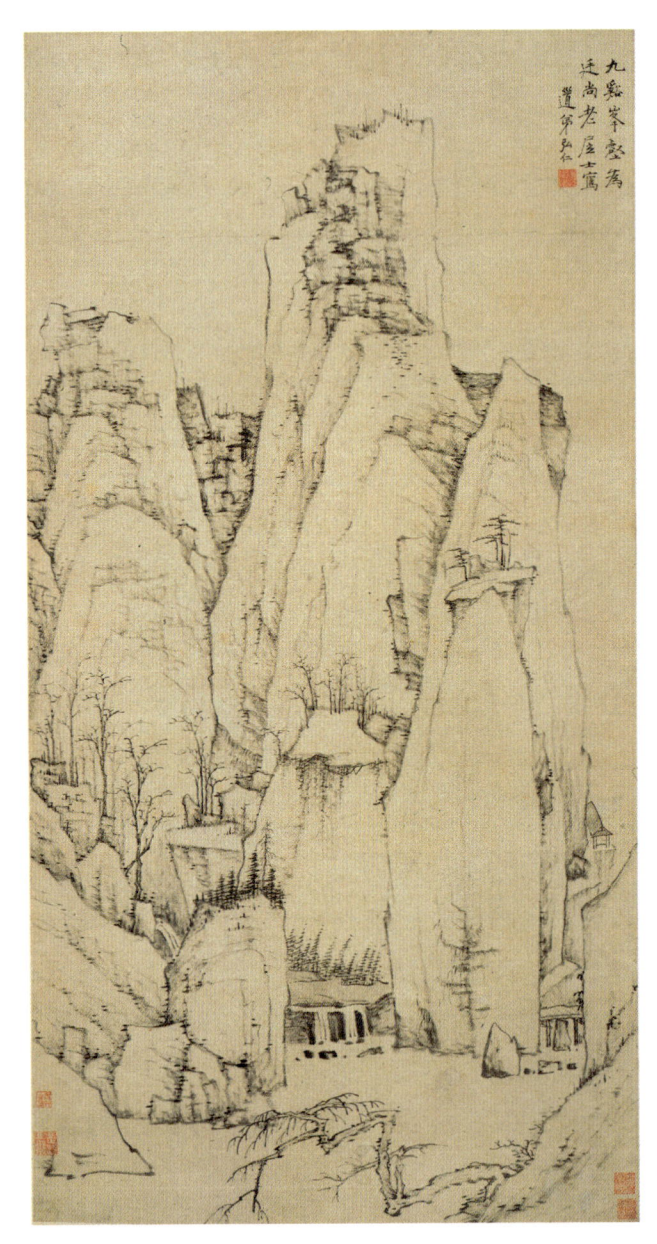

清 弘仁《九溪峰壑图》

记承天寺夜游

苏轼

元丰六年十月十二日夜,解衣欲睡,月色入户,欣然起行。念无与为乐者,遂至承天寺寻张怀民。怀民亦未寝,相与步于中庭。庭下如积水空明,水中藻荇交横,盖竹柏影也。何夜无月?何处无竹柏?但少闲人如吾两人者耳。

这是苏轼被贬谪到黄州的第四年。无事可做的苏轼,因看见今夜月色美好,便想到了住在承天寺的朋友张怀民,欣然去找他——在苏轼心中,张怀民是可以共同欣赏月色的朋友。果然,张怀民也没有睡,二人一同散步到中庭赏月。苏轼感慨道,有夜色、有竹柏影的晚上何其多,今夜是一个寻常的月夜,只是没有人像我们二人这样有闲情罢了。

月下的苏轼和张怀民,仿佛就是韦应物和丘丹。苏轼是热烈开朗一些的韦应物,他想到了朋友,便直接去了,不管对方在不在、睡没睡,睡了估计也会被叫醒。兴致来了,便直抒胸臆了。这倒是颇有魏晋风度的,简直就是月夜版的王子猷。只是苏东坡距离张怀民近,都在黄州,不像王子猷,要连夜乘舟从绍兴到嵊州,水路八九十公里,到了的时候,兴致已尽。然而韦应物怀人,即使是同在一城,也是止于怀念了。早年在洛阳同德寺中如是,中年客滁州郡斋如是,晚岁守苏州亦如是,这或许就是韦苏州之所以成为韦苏州的原因吧。

因此之故,苏轼对韦诗极为欣赏,说其是"发纤秾于简古,寄至味于淡泊"。《容斋笔记》之"绝唱不可和"条下，记载了这样一则故事：

> 韦应物在滁州，以酒寄全椒山中道士，作诗曰："今朝郡斋冷，忽念山中客。涧底束荆薪，归来煮白石。欲持一瓢酒，远慰风雨夕。落叶满空山，何处寻行迹？"其为高妙超诣，固不容夸说，而结尾两句，非复语言思索可到。东坡在惠州，依其韵作诗寄罗浮邓道士曰："一杯罗浮春，远饷采薇客。遥知独酌罢，醉卧松下石。幽人不可见，清啸闻月夕。聊戏庵中人，空飞本无迹。"刘梦得"山围故国周遭在，潮打空城寂寞回"之句，白乐天以为后之诗人，无复措词。坡公仿之曰："山围故国城空在，潮打西陵意未平。"坡公天才，出语惊世，如追和陶诗，真与之齐驱，独此二者，比之韦、刘为不侔，岂非绝唱寡和，理自应尔邪。

诚如容斋所说，"绝唱不可和"，才力如东坡，可以追和陶渊明，甚至可以用《记承天寺夜游》追慕"幽人应未眠"。但在《寄全椒山中道士》面前，却枉费枯肠了。《寄全椒山中道士》是韦苏州学陶渊明、王维、孟浩然而出其上者，试将此诗置于陶、王、孟集中，一眼能够认出。若换成《滁州西涧》或《秋夜寄丘二十二员外》，则混于王孟之中，不可辨认，"野渡无人舟自横"与"空山松子落，幽人应未眠"是韦苏州学王孟后的影子，只是幽冷清淡；《寄全椒山中道士》则是平淡清冷之中蕴含温情。一入佛道，一在人间。

同样的怀人，王维却是幽寂淡然，虽然也不想打扰朋友裴迪，却并无韦应物、苏东坡这样的深情。王维学佛，其诗文高远而不近人情。

山中与裴秀才迪书
王维

近腊月下，景气和畅，故山殊可过。足下方温经，猥不敢相烦，辄便独往山中，憩感配寺，与山僧饭讫而去。

北涉玄灞，清月映郭。夜登华子冈，辋水沦涟，与月上下。寒山远火，明灭林外。深巷寒犬，吠声如豹。村墟夜舂，复与疏钟相间。此时独坐，僮仆静默，多思曩昔，携手赋诗，步仄径，临清流也。

当待春中，草木蔓发，春山可望，轻鲦出水，白鸥矫翼，露湿青皋，麦陇朝雊，斯之不远，倘能从我游乎？非子天机清妙者，岂能以此不急之务相邀！然是中有深趣矣，无忽。因驮黄檗人往，不一，山中人王维白。

这或许就是为什么大家更喜欢韦应物的这首《寄全椒山中道士》。韦应物的思念，是认认真真地在怀念一个人，而不去叨扰他。他不执着于见面，是将内心浓浓的温厚之情，寄托于淡淡的孤寂之景中。明人高棅说"至浓至淡，便是苏州笔意"（《唐诗品汇》），可谓得之。

三

如果仅看《寄全椒山中道士》《秋夜寄丘二十二员外》这样具有"苏州笔意"的诗,让人无论如何也想不到,少年的韦应物原本竟是横行乡里的轻薄儿:

逢杨开府

韦应物

少事武皇帝,无赖恃恩私。

身作里中横,家藏亡命儿。

朝持樗蒲局,暮窃东邻姬。

司隶不敢捕,立在白玉墀。

骊山风雪夜,长杨羽猎时。

一字都不识,饮酒肆顽痴。

武皇升仙去,憔悴被人欺。

读书事已晚,把笔学题诗。

两府始收迹,南宫谬见推。

非才果不容,出守抚惸嫠。

忽逢杨开府,论旧涕俱垂。

坐客何由识,惟有故人知。

应该是生于玄宗开元二十五年(公元737年)的韦应物,十五岁时入宫为"三卫近侍",侍奉玄宗左右,横行乡里,与亡命之徒为伍。纵博、窃姬,如同汉代的羽林郎,官吏不敢问津。

他曾经跟随玄宗在骊山沐浴,长杨羽猎,一字不识,只知道纵酒任侠,顽劣痴呆。

然而,安史之乱打破了这样颓靡的生活,玄宗升仙之后,韦应物失去了侍卫的职务,反而被他人欺负。二十多岁时,他开始学习识字、作诗。之后,韦应物在洛阳、长安两府中任职,担任过尚书省比部员外郎,后来数次罢官不出,闲居在寺庙中。如果不是遇到了杨开府这样为数不多的熟知他天宝年间旧事的人,一个在后人眼中"为性高洁,鲜食寡欲,所居焚香扫地而坐"(《国史补》)、隐士一般的韦应物,怎会让人联想到,他曾是天宝年间斗鸡走狗、纵博杀人的轻薄儿。

是什么样的机缘,让韦应物转变成了淡泊的模样?或是悔恨少年轻薄,或是倦于宦海沉浮,或是郁于丧妻归女之痛,或是忘情苏州的山水,或是如俞樾所言"诗格虽高,人品或可议矣"(《茶香室续钞》)。其心中微澜,我们不得而知,唯一知道的是,安史之乱,盛唐远去,成为其一生的转折点,只道是"浮云一别后,流水十年间"(《淮上喜会梁川故人》)。

五十四岁的韦应物,终老苏州。

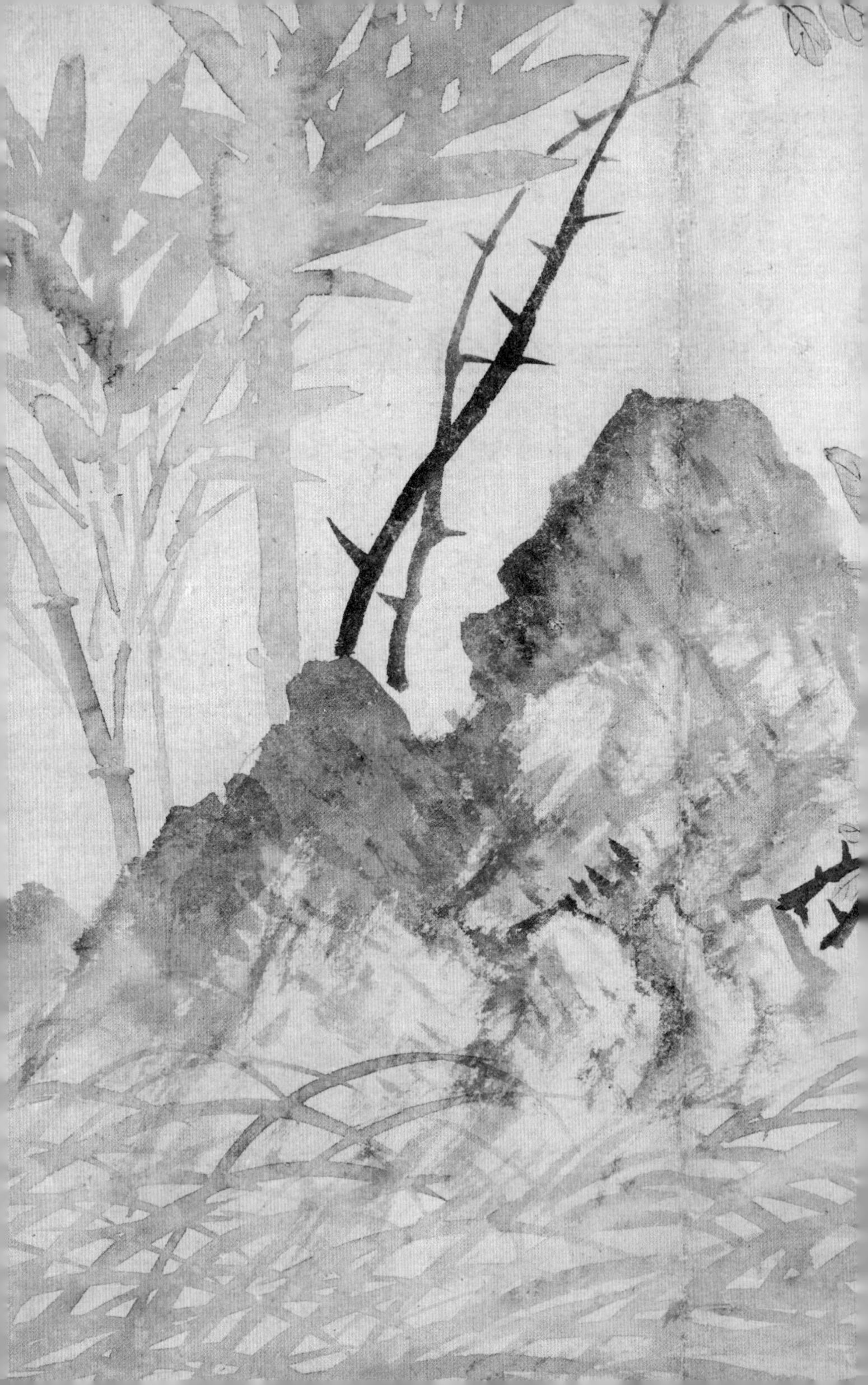

天涯倦旅

風霜摧壓百草雷雨起蟄竽 南田

"人生天地间,忽如远行客"(《古诗十九首》)。自汉代以来,人们便常常将人生看作一场孤独的旅行。人人都知道生命的旅途终将结束,然而如何迎接和度过这孤独的旅程,不同的人有不同的答案,人生不同的阶段也有不同况味。

晚年的苏东坡被贬谪到海南岛,他做好了老死荒岛的打算。意外获释后,在渡海北归的船上,他回首屡遭贬谪的一生,却并没有多少的抱怨与愤恨。尤其是海南这一段人生旅途,虽然最为痛苦,却又何尝不是一生之中经历过的最为美丽的风景:

九死南荒吾不恨,兹游奇绝冠平生。

——苏轼《六月二十日夜渡海》

愿作鸳鸯不羡仙

拾叁

> 热闹是伪装的,社交是被迫的,偌大的城市中,
> 找不到真正能够相识相知的人,
> 人人都是城市中的陌生人。

秋,杜子卧病长安旅次,多雨生鱼,青苔及榻。

——杜甫《秋述》

一

西京长安和东都洛阳,是唐代帝国强盛的象征。在卢照邻的想象中,都城又是人间极致的繁华与欲望的象征。虽然卢照邻用《长安古意》作为题目,意在说明他所描绘的是早已消逝的汉代长安城。但是会心的读者知道,他是在托古意以抒今情。

长安古意
卢照邻

长安大道连狭斜,青牛白马七香车。
玉辇纵横过主第,金鞭络绎向侯家。
龙衔宝盖承朝日,凤吐流苏带晚霞。
百丈游丝争绕树,一群娇鸟共啼花。

啼花戏蝶千门侧,碧树银台万种色。
复道交窗作合欢,双阙连甍垂凤翼。
梁家画阁天中起,汉帝金茎云外直。
楼前相望不相知,陌上相逢讵相识?
借问吹箫向紫烟,曾经学舞度芳年。
得成比目何辞死,愿作鸳鸯不羡仙。
比目鸳鸯真可羡,双去双来君不见?
生憎帐额绣孤鸾,好取门帘帖双燕。
双燕双飞绕画梁,罗帷翠被郁金香。
片片行云著蝉鬓,纤纤初月上鸦黄。
鸦黄粉白车中出,含娇含态情非一。
妖童宝马铁连钱,娼妇盘龙金屈膝。
御史府中乌夜啼,廷尉门前雀欲栖。
隐隐朱城临玉道,遥遥翠幰没金堤。
挟弹飞鹰杜陵北,探丸借客渭桥西。
俱邀侠客芙蓉剑,共宿娼家桃李蹊。
娼家日暮紫罗裙,清歌一啭口氛氲。
北堂夜夜人如月,南陌朝朝骑似云。
南陌北堂连北里,五剧三条控三市。
弱柳青槐拂地垂,佳气红尘暗天起。
汉代金吾千骑来,翡翠屠苏鹦鹉杯。
罗襦宝带为君解,燕歌赵舞为君开。
别有豪华称将相,转日回天不相让。
意气由来排灌夫,专权判不容萧相。

> 专权意气本豪雄，青虬紫燕坐春风。
> 自言歌舞长千载，自谓骄奢凌五公。
> 节物风光不相待，桑田碧海须臾改。
> 昔时金阶白玉堂，即今唯见青松在。
> 寂寂寥寥扬子居，年年岁岁一床书。
> 独有南山桂花发，飞来飞去袭人裾。

诗歌的前十二句，展示了长安权贵的奢华：在长安街道上，权贵们拥有最为名贵的车和马，他们的宅第纵横，门前往来的人络绎不绝。这是贵族社会的社交，他们在春日里宴饮、幽会。这种热闹是京城的诱人之处，它引诱着一代又一代的士子衮衮而来，他们希望拥有这样的车马、宅第。于是他们参加科目繁多的考试，以博取进入朝廷体制的资格。考试之前，他们通过向功成名就、掌握资源的老一辈士人"行卷"拜谒，以获得帮助和提携。青年白居易拜谒老年的顾况，被告知"**京城米贵，居大不易**"。他们还可以向皇帝为招揽人才而设置的"恩匦"中献上诗赋策论，引起皇帝的关注，陈子昂通过这个方法获得了武则天的赏识。然而，并不是所有人都能像白居易这样幸运，早年在长安博取功名，虽然之后也经历了贬谪和外放，但晚年又身居高位，在洛阳安然走完一生。更多的士子则是怀着理想和希望而来，带着绝望和孤愤而去。

作为都城中最为成功的帝王、公侯，他们已经将人间的权力和繁华占有到了极致。"梁家画阁天中起，汉帝金茎云外直。"比如梁冀，他是东汉的外戚，在当时的都城洛阳，穷治宅第，遮天蔽日。于是他们希望能够借助法术仙道,让他们占有的一切永驻。汉武帝为了求仙,在宫殿中竖立起了高耸云端的铜柱,上面装有铜盘,用以承接天露。在这个欲望都市里,楼宇、车马易得,真心相知相爱的人却难得。"楼前相望不相知,陌上相逢讵相识?"作为与想象中极致欲望的对比,现实中长安城却是占有权力和奢华的贵族子弟,在繁华的楼宇间聚会,在春日的街道相遇,却并不认识对方。热闹是伪装的,社交是被迫的,偌大的城市中,找不到真正能够相识相知的人,人人都是城市中的陌生人。

为了得到相知的伴侣,他们宁愿舍弃成仙——永久占有一切的想法,"得成比目何辞死,愿作鸳鸯不羡仙"。然而,在沧海桑田的自然规律面前,在人间"做鸳鸯"和"升仙"这两种想法都是奢求,"节物风光不相待,桑田碧海须臾改。昔时金阶白玉堂,即今唯见青松在"。曾经拥有的宫殿、宅第终究会坍塌,只有年年生长的青松还在,这是属于京城那些得意者的孤独。《长安古意》通篇都在写这种权力的孤独。作为对比,直到最后四句,卢照邻才提到了京城中那些失意之人的孤独:"寂寂寥寥扬子居,年年岁岁一床书。独有南山桂花发,飞来飞去袭人裾。"

卢照邻想象的汉代长安城早已消失于历史的空间,即便是他所在的唐代长安城,也将会遭遇战乱的蹂躏,只是他有生之年没有经历这种黍离之悲。几百年后的宋代人,为了避免重蹈覆辙,将唐代两都的遭遇记录了下来。《资治通鉴》里记载了长安的四次罹难:

至德元载(公元756年),安禄山叛军先是焚烧了洛阳宫殿,又攻破长安，大肆杀戮抢掠：

> 禄山命搜捕百官、宦者、宫女等，每获数百人，辄以兵卫送洛阳。王、侯、将、相扈从车驾，家留长安者，诛及婴孩。
> ……
> 安禄山使孙孝哲杀霍国长公主及王妃、驸马等于崇仁坊，刳其心，以祭安庆宗。凡杨国忠、高力士之党及禄山素所恶者皆杀之，凡八十三人，或以铁棓揭其脑盖，流血满街。己巳，又杀皇孙及郡、县主二十余人。
> ……
> 禄山闻向日百姓乘乱多盗库物，既得长安，命大索三日，并其私财尽掠之。又令府县推按，铢两之物无不穷治，连引搜捕，支蔓无穷，民间骚然，益思唐室。

唐代宗广德元年（公元763年），吐蕃趁着关中兵力虚弱，攻入长安，略城而归。唐德宗建中四年（公元783年），地方叛军反攻入长安，拥立朱泚为帝，四处抢劫，并杀死未能逃走的皇室成员七十七人。

唐僖宗广明元年（公元880年），黄巢攻入长安，"各出大掠，焚市肆，杀人满街，巢不能禁"，败退之前，又将宫殿焚烧殆尽。等皇室返回时，长安已经是"荆棘满城，狐兔纵横"。

公元904年，朱温强令皇族百官、长安市民迁往洛阳，"毁长安宫室百司及民间庐舍，取其材，浮渭沿河而下，长安自此遂丘墟矣"。

二

天宝五载（公元746年），三十五岁的杜甫，满怀着憧憬来到了长安。他并不知道，长安迎接他的，将会是十年"残杯与冷炙，到处潜悲辛"（《奉赠韦左丞丈二十二韵》）的困顿生涯，以及仕途追求的彻底破灭。更为沉重的打击，是随着生活困顿和仕途破灭而来的与"吾道何之"的精神孤独：杜甫曾坚信自己秉承的儒者之道，这是来自家族的传承，他希望能够像自己的祖先杜预那样，"致君尧舜上，再使风俗淳"（《奉赠韦左丞丈二十二韵》）。然而，彼时的长安，并不需要他和他坚守的儒家政治理念。葛晓音先生研究认为，杜甫进入长安时，开元时期以张九龄为主的文儒政治已经一去不复返，继之而起的是李林甫这一类吏能型官僚，他们不会任用那些制礼作乐献艺的文士。葛晓音先生说："杜甫的悲剧典型地反映了这一代长于开元时期，接受诗礼教育的文人被培养成文儒以后，在天宝排斥文儒的吏能政治之下必然陷于困顿的共同命运。"（《杜诗艺术与辨体》）

杜甫并不知道，他理想中的开元时代已经结束了。初到京城时，虽然生活艰辛，但是并不妨碍他意气风发。狂放的时候，他与人赌博，"冯陵大叫呼五白，袒跣不肯成枭卢"（《今夕行》），效仿晋人刘裕赌博掷子时大叫的情形，输掉之后，自嘲说古代的英雄有时候也如此。"英雄有时亦如此，邂逅岂即非良图。君莫笑刘毅从来布衣愿，家无儋石输百万。"（《今夕行》）这种一搏成名的妄想，逐渐被现实磨平了。来京的第二年，杜甫参加了科举考试。然而，李林甫唯恐有人在试卷对策中指责他，便设置障碍，

明　戴进《风雨归舟图》

导致无人中第。李林甫反而上表祝贺,说"野无遗贤"。应试无望,杜甫便想通过当时盛行的另外两种方式得到朝廷的注意和任用:向居其位的贵人献诗、向朝廷献赋。天宝九载(公元750年),杜甫曾经向尚书左丞韦济献上他的诗歌:

奉赠韦左丞丈二十二韵
杜甫

纨绔不饿死,儒冠多误身。
丈人试静听,贱子请具陈。
甫昔少年日,早充观国宾。
读书破万卷,下笔如有神。
赋料扬雄敌,诗看子建亲。
李邕求识面,王翰愿卜邻。
自谓颇挺出,立登要路津。
致君尧舜上,再使风俗淳。
此意竟萧条,行歌非隐沦。
骑驴十三载,旅食京华春。
朝扣富儿门,暮随肥马尘。
残杯与冷炙,到处潜悲辛。
主上顷见征,欻然欲求伸。
青冥却垂翅,蹭蹬无纵鳞。
甚愧丈人厚,甚知丈人真。
每于百僚上,猥诵佳句新。
窃效贡公喜,难甘原宪贫。

> 焉能心怏怏，只是走踆踆。
> 今欲东入海，即将西去秦。
> 尚怜终南山，回首清渭滨。
> 常拟报一饭，况怀辞大臣。
> 白鸥没浩荡，万里谁能驯？

在这首诗中，杜甫虽然是有求于权贵，却仍保持着儒者的傲骨。诗歌的开篇，叙述自己少年时的意气与志向，自称诗赋堪比扬雄、曹植，前辈李邕、王翰都称许他。本以为凭借自己过人的才能，很快可以步入正途，辅佐明君成为尧舜这样的圣人，协助治理天下，让民间风俗归于淳厚。然而在意气上升到顶点的时候，诗歌突转直下，接入现实的境况描写：当单纯的儒者理想遭遇现实的长安之后，只能到处祈求，却无人引荐——"朝扣富儿门，暮随肥马尘。残杯与冷炙，到处潜悲辛"。愤懑之余，杜甫向曾经属意于他的贵人韦济宣示了自己卑微的自负与自傲：感恩于韦济给予的厚爱与帮助，但是我将与这种多年寄食长安的卑微作别，我将要离开京城，成为自由翱翔的白鸥，我拒绝被人按照他们的逻辑和规则驯服。

成为白鸥的不切实际的想法，被现实的长安屡次蹂躏、踩踏。来长安第九年（公元754年）的秋天，秋雨连绵两月，农田悉数淹没，房屋多有坍塌，关中出现大饥荒。杜甫只能与平民百姓一起去购买赈灾的官米度日，自己的房子也连日漏雨，房中生出了鱼，湿苔蔓延到了床上。"秋，杜子卧病长安旅次，多雨生鱼，青苔及榻。"（《秋述》）而无知的孩子们，却在风雨里玩耍,"老夫不出长蓬蒿,稚子无忧走风雨。"(《秋雨叹三首·其三》)扶风太守房琯上报灾情,却被杨国忠拦下,说"雨虽多,不害稼也",昏庸的唐玄宗居然相信了杨国忠的话。面对民生疾苦和自己的悲惨遭遇,杜甫不禁感叹"儒术于我何有哉,孔丘盗跖俱尘埃"(《醉时歌》),自己遵从的儒道,到底有什么实际的用途?既不能救世,也不能自救。这种精神追求的孤独,远甚于贫苦和怀才不遇的苦闷。葛晓音先生便说:"达与不达,只是个人的出处问题,而'吾道'是否可行,则是精神有无归宿的问题。"(《杜诗艺术与辨体》)

写下那首《晦日寻崔戢李封》的初春时节,杜甫正在奉先县(今陕西蒲城)探亲。年前,他刚刚得到了人生中的第一个官职——河西尉。他没有接受这个需要"折腰"事人的职位,他说"不作河西尉,凄凉为折腰"(杜甫《官定后戏赠》)。不久后,他接受了右卫率府兵曹参军的新职务,这是一个从八品下的闲职。而此时杜甫已经四十四岁了,客居长安已经十年多了。公元754年冬天,杜甫无奈之下,把十口之家安置在了这个距离长安约一百公里的地方,托亲戚照看,那时他已经无力维系全家人在长安的生活。

赴任之前,杜甫觉得应该先去奉先县看看自己的妻儿,把这个好消息同家人分享,他们跟着自己,受了太多的苦。天宝十四载(公元755年)十一月的一个寒夜,杜甫从长安出发了。这次探亲的路上,杜甫为后人留下了著名的《自京赴奉先县咏怀五百字》(以下为节选):

> 杜陵有布衣，老大意转拙。
> 许身一何愚，窃比稷与契。
> 居然成濩落，白首甘契阔。
> 盖棺事则已，此志常觊豁。
> 穷年忧黎元，叹息肠内热。
> 取笑同学翁，浩歌弥激烈。
> 非无江海志，潇洒送日月。
> 生逢尧舜君，不忍便永诀。

一路上，他百感交集。回顾着过去，他执着于自己的理想，向往能够成为"稷与契"这样的人。随着年龄的增长，他变得更加固执和笨拙。如今已经四十四岁，头发变白，也没有得到施展抱负的机遇。一年到头，他天天为黎民百姓的生计担忧，叹息不已。如果自己死了也就罢了，只要没死，这种想法就不会改变。他坚守着理想，却经常被同学耻笑。或许有人说，"道不行，乘桴浮于海"，他们可以过上潇洒的隐居生活。但是杜甫不能，生逢开元盛世，不忍弃明君而去。

> 天衢阴峥嵘，客子中夜发。
> 霜严衣带断，指直不得结。
> 凌晨过骊山，御榻在嵽嵲。

路上冷得很，衣带断裂了，手指冻得无法伸直，不能给衣带打结。凌晨正好经过骊山，杜甫想到，一个月前，皇帝临幸华清宫。此时,皇帝或许正在骊山之上宴饮群臣。

> 君臣留欢娱,乐动殷胶葛。
> 赐浴皆长缨,与宴非短褐。
> 彤庭所分帛,本自寒女出。
> 鞭挞其夫家,聚敛贡城阙。
> 圣人筐篚恩,实欲邦国活。
> 臣如忽至理,君岂弃此物。
> 多士盈朝廷,仁者宜战栗。
> 况闻内金盘,尽在卫霍室。

君王赏赐给群臣的丝帛,本是寒门女子辛劳织就的。她们的丈夫和家人,被酷吏鞭笞着,把丝帛进贡到京城。君王把这些丝帛赏赐给你们这些官员,是指望你们感恩,进而为国为民尽职。群臣不能领会圣主之意,白白浪费了这些珍贵的东西。这样的庸佞之人充斥朝廷,让想有作为的仁人志士寒心战栗。更何况,朝廷的财物,尽数流失到了国舅杨国忠的家里。

> 中堂有神仙,烟雾蒙玉质。
> 暖客貂鼠裘,悲管逐清瑟。
> 劝客驼蹄羹,霜橙压香橘。
> 朱门酒肉臭,路有冻死骨。
> 荣枯咫尺异,惆怅难再述。

堂前美人如玉，载歌载舞。君王和群臣穿着貂鼠裘，吃着驼蹄羹、霜橙和香橘，如升仙班。公侯之家的珍馐无数，腐烂变质，平民百姓却饥寒交迫，弃死路边。华清宫内外，咫尺之间的差距如此之大，让人不忍再说。

> 入门闻号咷，幼子饥已卒。
> 吾宁舍一哀，里巷亦呜咽。
> 所愧为人父，无食致夭折。

杜甫无论如何也想不到，刚刚还在怜悯路边的"冻死骨"，死亡却早已蔓延到自己的家里。刚入家门，杜甫就听到了家人号啕的哭声，他的幼子已经饿死了。寒夜奔波，没想到迎接他的，不是欢聚，而是死别。年过四十，才得到一个卑微的职位，家人寄居异地一年多，自己为了所坚守的理想，幼子竟饿死，他觉得自己实在是不配为人父。

> 岂知秋禾登，贫窭有仓卒。
> 生常免租税，名不隶征伐。
> 抚迹犹酸辛，平人固骚屑。
> 默思失业徒，因念远戍卒。
> 忧端齐终南，澒洞不可掇。

自己家遭受如此苦难，杜甫由己及人，想到了更多的境况还不如自己的黎民百姓。自己作为官吏，不用交租和服兵役。这样尚不能养活孩子,何况那些失去土地的,以及在边境服役的人们。想到这里,他的愁绪如同终南山一样,压在头顶挥之不去。

两个月后,他写下了《晦日寻崔戢李封》。这首诗与《自京赴奉先县咏怀五百字》,有一个令人无限唏嘘的历史巧合:它们无意中窥探到了安史之乱爆发的"前夜"。《资治通鉴》卷第二百一十七记载,唐玄宗于天宝十四载(公元755年)十月庚寅(初四)至十一月丙子(二十一日)临幸华清宫。此时杜甫和玄宗君臣不知道的是,就在皇帝临幸华清宫的五天后,远在范阳(今河北保定市北、北京市南一带)的安禄山起兵叛乱了。两个月后,在杜甫与崔侯李生饮春酒的晦日里,叛军已经打到了潼关。此前,叛军已尽略山东之地,繁华的洛阳已为安禄山所有,官军一溃千里。他们心里明白,潼关是长安最后的门户。崔侯的"空樽之愁",不知不觉地感染了杜甫。当问出"何当甲兵休"的时候,他是没有答案的,他患上了更大的"空樽之愁",他预感到了开元天宝的盛世将要结束,这担忧的根源,他在路过骊山的夜里就思考过了。

杜甫的"空樽之愁"不幸成为史实,几个月后,潼关失守,唐玄宗仓皇西逃。长安城里的王孙、官吏、百姓不知所措,乱作一团,有人趁乱进入皇宫和贵族家中抢劫、放火。被皇帝丢弃的官员,则向敌人献上了长安城的钥匙:

> 是日,百官犹有入朝者,至宫门,犹闻漏声,三卫立仗俨然。门既启,则宫人乱出,中外扰攘,不知上所之。于是王公、士民四出逃窜,山谷细民争入宫禁及王公第舍,

盗取金宝,或乘驴上殿。又焚左藏大盈库。崔光远、边令诚帅人救火,又募人摄府、县官分守之,杀十余人,乃稍定。光远遣其子东见禄山,令诚亦以管钥献之。(《资治通鉴》卷第二百一十八)

叛乱延续了八年之久才得以平息,随之而来的是藩镇同室操戈,两京几遭兵焚,帝国遭受了无法修复的创伤。在史家的论断中,安史之乱成为大唐帝国由盛而衰的转折点。

开元、天宝年间的盛大筵席,杜甫只能从回忆的诗句里寻找:

忆昔开元全盛日,小邑犹藏万家室。
稻米流脂粟米白,公私仓廪俱丰实。

——杜甫《忆昔二首·其二(节选)》

拾肆 孤城遥望玉门关

> 在陇右边塞,酒和音乐是悲壮与孤独的引子,
> 它们让人沉醉于刹那的美丽和欢纵,
> 忘却战争的惨烈和行戍的孤独。

唐代的边塞诗歌中,经常会出现凉州、玉门关、阳关、萧关、青海、陇头、交河、洮河、阴山、雁门、榆关等地域名称。这些城池关隘,自西至东,涵括整个北方区域。如果细分,不难发现,西北方位的地名,出现的频率高于代北、东北,而且是后来居上,这与唐代边防形势变化有关。唐代早期民族摩擦主要是与突厥、契丹等的交锋。从唐玄宗时期开始,边防的主要精力集中在对付吐蕃上。边疆战争的主要战场也逐渐从整个北方,缩小至陇右、河西、西南一带。

不过,诗歌中的地名,有时候并非确指。比如,描写河陇的诗歌中,会出现北方的阴山、雁门。另外,地域范围也是泛指与确指并行的。比如,古人以西为右,陇山以西的广袤疆域,遂称为"陇右"。伴随着历朝历代行政疆域的变化,"陇右"一称所领属的地理范围,时有盈缩。狭义时,"陇右"专指陇山以西、黄河以东的地区,与黄河以西的"河西"并举。魏晋南北朝时期,又一度将"陇右"的概念扩大到整个陇山以西的疆域,将广阔的河西地区包含在内。唐贞观元年(公元627年),全国划分为十道,陇右道列为十道之一。唐玄宗开元二十一年（公元733年），对全国行政区域进行了大幅调整，划分成十五道，设置了十个节度使和三个经略使。那时，"陇右道"下辖二十一州，将河西地区包括在内："古雍、梁二州之境，今秦、渭、成、武、洮、岷、叠、宕、河、兰、鄯、廓、凉、甘、肃、瓜、沙、伊、西、北庭、安西，凡二十有一州焉。东接秦州，西逾流沙，南连蜀及吐蕃，北界朔漠。"（《唐六典》）

对于根基在关中的大唐帝国而言，广义的陇右区域具有重要的政治、经济、军事意义。唐太宗时期，大唐便经常与突厥、羌、吐蕃在陇右、河西一带角力争夺。唐玄宗初年，突厥逐渐式微，退出河陇、朔方一带的角力战。回纥尚未兴起，吐蕃日益强盛，经常侵扰边境，朝廷与吐蕃的关系，逐渐由和亲变成敌对。唐玄宗早期的边疆用兵，多数仍是以防御为主。开元后期及进入天宝年间后，唐玄宗开始穷兵黩武，轻妄举兵征伐。开元二十八年（公元740年），嫁入吐蕃的金城公主病逝后，玄宗皇帝断然拒绝了吐蕃再次的和亲请求，结束了维持近百年的舅甥关系。朝廷逐渐调集兵力，部署在陇右、河西、剑南边境。同时，制定了一系列封赏将士的政策："功名著者，往往入为宰相。"（《资治通鉴》卷第二百一十六）另外，特别提出不论出身、资历，按照战功封赏，"不限白身官资，一例酬赏"（《讨吐蕃制》）。这一政策极大地刺激了想要出人头地，却又没有门路的人。牛仙客便是依靠军功，从一个寒门出身的无名小吏，一路跻身节度使、宰相，直至封爵豳国公。这一时期的很多士人甘愿投笔从戎，进入边军幕府中。杜甫在长安走投无路时，也曾托人致书哥舒翰，想要入幕。同时期的高适曾于天宝十一载（公元752年）赴河西哥舒翰幕中，任职三年多。岑参则在天宝八载（公元749年）

入安西高仙芝幕，天宝十三载（公元754年）再次来到北庭封常清幕中。王维曾在开元二十五年（公元737年）以监察御史的身份来到凉州，任河西节度使崔希逸的判官，一年后返回长安。他们三人虽然都曾有河陇边塞的经历，但是基本居住在治所，而非前线。两军的主战场并不在河西走廊区域，而是在陇南、青海、川北等地。而且当时两军处于对峙时期，虽有摩擦，但是没有大规模的战争。出塞河陇的经历，也激发他们创作了很多优秀的边塞诗歌。林庚先生便说，盛唐时期的边塞诗，是"一种相对和平的环境下，充满豪迈精神的边防歌"（《唐诗综论》）。

安史之乱时，朝廷抽调陇右、河西、朔方诸镇兵力东征，西北兵力空虚，吐蕃趁机而入，凤翔以西，邠州以北，陇右、河西之地渐为吐蕃所有，吐蕃占领陇右的东部边界，一度距离长安只有五百里之遥。唐代宗广德元年（公元763年），吐蕃攻陷长安，郭子仪率军收复长安后，吐蕃也经常侵扰邠、泾、陇等州。安史之乱后，国家陷入了藩镇内耗中。朝廷在边疆的战事中不再有太宗、玄宗时期的威武，战败的场面居多。衰落反映在中晚唐诗人的笔下，盛唐边塞诗歌中的豪迈也一去不返，取而代之的是对战争残酷的控诉。

一

凉州词

王之涣

黄河远上白云间，一片孤城万仞山。
羌笛何须怨杨柳，春风不度玉门关。

《凉州词》是乐府的旧题,是依照凉州地方乐调而作的乐曲。《新唐书·礼乐志》记载:"天宝乐曲,皆以边地名,若《凉州》《伊州》《甘州》之类。"凉州在今天的甘肃武威,在唐朝时,曾为河西幕府的治所。唐代很多诗人都写过以《凉州词》为名的诗歌,在这些诗歌里,凉州不是单指凉州城,而是河西、陇右一带的一个广泛的地区。

王之涣(688—742)的生平事迹,后人知道得并不多。他原籍山西晋阳(今太原),开元年间曾经做过衡水县(今河北衡水)的主簿,之后被人诬告去官,漫游黄河南北。他在当时便负有诗名,唐人薛用弱《集异记》记载的"旗亭画壁"的故事,虽然不一定是确有其事,却可以证明,他曾与王昌龄、高适齐名,这首《凉州词》在唐代时已经广为流传。

这首诗写塞外荒寒之地的思乡之情。群山之中的孤城之上,一个离乡的孤独游子,或者是戍卒,眺望远方,周遭一片荒芜,只能看到广袤的土地上,黄河蜿蜒曲折,消失在远方天地相接的白云之中。"杨柳"在古代诗歌中是离别的代称,送别之时,人们会"折柳"表示挽留。也有人将"杨柳"解释为乐府《折杨柳枝》,"上马不捉鞭,反拗杨柳枝。下马吹横笛,愁杀行客儿"。古人常用笛子吹奏此曲,诉说离别之怨。王之涣的《凉州词》,并没有告诉后人离别时分的情形,或许可以从王维的《渭城曲》中体味一二:"渭城朝雨浥轻尘,客舍青青柳色新。劝君更尽一杯酒,西出阳关无故人。"

"怨杨柳"是一语双关,既是说《折杨柳枝》引发了旅人离别不归的哀怨,又透露出了时间上的零落感和空间上的疏离感。杨柳是春天到来的象征,是青春的象征。春天将至,提醒这位孤独的旅人,他在凉州的荒漠中不知道过了多少个春天了。或许,初到绝域时,他还是少年。杨柳将要发青却尚未发青,给人一种时间上的期待,期待的春天以为会到来,却迟迟没有到来,这种黏滞的时间状态,引诱旅人的内心更加焦灼,进而产生一种急迫感和无力感。杨柳将青未青,又会让人感受到一种空间上的陌生与疏远。塞外的春天,比故乡(关中)的春天来得要晚一些。羌笛原本是胡人的乐器,是塞外特有的,如今却有人用它吹奏出了汉人思乡的杨柳怨曲,关中已经是春天了,塞外的春风尚未到来,这种陌生感,让旅人感受到了来自异域的空间的排斥,他被天地弃置于群山环绕的孤城之中。这个孤城中,没有他熟悉的一切。于是,诗人发出了最后的抱怨,既然春风不来,何必多事,吹奏离殇之曲。反诘之中,带有一丝希望的期待和绝望的失落。

"一片孤城万仞山。"在王昌龄的《从军行》组诗中,也是充满了这种征戍之人独处绝域的孤独。这种孤独也是由羌笛而起,不过,他孤独的原因则是对万里之外家中妻子的思念。

从军行七首·其一
王昌龄
烽火城西百尺楼,黄昏独坐海风秋。
更吹羌笛关山月,无那金闺万里愁。

诗中征戍之人的孤独情绪千曲百折,层层晕染。马茂元先生的《唐诗选》中对这首诗的分析异常精辟,他说:"一二两句,每句都含着三层意思。"第一句中,烽火戍楼,将地点锁定在边关绝塞,是人迹罕至之处,已经是孤清之境。戍人面对的方向,又象征着萧瑟的西方,那是日落的地方。楼高百尺,孤立于绝境之中,与天境相接,更显得孤独。三种孤独的意象叠加在一起。第二句又是三种孤独的意象,时间是秋天的黄昏,这是最容易引发孤独愁绪的时段。此时只有他一人在戍楼之上,面对的是青海吹来的刺骨的秋风。第三句再追加一个"更"字,在上面两句六层视觉、触觉的孤独意象之外,再加上听觉的孤独:这个时候,有人吹起了羌笛,笛声是悲壮哀怨的《关山月》,这里隐藏着另外一个跟他一样的孤独旅人。诗歌的收束,将前番所有的愁绪,经过层层酝酿与积累,一并汇总在相思的孤独之上:**无那金闺万里愁**。

"羌笛何须怨杨柳"之中,"杨柳"这一意象所传递的那种被异域空间疏离和排斥的孤独,在岑参的诗中则表现得更加密集。在他的笔下,塞外如此雄浑苍劲、孤绝绮丽。天宝十三载(公元754年),岑参第二次出塞,来到轮台(今新疆轮台县)的封常清幕府中,任安西北庭节度判官。

走马川行奉送封大夫出师西征
岑参

君不见走马川行雪海边,平沙莽莽黄入天。
轮台九月风夜吼,一川碎石大如斗,随风满地石乱走。
匈奴草黄马正肥,金山西见烟尘飞,汉家大将西出师。
将军金甲夜不脱,半夜军行戈相拨,风头如刀面如割。

马毛带雪汗气蒸，五花连钱旋作冰，幕中草檄砚水凝。
虏骑闻之应胆慑，料知短兵不敢接，车师西门伫献捷。

这是一首为即将领兵出征的大将封常清送行的诗歌。岑参没有按照时间顺序，先写"汉家大将西出师"，再写征途的凶险。而是改变了常规送行诗歌的写法，先写将士们要去往的空间之恶：黄沙莽莽，没有生命的迹象。继而又写即将行经的走马川，水中石头如斗大，却被狂风吹得满地乱滚。这些景象超越了人世的想象，变得恐怖，那里简直是一个奇谲的鬼域。风是如何吹动斗大的石头的？实际上，诗人对于走马川绮丽鬼魅空间的夸张书写，正是源于征戍之人对于这个异乡虚实结合的想象。这个空间给他们一种强烈的压抑、肃杀之感，让他们感受到了生命的渺小和孤独，"人烟绝墟落，鬼火依城池"（岑参《过梁州奉赠张尚书大夫公》），仿佛生命被遗忘在人间与鬼域的交接之处。

这是岑参惯用的写作手法：空间描写被突出，时间顺序被错置，中心事件（征战、送别）被淡化。这样的处理，让人事消失于空间之中，让原本难以感受到的孤独情绪，变成了可视的、可触及的孤独风景。在岑参的一些边塞送别诗中，常以白描的手法展示这种孤独的风景：

白雪歌送武判官归京
岑参

北风卷地白草折，胡天八月即飞雪。
忽如一夜春风来，千树万树梨花开。

散入珠帘湿罗幕,狐裘不暖锦衾薄。
将军角弓不得控,都护铁衣冷难着。
瀚海阑干百丈冰,愁云惨淡万里凝。
中军置酒饮归客,胡琴琵琶与羌笛。
纷纷暮雪下辕门,风掣红旗冻不翻。
轮台东门送君去,去时雪满天山路。
山回路转不见君,雪上空留马行处。

如果从题目来看,"送别回京的武判官"本应该是诗歌的中心事件,然而作者却先从塞外绮丽的雪景写起,雪景空间成为征人孤独的背景。全诗由景及情,脉络由外而内:前四句写雪,突出"早",这是塞外特有的物候。"散入珠帘"以下四句,写雪中之人的感受,突出"冷"。篇幅快要过半的时候,才开始写"事":"瀚海阑干"后四句,写帐中饯别,突出"愁"。"纷纷暮雪"以下四句,为门外送行,突出"别"。末两句收束,描景与叙事终于融合为一,回京之人消失在留成之域的漫天飞雪之中。"雪上空留马行处",无限惆怅之中,既有离别友人之愁,又有因别人回京而引发的、自己不知归期何期的思乡之意,更有置身异域空间中的孤独。此诗的妙处在于既写雪,又写送别,最终又在别人的风景之中,呈现出孤独的自己。

热海行送崔侍御还京
岑参

侧闻阴山胡儿语,西头热海水如煮。

清　华喦《天山积雪图》

> 海上众鸟不敢飞，中有鲤鱼长且肥。
> 岸傍青草常不歇，空中白雪遥旋灭。
> 蒸沙烁石燃虏云，沸浪炎波煎汉月。
> 阴火潜烧天地炉，何事偏烘西一隅？
> 势吞月窟侵太白，气连赤坂通单于。
> 送君一醉天山郭，正见夕阳海边落。
> 柏台霜威寒逼人，热海炎气为之薄。

热海，即今吉尔吉斯斯坦的伊塞克湖。《新唐书·西域传》云："繇勃达岭北行赢千里，得细叶川。东曰热海，地寒不冻。西有碎叶城。"此次引发作者异域空间之孤独的，是热海之炎蒸。与上一首雪中送别的写法类似，这首诗也是先写异域的风景，视野由近及远。在热海之中，海水是热的。水面之上，飞鸟不敢过，水中却有肥美的鱼。热浪的气势，可以吞没星月。结尾四句，点明了送别的地点在天山之下，时间是黄昏日落时分。末两句是去留两个空间不同景致的对比，"柏台"是御史台的代称，汉代御史台多种有柏树，后世称御史台为"柏台"。御史主管弹劾，有秋天的肃杀之威。"侍御"是御史台的职官，作者以"柏台霜威寒逼人"，点明送行之人的身份。御史台的威严，让热海的蒸气也稀薄了。既是恭维崔侍御，又是送行。此外，"柏台"又让作者想到了回不去的京城。从篇幅上看，全诗十六句，前面十二句全部在描写热海的奇丽，唯有最后四句写送别。在诗歌的阅读感受上，热海风景（陌生的、内心排斥的西域空间）和柏台（熟悉的、向往的京城空间）对比，有一种强烈的压抑。

朋友一个个回到京城，只剩下岑参一个人孤独地留在异域风景中，惆怅地看着"雪上空留马行处"。

二

凉州词

王翰

葡萄美酒夜光杯，欲饮琵琶马上催。
醉卧沙场君莫笑，古来征战几人回？

如果说，王之涣的《凉州词》是在河陇风景中隐含着思乡之孤独，那么王翰这首《凉州词》，则写的是异域风情中征戍将士的人生境遇之孤独。

王翰，也是晋阳人，是景云元年（公元710年）的进士，曾受到宰相张说的赏识与提拔。其为人性格豪迈，生活奢靡，耽于声妓之色，这首《凉州词》正是其性格的表现。诗歌的首句铺列以西域特色的物产。凉州盛产葡萄，相传唐太宗攻破高昌之后，将马奶葡萄引入御苑，酿造出来西域的葡萄酒，"长安始知其味也"（《南部新书》）。夜光杯是精致的酒杯，相传周穆王时期，有人献上了夜光常满之杯，白玉所制，夜中发光。刚要饮酒的时候，有人在马上弹奏起了胡乐。从器具到生活习俗，从味觉到听觉，一切都是异域风情。酒和音乐是悲壮与孤独的引子，它们让人沉醉，忘却死亡的惨烈与行戍的孤独。有人会因此而嘲笑他们这种饮酒作乐的行为——沉迷于声色诱惑之中，会耽误重要的事情。但是喝酒的人并不在意这种嘲笑,在踏上征途之后,酒和音乐,以及人间一切美好的东西,都有可能随着死亡一起消失。所以,无论怎么催促,在死亡来临之前,他们都要努力抓住这短暂而奢靡的美。

在下文王昌龄这一首《从军行七首·其四》中,绝域荒凉的风景再次引发了征戍之人的悲凉与孤独。

从军行七首·其四

王昌龄

青海长云暗雪山,孤城遥望玉门关。
黄沙百战穿金甲,不破楼兰终不还。

远远望去,青海、雪山,与云天相接,苍茫弥漫,望不到尽头,给人一种愁绪无尽头之感。第二句回望玉门关,便是回望家乡的方向。玉门关往往被认为是西域与汉唐的分界,那是征戍的将士回家的必经之路,但是,只有胜利并活着才能入关。

关于这首诗的主题,历来有多种说法,有人认为是视死如归的豪壮,也有人认为是苦于征战之孤独。沈德潜在两种说法之中,偏爱后者:"作豪语看亦可,然作归期无日看,倍有味。"(《唐诗别裁集》)征戍之人的孤独与痛苦是复杂的,应该说两种感情混合,时有交替:在平日里,连年征战的他们,思念回不去的故乡,异域的风景加倍了这种孤独。在出征之前,死亡的威胁突然逼近,他们又不得不舍身而上,此时,他们会沉迷于一时之酒色欢愉,当他们踏入沙场后,已无暇顾及自己的生死与悲辛,被无常的命运裹挟着,被"不破楼兰终不还"的使命催促着,决绝而果敢地走过自己曾恐惧的"走马川"。

实际上,在朝廷"不限白身官资,一例酬赏"(《讨吐蕃制》)的刺激下,很多将士在出塞之前便下定了赌注,高适便是其中的胜利者之一。他的第一次边塞之行,并不始于陇右,而是蓟北。三十岁左右时,高适曾经到蓟北送兵,目睹过营州都督、河北节度使张守珪军中的情形。高适此行或许有过入张守珪营州幕府的打算,不过并没有得到理想的结果,最终郁闷而归,写下"谁怜不得意,长剑独归来"(《自蓟北归》)。

燕歌行并序

高适

开元二十六年,客有从元戎出塞而还者,作《燕歌行》以示适,感征戍之事,因而和焉。

汉家烟尘在东北,汉将辞家破残贼。
男儿本自重横行,天子非常赐颜色。
摐金伐鼓下榆关,旌旆逶迤碣石间。
校尉羽书飞瀚海,单于猎火照狼山。
山川萧条极边土,胡骑凭陵杂风雨。
战士军前半死生,美人帐下犹歌舞!
大漠穷秋塞草腓,孤城落日斗兵稀。
身当恩遇常轻敌,力尽关山未解围。

> 铁衣远戍辛勤久，玉箸应啼别离后。
> 少妇城南欲断肠，征人蓟北空回首。
> 边庭飘飖那可度，绝域苍茫无所有！
> 杀气三时作阵云，寒声一夜传刁斗。
> 相看白刃血纷纷，死节从来岂顾勋？
> 君不见沙场征战苦，至今犹忆李将军。

开元二十六年（公元738年），从蓟北回到封丘的高适，遇到一位从张守珪幕中出塞而归的朋友，作了一首《燕歌行》给高适看，这或许激起了他上次营州戍旅之行的一些回忆，也可能是有感于这一年张守珪暴露的一些劣迹，高适和诗一首。《旧唐书·张守珪传》载，开元二十六年，张守珪的裨将赵堪、白真陀罗等人，假传张守珪命令，逼迫平卢节度使乌知义攻击叛唐的奚人，先胜后败。张守珪隐瞒败绩，上报朝廷邀功，最终事情泄露。高适的和诗《燕歌行》，或许隐约影射了这一事件。

唐人写时事，经常会假托汉代故事。诗歌的首二句，应该是在追述唐玄宗开元十八年（公元730年）奚叛唐以来，朝廷和契丹、奚之间在东北边境的数次争斗。三四两句，点出唐玄宗早期重视军功，激赏将士边疆建功。"男儿本自重横行"，化用樊哙的典故，《史记·季布栾布列传》记载，"上将军樊哙曰：'臣愿得十万众，横行匈奴中。'"继而写行戍征战之惨烈，既有战斗时的慷慨悲壮，又写身处绝域孤城的忧郁与孤独，中间夹杂以战争的庄严、家庭的离散与将领的荒淫。诗歌以强烈的反差和对比收束：不惜身死白刃之下的普通士兵，并不仅仅是为了功勋而来的，他们有着捐躯报国的朴素精神。然而，将领的无能和荒淫昏庸，让大量的士兵白白丧失了自己的性命。

虽然在营州亲眼看见了边塞征戍士卒的悲壮与孤苦，但是高适还是希望能够出塞建功——"总戎扫大漠，一战擒单于。常怀感激心，愿效纵横谟"（高适《塞上》）。这或许与他的性格以及早年的仕途生涯极其不顺有关。他的祖父高偘也曾在当时的北庭都护府任职，参加过与突厥的战争，以军功封平原郡开国公。高适受到家族的影响，年轻时就"喜言王霸大略，务功名，尚节义"（《旧唐书·高适传》）。他二十多岁的时候曾经到长安四处干谒，"二十解书剑，西游长安城。举头望君门，屈指取公卿"（高适《别韦参军》）。但是并没有得到赏识，失意而归，在宋州一带居住了十几年。其间他落拓不羁，在燕赵、齐鲁、魏楚等地四处游历。在他三十二岁左右时，曾来到河北，想入信安王幕府从戎，并未遂愿。三十四岁时曾试图进入张守珪幕府。三十五岁时，高适再赴长安应试，不第，再次四处漫游，在淇上、宋州等地居住过。曾于此间与李白、杜甫同游。直到天宝八载（公元749年），四十九岁的高适，经由宋州刺史张九皋推荐，参加了为隐逸之人专设的"有道科"考试，才进士及第，后被授予汴州封丘的县尉之职。唐代的县尉，在县令之下，主督捕盗贼等杂务，是一个基层官员。高适始终觉得这个职位"非其好也"，三年后，经人推荐，来到了河西节度使哥舒翰的幕府中，任左骁卫兵曹参军，掌书记。

第三次出塞时，高适已经五十二岁了。而他所投靠的幕主哥舒翰，便是他年轻时曾经在《燕歌行》中讽刺过的那一类将领。《旧唐书·王忠嗣传》载，唐玄宗欲取石堡城，王忠嗣力谏劝阻：

"石堡险固，吐蕃举国而守之。若顿兵坚城之下，必死者数万，然后事可图也，臣恐所得不如所失，请休兵秣马，观衅而取之，计之上者。""今争一城，得之未制于敌，不得之未害于国。忠嗣岂以数万人之命易一官哉？"王忠嗣因不肯听命，几陷极刑。代替王忠嗣执行唐玄宗这一计划的，正是哥舒翰。天宝八载（公元749年），哥舒翰率陇右、河西两镇六万三千多兵力，攻取吐蕃石堡城，果如王忠嗣所言，官兵死亡一万多人，代价惨重。哥舒翰却凭借这次战功，封特进鸿胪员外郎摄御史大夫。李白便曾在诗中抨击哥舒翰："君不能学哥舒，横行青海夜带刀，西屠石堡取紫袍。"（《答王十二寒夜独酌有怀》）唐代三品以上官员衣紫色，李白借这首诗讽刺哥舒翰的官袍上，沾满了部下将士的鲜血。

安史之乱爆发后，哥舒翰奉命东归守潼关。高适拜左拾遗，转任监察御史，辅佐哥舒翰镇守潼关。次年，杨国忠怂恿唐玄宗，强令哥舒翰出关迎敌，败于宝灵，潼关失守，哥舒翰被俘虏降敌，后被安庆绪所杀。高适西逃，随唐玄宗奔蜀，同年，高适又参与了征讨永王李璘叛乱的战事。之后，高适又参加过征讨安史叛军的战争。五十八岁时，高适因直言被权臣陷害，贬为太子詹事。接下来的两年里，又先后出任彭州、蜀州刺史。广德元年（公元763年）二月，高适迁任剑南节度使，其间吐蕃侵犯西蜀边境，陷三州，高适无力营救。次年为严武所代替，回京任刑部侍郎，又转任散骑常侍，后封渤海县侯。永泰元年（公元765年），六十五岁的高适病死长安。

"将士军前半死生，美人帐下犹歌舞"，这像极了博弈赌注的两面，一面是生的奢靡，一面是死的悲苦。高适，他是一个幸运的"赌徒"。

漂泊西南天地间

拾伍

> 既然贤达与愚钝之人同尽黄土，
> 那么自己流落天涯，音书断绝无人问津，
> 也就任由它这般孤独寂寥吧。

一

乾元二年（公元759年）七月，杜甫辞掉了华州司功参军，举家向西，他经过长安，但是却没有进城，远远望去，不禁百感交集。

去年被贬华州，从金光门离开，杜甫回头望着长安城里层层叠叠的宫殿，不知道自己何时能够再回到长安。他又想到，两年前，他被叛军押解在沦陷的长安，寻找机会从金光门逃出去，冒着生命危险，穿越两军交战的前线，来到凤翔朝拜肃宗。"致君尧舜上，再使风俗淳"（《奉赠韦左丞丈二十二韵》），这是他孜孜追求的人生理想，这也是他祖上的家风和传统。他的远祖杜预，是魏晋时期的一代名臣、巨儒，曾任镇南大将军，平定东吴，帮助西晋统一天下。还曾写过《春秋左氏传集解》，被尊称为"杜武库"。他的祖父杜审言，也是武后朝的著名诗人。然而，他自己的仕途却始终坎坷，客居长安十年，到四十四岁才获得一个河西尉的微职。四十七岁任左拾遗，不过几个月后，就因上疏救房琯而被贬华州。此时的华州随时有再次沦陷的危险。百姓奔逃，物价飞涨，关畿地区又发生了大饥荒。卑微的官职，俸禄无法维系家庭日常生活，更无法实现自己的政治理想，他彻底看透了当朝的官员，他孜孜追求了二十多年的人生理想，在这一年彻底破灭了。

  杜甫带着家人继续向西，远离了政治中心京洛和关畿地区。他们穿过陇山，来到了陇右道的治所秦州（今甘肃天水）。他的侄子杜佐住在秦州，还有一位和尚——长安故交赞上人——也来到了秦州。杜甫一家曾暂住在赞上人的土室里，赞上人还陪他一起去城外的西枝村寻找建造草堂的地皮，然而这些安居的计划最后还是落空了。原本想着，秦州远离中原战场，相对安定。然而，杜甫并不知道，安史之乱爆发后，吐蕃一直觊觎陇右，秦州这座西北边城，时时有鼓角烽烟传来，战争已经如同夏日乌云密布的天空，雷雨一触即发。而此时，他的侄子和朋友赞上人，也无法帮助他更多了，杜甫只能靠卖药为生。理想破灭，生活无依。淹留在边城秦州的杜甫，心中孤愤难平。下雨的时候，他感到更加孤寂，他一个人看着秋雨在屋檐乱溅，一只鸬鹚时不时地将头伸到浅井中窥看，不知什么时候，蚯蚓爬进了堂屋里。在这个边塞城外，车马比长安少多了，很少有人来看他，门前的枯草很长，也没有人去剪。

秦州杂诗二十首·十七

杜甫

边秋阴易夕，不复辨晨光。

檐雨乱淋幔，山云低度墙。

> 鸱鹠窥浅井，蚯蚓上深堂。
> 车马何萧索，门前百草长。

有时候，他会去城北的一座几近荒废的山寺中散心，山门布满苔藓，殿中空旷，佛画脱落。他独自一个人向东边望去，中原战乱未息，洛阳回不去了；朝中昏庸当道，本想一展抱负的京都长安也回不去了。

秦州杂诗二十首·其二
杜甫

> 秦州山北寺，胜迹隗嚣宫。
> 苔藓山门古，丹青野殿空。
> 月明垂叶露，云逐度溪风。
> 清渭无情极，愁时独向东。

以前他还作诗说"自谓颇挺出，立登要路津"（《奉赠韦左丞丈二十二韵》），如今都已经落空。一生追逐理想，如今却连家人的基本生活都无法保障。十月底，同谷县（今甘肃成县）县宰邀请杜甫去同谷居住。当杜甫带领家人穿越二三百里的山路来到同谷县时，县宰却并没有给他太多的接济，杜甫再次陷入缺衣断食的困境。在十一月的初冬季节里，杜甫只能到山谷中去捡拾橡栗果子，拿着长镵，挖取一种当地人称之为"黄独"的块茎作为食物。可是，天下雪了，盖住了长在地上的苗茎。杜甫穿着破旧得不能遮蔽小腿的短衣，拿着长镵到处寻找，却找不到黄独。只能空手回到家中，孩子们正饿得倚着墙壁哭泣。杜甫又想到，自己的弟弟和妹妹已经多年不见，现在又音书断绝，恐怕没有人来替自己收尸了。

从天宝十五载（公元756年），他携家带口躲避战乱逃亡鄜州开始，到现在已经三年了，一直在流浪逃难。"男儿生不成名身已老，三年饥走荒山道"（《乾元中寓居同谷县作歌七首》），不知道何时才能安顿下来。

二

在同谷滞留了一个月后，杜甫又举家南下，他们穿越"难于上青天"的蜀道，历时两个月，于年底（公元759年）来到了成都，寄居在西郊浣花溪畔的草堂寺。转年的春天，杜甫在朋友的资助下，于浣花溪边修建一座草堂，两年后建成。四处漂泊的杜甫一家，终于有了一个暂时可以遮风避雨的家。从上元元年（公元760年）春到永泰元年（公元765年）夏，杜甫客居蜀中五年半，其间除了宝应元年（公元762年）秋天，因剑南兵马使徐知道叛乱，躲避到梓州、阆州住了将近一年外，其余时间都是居住在浣花溪的草堂里的。这期间，他的好友严武、高适先后来成都担任剑南节度使，在经济上给予杜甫很大的帮助。虽然杜甫入严武幕不久就辞职了，但是仍然与严武保持着较好的关系，经常相互拜访、唱和。可以说，蜀中五年是杜甫一生之中相对快乐和安稳的岁月，在创作于这一时期的《江亭》《江村》《客至》《绝句漫兴九首》《江畔独步寻花七绝句》等田园风致的诗篇里，我们看到了他亲近自然、童真率性的另一面。

江村

杜甫

清江一曲抱村流,长夏江村事事幽。
自去自来梁上燕,相亲相近水中鸥。
老妻画纸为棋局,稚子敲针作钓钩。
但有故人供禄米,微躯此外更何求?

这首《江村》写于杜甫草堂落成后不久,他们已经多久没有一个像样的家了?自从杜甫离开洛阳的家开始,他们就一直处于漂泊的状态:开元二十九年(公元741年),三十岁的杜甫结束东南漫游,回到洛阳偃师首阳山下,建造了陆浑山庄,迎娶了司农少卿杨怡之女,这是他们的第一个家,一个温馨而无忧的家。五年后,杜甫来到长安,寄居在城南的杜曲,长安十年在这里度过。"京漂"的第九个年头(公元754年),无力维持一家生计的杜甫,只能将妻儿安置到了奉先县,托人照顾,自己一个人继续留在长安。安史之乱爆发后,杜甫携家眷由奉先县向北逃难。把妻儿安置在鄜州羌村后,他又只身前往灵武,途中被叛军俘虏,押回长安。次年四月,杜甫逃出长安,穿过前线战场,来到凤翔,拜谒唐肃宗,得授左拾遗,旋即因上疏言房琯之事被免。八月,丢官的杜甫回鄜州探亲,当时的妻子和儿女还以为他已经死了,"妻孥怪我在,惊定还拭泪"(《羌村三首·其一》);好心的邻居也替他们唏嘘不已,"邻人满墙头,感叹亦歔欷"(《羌村三首·其一》);直到夜深了,他和妻子还担心这是在做梦,"夜阑更秉烛,相对如梦寐"(《羌村三首·其一》);孩子一直在怀里不肯离开他,怕他还要走,"娇儿不离膝,畏我复却去"(《羌村三首·其二》)。这年年底,他们离开鄜州的小家,返回已经收复的长安城,回到长安的家。次年,杜甫被贬到长安东边的华州。又过一年,他们举家来到秦州、同谷。这么多年,他们居无定所,有时候寄居在寺庙里。直到浣花溪草堂落成,他们才又暂时安定下来,这是多么令人高兴的事情。

虽然杜甫一直没有终老剑外的打算,一直想着要回到长安或者洛阳,日后他送严武归京任职的时候还说"此生那老蜀?不死会归秦"(《奉送严公入朝十韵》),虽然还是客寓异乡,但是比起在奉先、羌村、秦州、同谷的时候,已经是幸福多了。

在这个偏远的西南边陲,中原消息来得迟缓,他被他日夜关心的帝国遗忘在这里。草堂虽然简陋偏僻,但是杜甫非常喜欢它,它是幽静的:江水清清,环绕着小村流过。夏日无事,江村的一切都是安静的。燕子在草堂梁间自在地飞来飞去,水鸥在江中相亲相爱。他们想要通过游戏来休息和庆祝:草堂里的用具尚不齐全,这并不影响他们的心情,妻子在纸上画出棋盘,孩子自己制作了钓钩。这或许是多年流离和贫困形成的生存习惯:一切用具,都可以自己想办法制作出来。有朋友提供的微职可以养家糊口,五十岁的半老之躯,没有更多的要求了。"微躯此外更何求",杜甫对于新开启的草堂生活满足之余,似乎还有一丝对自己一事无成的叹惜。

然而,在短暂的田园生活带来的安逸之下,流寓蜀中的杜甫内心总是有孤独和沉重的暗流涌动:这几年,帝国仍然是危机四伏,朝廷引回纥兵讨伐叛乱,回纥趁乱洗劫了东京洛阳。吐蕃、党项羌趁官军陷于讨伐中原叛乱之际侵占陇右,于广德元年(公元763年)冬攻陷了长安城,唐代宗仓皇出逃。此外,藩镇叛乱时有发生。当这些消息传到剑外,总是会将杜甫从田园生活安逸中拉出来,再次陷入忧时伤乱的沉郁之中。比如这首著名的《登楼》,便是因感于广德元年(公元763年)十月,郭子仪率军收复长安城,迎接西奔的唐代宗还京而作。

登楼
杜甫

花近高楼伤客心,万方多难此登临。
锦江春色来天地,玉垒浮云变古今。
北极朝廷终不改,西山盗寇莫相侵。
可怜后主还祠庙,日暮聊为梁父吟。

收京的消息传到梓州的时候,已经是春天了。然而,杜甫却无法像去年春天听闻官军收复中原那样欣喜若狂,而是陷入了不尽的悲哀。京师虽然收复,但是西边战事未平,去年十二月,吐蕃又陷西蜀境内松、维、保三州及云山新筑二城。正是在这样的天下战事此起彼伏的时候,杜甫登上了春天的高楼。

诗歌的首联以"兴"的手法起势,因花而登楼,因登楼而想见天下形势,情绪层层推进。"花近高楼"是实写眼前之景,"万方多难"是虚写时势背景,为全诗奠定了悲怆与孤独的基调,又将视野从眼前的春景拓展到无穷的远方。

颔联采用了"比"的手法，以所见之景做喻，两句之中，动静结合，今古对照，虚实相依。整体读来，气势宏阔，包藏宇宙。第三句"锦江春色"接续首句"花近高楼"，仍是实写春景，春色由近处高楼之花，推至远处锦江之上，春色满眼，铺天盖地。第四句"玉垒浮云"承接次句"万方多难"，以玉垒山上浮云变化的实景，象征当前波动的局势以及古今以来的家国盛衰兴亡，仍是写时势。时间由今及古，从眼前的战乱，延伸到自古至今。江与山亘古不变，浮云白衣苍狗，变化无定。无论如何变换，春色年复一年地到来。

律诗的惯例，上半部分写景，下半部分抒情议事。颈联是采用赋的手法，直陈当前局势。吐蕃虽然陷京立帝，但随即被郭子仪收复，唐代宗自陕州（今河南陕县）返回帝京，"西山盗寇"吐蕃虽然屡屡侵犯，朝廷仍然如北极星一样恒居中央，为众星拱仰。更为巧妙的是，杜甫安排一、三、五句相对应，春天终将如约到来，与朝廷始终屹立不倒形成连贯的意象。二、四、六句相对应，虽然盗寇侵扰，万方多难，但终将会成为历史的浮云，消散于无形。

尾联则是托古喻今，视野从杳渺的宇宙——"天地"，宏阔的山川——"锦江""玉垒"稍做回收，目光落在了附近可见的后主祠庙上。蜀国先帝刘备、后主刘禅、武侯诸葛亮的祠庙都在锦官城外。虽然后主刘禅乐不思蜀，死于洛阳，但是蜀人还是为他立了祠庙。刘禅因崇信宦官黄皓以致亡国。或许，杜甫由此想到，唐代宗极度崇任奸人程元振，以致帝京再度失陷。后主刘禅赖有诸葛亮的辅佐，而如今，悲伤时局的杜甫，只能在日暮之时，孤独地吟诵起诸葛亮隐居时喜欢吟诵的《梁父吟》，那是一首哀叹贤人不为所用的歌。

三

永泰元年（公元765年）四月，刚四十岁的严武病死成都。虽然客居蜀中多年，杜甫却没有将这里作为终老之地，前几年就计划着顺江东下，他说"厌蜀交游冷，思吴胜事繁。应须理舟楫，长啸下荆门"（《春日梓州登楼二首·其二》）。这一年，蜀中军阀混战，局势动荡。又加上失去了朋友和经济依靠，杜甫便下定决心，于五月举家乘舟顺江而下，过嘉州（今四川乐山）、戎州（今宜宾）、渝州（今重庆）、忠州（今重庆忠县）。行至云安时，杜甫

元　赵孟𫖯《双松平远图》

的"消渴"（糖尿病）之症发作，加上风痹（风湿性关节炎），双脚不能走路，他痛苦不堪，只能停下来休养。

第二年（公元766年）春天稍愈，杜甫一家继续东下。来到夔州时，夔州都督、御史中丞柏茂琳将杜甫招至幕下。或许杜甫期待柏茂琳像他的朋友严武那样，是一个能够平定蜀中军阀混战、抵御吐蕃侵扰的良将，加上一家老小生活无着落，自己又是百病缠身——这时候杜甫肺病、糖尿病、风湿性关节炎等疾病又同时发作了，身体状态极差，他不得不接受了柏茂琳的邀请。柏茂琳帮助杜甫购置了四十亩果园，让他管理东屯的一百顷公田，给他一些奴仆，杜甫暂时打消了东下的想法，在夔州住了下来。来夔州之前，杜甫和柏茂琳没有交往。如果说，杜甫入川是投靠朋友，留居夔州则完全是依附他人了。而且，杜甫很快意识到，

自己所托非人。与严武、高适不同，柏茂琳只是一个发迹于地方军阀混战的武夫，他的心思，都在如何巩固和扩大自己的势力，杜甫对他的期待逐渐落空了。

于是，在重阳节到来的时候，孤苦的杜甫登上了夔州的一个高台，看到萧索悲凉的秋色，百感交集。如果从告别卫八处士、离开华州的乾元二年（公元759年）秋算起，杜甫在乱世中漂泊了七八年了。淹留夔州的杜甫，想到天下风雨飘摇，看不到重回开元盛世的任何希望；虽然持续了七年多的"安史之乱"已经结束，但是故土中原又陷入了军阀割据混战，边疆也不宁静，就在杜甫淹留夔州的第二年（公元767年），吐蕃再次进兵陇右，围灵州，长安随时可能再蹈沦陷的覆辙：四年前，长安就曾经被吐蕃攻破，唐代宗仓皇出逃。朝廷之中，又被宦官鱼朝恩、奸相元载把持。杜甫又想到平生故交，在这几年里相继零落：来到夔州的一年前（公元765年），严武、高适先后病死。两年前（公元764年），郑虔愤懑之中客死台州（今浙江临海）。三年前（公元763年），房琯卒。四年前（公元762年），李白孤星陨落。想到自己也是将死不死之人，多病缠身，又寄人篱下。在人生至暗的时刻，杜甫将自己的孤独、无助，注入了自己的诗篇中。

登高
杜甫

风急天高猿啸哀，渚清沙白鸟飞回。
无边落木萧萧下，不尽长江滚滚来。

> 万里悲秋常作客，百年多病独登台。
> 艰难苦恨繁霜鬓，潦倒新停浊酒杯。

　　诗歌的前两联，写登高远望之秋景。首联两句，是工整的对仗，每句各有三景，句内又有自对：风急、天高；渚清、沙白。首句"急""哀"二字奠定了景与情的基调，景的肃杀实由"急风"而起，急风吹散乱云，秋天显得愈加高远，也让渚沙更加明净，风的紧迫导致了动物的惊恐，猿在恐惧中哀鸣，鸟在无绪地回旋。首联是实写登高所能望见的远景，颔联则是实中有虚，目力所及最远处的落木、长江，依然是壮阔至极，加上"无边"与"不尽"，将眼中的实景推向了想象空间的远处，它是没有极限的。仿佛将站在高处的自己，放置于无限的宇宙之中，显得如此渺小和孤独。"萧萧"与"滚滚"加剧了首句带来的紧迫感，落叶展示了秋的肃杀，江水不舍昼夜，永恒流逝。

　　颈联承接前两联的秋景而发。在落叶与逝水——自然代谢的规律和永恒的宇宙面前，生命如此短促。杜甫的生命已经进入了秋天，十年来万里漂泊，客寓异乡，如今又百病缠身。生存的艰辛催促白发日增，如同秋风催促落叶。一生潦倒，壮志不展，本想借酒消愁，却因多病而停止了。全诗悲凉沉郁，荡气回肠。虽然全诗八句均为工整的对仗，却并不觉得阻顿，读起来自然顺畅，层层递进，一气贯穿，感觉不到对仗等艺术手法的存在。诚如胡应麟在《诗薮》中所说："一篇之中，句句皆律，一句之中，字字皆律，而实一意贯串，一气呵成。骤读之，首尾若未尝有对者，胸腹若无意于对者。"

杜甫初到夔州时,已是秋冬之际,他们住在一个叫作西阁的地方。这首《阁夜》便是写于西阁的一个雪后之夜。

阁夜
杜甫

岁暮阴阳催短景,天涯霜雪霁寒宵。
五更鼓角声悲壮,三峡星河影动摇。
野哭千家闻战伐,夷歌数处起渔樵。
卧龙跃马终黄土,人事音书漫寂寥。

诗歌起句,首先写冬夜的寒冷与死寂。冬天的白日是短暂的,阴阳转换显得急促,仿佛被什么事情催促着。在这个偏远之地,在夔州西郊江畔,杜甫觉得自己仿佛是流落在天涯之尽头。雪停止了,光被即将到来的黑夜赶走。寒夜漫漫,他一个人踌躇难眠。颔联是黑暗和动荡的:时间已经来到五更,天将明未明之际,更鼓与号角交替,孤夜里显得辽远而悲壮。江峡之中倒映着星影,随波摇荡。颈联写远处的声音,或许只有深夜孤独的不眠之人才能听得到:旷野中四处传来哭声,他们在哭念着战死的人。野哭的声音是无法辨别来源的,是阴森森的,仿佛是来自鬼域,而不是远处被战争摧毁的村落。渔人、樵夫唱起了只有本地夷人才会唱的歌谣,虽然杜甫听不懂夷人的歌,但是歌声还是把杜甫拉回了人间:这声音里包蕴着人间的烟火,尽管战乱频仍,这里的人们还是要继续辛苦地劳作、生活,生一天,便要想办法活一天,战乱仿佛与他们无关。在这一联里,阴阳两种光影、生死两种声音在对撞：战争带来的野哭之声如同"阴"之冬夜，它极端残酷地肃杀着生命；黎明的夷歌则与象征生命力的"阳"对应，尽管在偏远的天涯，尽管在死寂的雪冬，仍有生命之声的延续。

尾联中，杜甫的思绪由眼前的苦寒之景、耳畔的悲苦之声中延宕开来，他想到了曾经在夔州这个地方留下过声音的贤明之人："卧龙"是辅佐蜀主的诸葛亮；"跃马"则是公孙述，他曾自称白帝，夔州又名白帝城，便是纪念他。夔州人为他们二人都建立了祠庙。相对于终将湮没于历史尘埃之中的渔人、樵夫，他们是被后人敬仰的，多少人希望自己也能像他们那样成就一世功名。然而，他们终究还是化为黄土。在这一点上，与默默无闻的渔人、樵夫无异。既然贤达与愚钝之人同尽黄土，那么自己流落天涯，音书断绝无人问津，也就任由它这般孤独寂寥吧。

拾陆

夕贬潮州路八千

> 他以这样一种荒诞而幽默的方式,
> 来破解这次贬谪之旅,
> 也是整个人生的苦难之旅。
> 而荒诞和幽默的自我表演之下,
> 是他那颗耿介执拗的孤独之心。

自洛州下黄河,汴梁过淮至淮阴,一千八百有三十里,顺流。

自淮阴至邵伯三百有五十里,逆流。

自邵伯至江九十里。

自润州至杭州八百里,渠有高下,水皆不流。

自杭州至常山六百九十有五里。逆流,多惊滩,以竹索引船,乃可上。

自常山至玉山八十里,陆道,谓之玉山岭。

自玉山至湖七百有一十里顺流,谓之高溪。

自湖至洪州一百有一十八里。逆流。

自洪州至大庾岭一千有八百里。逆流,谓之漳江。

自大庾岭至浈昌一百有一十里,陆道。谓之大庾岭。

自浈昌至广州九百有四十里,顺流,谓之浈江。出韶州谓之韶江。

——李翱《来南录》

元和四年(公元809年)正月,二十六岁的李翱带着家人在洛阳登船，准备南下广州，他刚刚被任命为岭南节度使杨于陵的掌书记。一路上，他沿着大运河，穿过黄河、汴梁、淮阴、邵伯，过长江，经润州、杭州，到达衢州的时候，他的夫人生下了一个女孩，刚生完便乘船赶往了常山，随即选择陆路来到玉山，再次登船逆流上溯洪州、大庾岭，再走陆路到浈昌登船，历经六个月之久，水陆兼程七千五百多里，终于来到广州幕府中，他把自己的行程记录在了《来南录》中。

一年后，他的幕主岭南节度使杨于陵被召回京城担任吏部侍郎。他只能离开广州，来到宣州，投奔宣歙观察使卢坦，不到半年，卢坦迁刑部侍郎，李翱又来到越州担任浙东观察使李逊的判官。他的一生之中还有更多的远行，之后又先后在朗州、舒州、郑州等地任刺史，在桂州、潭州任观察使。有唐一代，官员像李翱这样频繁调动是常见的现象，唐人称之为"宦游"。由于唐代施行"本籍回避"的选官制度，士子们不能在自己的家乡任职。对大多数的士子来说，他们不但要常年离开故乡，还要接受频繁的调动，甚至贬谪，"宦游"成为唐代官员们仕宦生涯中的常态。好在，官员宦游期间是可以携带家属的，可以解决思家之苦（上引赖瑞和《唐代基层文官》相关论述）。

据赖瑞和先生在《唐代基层文官》一书中的研究："唐人需要到京城考科举和参加铨选，每任官的任期又短，再加上贬官等，他们往往在三四十岁，还处于基层文官的阶段时，就已经跑遍了大江南北，积累了非常丰富的宦游经验。初唐的陈子昂、王勃、杨炯、骆宾王、张说、张九龄如此；中晚唐的高适、王昌龄、韦应物、韩愈、元稹、白居易、杜牧、李德裕、李商隐莫不如此。岑参走得最远，到过今新疆乌鲁木齐以北的北庭幕府。中晚唐方镇大开，士人为了四处应辟入幕，宦游之风比唐前期更盛。考查两《唐书》列传中的中晚唐士人，几乎没有人没有过一段宦游经验。对士人来说，宦游是一种常态，也是做官的士人逃不掉的命运。官做得越多、越高，四处漂泊的机会也就越多。"

一

元和十四年（公元819年）正月的一天，一个叫作杜英奇的中使带着三十名宫人，手持香花，从凤翔法门寺迎接佛指骨回来了。去年冬天的时候，功德使奏称，佛指骨三十年一开，开则岁丰人安，宪宗皇帝便派人去迎接佛指骨。佛指骨在宫中留了三日，之后依次送到京中各寺，王公士民争相奉瞻，有人倾家施舍，有人燃臂供养。

时任刑部侍郎的韩愈，上疏极力反对此事，呈上了一篇《论佛骨表》规劝唐宪宗，行文言辞异常犀利。他说：

> 臣某言：伏以佛者，夷狄之一法耳。自后汉时流入中国，上古未尝有也。昔者黄帝在位百年，年百一十岁。少昊在位八十年，年一百岁。颛顼在位七十九年，年九十八岁。帝喾在位七十年，年一百五岁。帝尧在位九十八年，年一百一十八岁。帝舜及禹年皆百岁。此时天下太平，百姓安乐寿考。然而此时中国未有佛也。其后殷汤亦年百岁。汤孙

太戊在位七十五年，武丁在位五十九年，书史不言其年寿所极，盖亦俱年不减百岁。周文王九十七岁，武王年九十三岁，穆王在位百年。此时佛法亦未至中国，非因事佛而致然也。

汉明帝时始有佛法，明帝在位才十八年耳。其后乱亡相继，运祚不长。宋齐梁陈元魏已下事佛渐谨，年代尤促。惟梁武帝在位四十八年，前后三度舍身施佛。宗庙之祭不用牲牢，尽日一食，止于菜果，其后竟为侯景所逼，饿死台城，国亦寻灭。事佛求福，乃更得祸。由此观之，佛不足信，事亦可知矣。

佛教只是国外的一种宗教而已。自黄帝以至于大禹、商汤、周文王、周武王，他们都是长寿的人，百姓也安居乐业，那时候并没有佛法。汉明帝时，佛法才传入中原，之后天下乱亡，汉祚不长。南北朝的有些帝王，也谨奉佛法，但并不能保证国祚长久。尤其是梁武帝，三度舍身为僧，祭祀也不用儒家之法，他事佛求福，反而得祸，被侯景逼死。由此可见，佛不足信。

高祖始受隋禅，则议除之。当时群臣材识不远，不能深知先王之道，古今之宜，推阐明圣，以救斯弊，其事遂止，臣常恨焉。伏惟睿圣文武皇帝陛下，神圣英武，数千百年以来未有伦比。即位之初，不许度人为僧尼道士，又不许创立寺观。臣常以为高祖之志必行于陛下之手，今纵未能即行，岂可恣之转令盛也？

263

今闻陛下令群僧迎佛骨于凤翔，御楼以观，舁入大内。又令诸寺递迎供养。臣虽至愚，必知陛下不惑于佛，作此崇奉以祈福祥也。直以年丰人乐，狗人之心，为京都士庶设诡异之观，戏玩之具耳。安有圣明若此而肯信此等事哉！然百姓愚冥，易惑难晓，苟见陛下如此，将谓真心事佛。皆云："天子大圣，犹一心敬信；百姓何人，岂合更惜身命？"焚顶烧指，百十为群，解衣散钱。自朝至暮，转相仿效，惟恐后时。老少奔波，弃其业次。若不即加禁遏，更历诸寺，必有断臂脔身以为供养者。伤风败俗，传笑四方，非细事也。

唐高祖立国之初，本来打算商议废除佛法，但因退位而中止。到了宪宗皇帝您即位之初，也是禁佛的。现在，您下令迎佛指骨于大内，又让各大寺庙供奉观瞻。皇上圣明，不信佛，只是祈求好收成，百姓安居乐业。然而百姓愚昧不知，以为皇上敬佛，他们会说，天子都事佛，百姓更不惜舍身弃命。很多人都开始烧头顶、烧指头、施舍钱财衣物，男女老少，从早到晚，争先恐后地效仿，荒废了自己的耕作，如果不加以禁止，恐怕愈演愈烈，会有人断臂割肉以供养，伤风败俗，为天下人所讥笑，不是小事。

夫佛本夷狄之人，与中国言语不通，衣服殊制。口不言先王之法言，身不服先王之法服，不知君臣之义，父子之情。假如其身至今尚在，奉其国命，来朝京师。陛下容而接之，不过宣政一见，礼宾一设，赐衣一袭，卫而出境，不令惑众也。况其身死已久,枯朽之骨,凶秽之余,岂宜令入宫禁?

孔子曰:"敬鬼神而远之。"古之诸侯,行吊于其国,尚令巫祝先以桃茢祓除不祥,然后进吊。今无故取朽秽之物,亲临观之,巫祝不先,桃茢不用,群臣不言其非,御史不举其失,臣实耻之。乞以此骨付有司,投诸水火,永绝根本。断天下之疑,绝后代之惑。使天下之人知大圣人之所作为出于寻常万万也。岂不盛哉!岂不快哉!佛如有灵,能作祸祟,凡有殃咎,宜加臣身。上天鉴临,臣不怨悔。无任感激恳悃之至,谨奉表以闻。臣某诚惶诚恐。

韩愈说,佛陀原本就是一个外国人,语言不通,也不懂先王之法、君臣父子之礼。假设他还在世,奉命来大唐朝拜,皇上按照外宾的礼仪接见,让负责礼宾的部门按礼制接待、赏赐衣服,即可送他回国,不能让他传教说法,迷惑百姓。更何况,佛早已死去,死人骨头,不适宜放到宫中。孔子说,敬重鬼神,但是要远离他。《礼记》里也记载:"**君临臣丧,以巫祝桃茢执戈,恶之也。**"上古时期的诸侯吊唁,先要巫祝之人拿着桃木柄做的扫帚扫一下,祓除不祥。如今,皇上将死人的骨头放到宫中,还亲自观看,没有用巫祝,也没有用桃木扫帚扫,群臣没人敢提意见,我实在觉得这是耻辱的事。恳请皇上将佛指骨交给有关部门处理,投到水里火里,消除大家的疑惑,也断绝今后的迷惑,让天下人知道圣明君主的所作所为。佛如果真灵验,能降福祸,有什么祸端,就降临到我韩愈的身上吧。

在这篇《论佛骨表》中，韩愈对佛教有不少偏见，甚至极尽挖苦，即便是普通朋友听了也会大怒，何况是皇帝。果然，唐宪宗看后，想要处死韩愈。第二天，宪宗找来群臣商议，宰相裴度、崔群等极力劝阻，说韩愈出言犯上，确实有罪，但是他内心是非常忠诚的，否则也不敢这样说话，希望陛下稍加宽宥，以示对诤谏者的宽宥。

唐宪宗说，我能够容忍韩愈说我奉佛太过，但是不能容忍他说奉佛的帝王都寿命不长，这是狂妄不可饶恕的。后来，又有国戚为韩愈求情，才免其不死，将他贬到当时被视为烟瘴之地的潮州，担任刺史。前一年（公元 817 年）的八月，韩愈刚刚跟随宰相裴度平定了淮西吴元济的叛乱，年底还朝，因功被授予刑部侍郎，上任刚满一年，就被贬到了烟瘴之地。

正月十四这一天，已经五十二岁的韩愈辞别家人启程了。他的四女，名字叫女拏，刚十二岁，还在生着病，听到父亲要离开家远赴潮州的消息，惊恐万分，哭不出来，韩愈看着自己的小女儿，也是百感交集，心想不知道自己还能不能活着回来见到她。行至秦岭的蓝田关时，韩愈的侄孙韩湘冒雪赶来，与他同行。韩愈见到侄孙后，悲喜万分：

左迁至蓝关示侄孙湘
韩愈
一封朝奏九重天，夕贬潮州路八千。
欲为圣明除弊事，肯将衰朽惜残年。

> 云横秦岭家何在？雪拥蓝关马不前。
> 知汝远来应有意，好收吾骨瘴江边。

我早晨上疏，傍晚就遭贬谪了，韩愈感叹贬谪速度之快。实际上，是隔了一天才被贬的。潮州，有的版本写作"潮阳"，当时的潮州，又称潮阳郡，州治所在的海阳，即今广东潮安县。本想要为圣明的君主清除时弊，避免百姓为了供奉佛指骨争相弃家毁身。为了阻止这种事情的扩大，我岂能顾惜自己年老的生命？蓝田关位于秦岭的终南山中，是关中出岭入商洛、汉中的必经之路。在这个寒冷的正月里，韩愈走在秦岭中，回首望，云横秦岭，看不到长安的家，长安已经无家可归；向前看，大雪拥积，马都不敢往前走了。他预感到自己可能会老死潮州了，便对自己的侄孙韩湘说，我知道你来陪我去潮州、想要照顾我的心意了。我要是死了，你就在那个遥远的、瘴气弥漫的江边替我收尸骨吧。

说这话的时候，他想到了春秋时期同样向君主进谏而不为所用的蹇叔。作为经验丰富的老臣，蹇叔告诉秦穆公，秦军千里远征郑国，兵马疲劳，气力耗尽，郑国也早有准备，恐怕是不行的。秦穆公不听，还骂蹇叔说，你要是活到中等寿命（中寿为六十岁，蹇叔当时已经七十多岁）就死了的话，你坟墓上的树都能有两手合抱这么粗了。蹇叔的儿子也参加了这次远征，蹇叔送他时哭着说，晋国人会在崤山伏击你们，你将会战死崤山，我要去那里给你收尸。引用这个典故，可以看出韩愈还是在倔强孤介地坚持自己的政见。

二

南下的贬谪旅途中，韩愈常以其惯有的夸张、戏谑，甚至荒诞来排遣自己的孤独与忧愤。在侄孙韩湘的陪伴下，韩愈经过两个月左右的跋涉，进入岭南道境内。他们在韶州乐昌遇到一位官吏，于是向他打听潮州的情况："往问泷头吏，潮州尚几里？行当何时到？土风复何似？"（韩愈《泷吏》）这位小吏反而打趣韩愈说，这个问题问得太愚蠢了，潮州是什么地方？那是有罪的官员才会去的地方。你要是没有犯错误，哪里会来这种地方？你往前走自然会到的，这还用问吗？韩愈被他一说，羞愧得汗都出来了。这位泷史随即说只是跟你开个玩笑而已。接下来，泷吏又开始"恐吓"这个倒霉的谪官，他的语言开始由滑稽地打趣变为像煞有介事地夸张（以下节选自《泷吏》）：

> 吏曰聊戏官，侬尝使往罢。
> 岭南大抵同，官去道苦辽。
> 下此三千里，有州始名潮。
> 恶溪瘴毒聚，雷电常汹汹。
> 鳄鱼大于船，牙眼怵杀侬。
> 州南数十里，有海无天地。
> 飓风有时作，掀簸真差事。

在韩愈的复述中，这位泷吏俨然是戏曲里那些负责插科打诨的丑角。开始表演之前，他事先声明自己是去过潮州的，这让接下来的恐怖描述变得真实，不容观看者韩愈质疑。他先是说距离遥远，距离这里还有三千里。"下"字既是表述方位，也是尊卑的判分，这里已经够偏远了，潮州还不如这里；"始"字道出了行路之人的焦急，行过无数州郡，才看到有以"潮"命名的地方。次说环境之恶劣，恶溪与瘴毒，是足以致命的，又有恐怖的雷电、海上的飓风，以及像船一样大的鳄鱼，看到它的眼睛和牙齿，就吓死人了。

圣人于天下，于物无不容。
比闻此州囚，亦有生还侬。
官无嫌此州，固罪人所徙。
官当明时来，事不待说委。
官不自谨慎，宜即引分往。
胡为此水边，神色久憞慌？
瓵大瓶罂小，所任自有宜。
官何不自量，满溢以取斯。
工农虽小人，事业各有守。
不知官在朝，有益国家不？
得无虱其间，不武亦不文。
仁义饰其躬，巧奸败群伦。

泷吏此时的打趣与恐吓，都是因为看到韩愈面色忧愁地坐在水边——他因为贬谪至此而闷闷不乐，又担心自己会死在潮州。戏谑之后，泷吏又变身成为一位智者，开始一本正经地训导，语言也从此前的民间俚语变成适用于韩愈的、亦庄亦儒的文人谈吐,甚至更像是来自朝廷的苛责:也听说有从潮州生还回来的。圣人无物不容,你不必嫌弃潮州。容器有大小,你不能不自量力,已经溢出来了,还想着继续装东西进去。工农自知贫贱,能够恪守自己的本业,你们在朝为官,自认为实施了仁义之道,是否真的是有益于国家呢?

> 叩头谢吏言:始惭今更羞。
> 历官二十余,国恩并未酬。
> 凡吏之所诃,嗟实颇有之。
> 不即金木诛,敢不识恩私。
> 潮州虽云远,虽恶不可过。
> 于身实已多,敢不持自贺。

《泷吏》的最后,以韩愈羞愧地接受泷吏的教导结束。他觉得自己实在不应该消沉忧郁,为官二十多年,没有做出什么业绩,有负于国恩。没有被用刑,只是贬谪而已,岂能不感恩。

这篇诗文明显地带有韩愈的风格,他倡导"以文为诗"。这首《泷吏》与其说是诗,不如说是文,它的结构模式、语言风格更像是赋。以至于让人怀疑,这位小吏是韩愈杜撰出来的一个戏剧化的形象,"泷吏"是矛盾内心中的另外一个自己,另外一个接受朝廷给予罪名的自己。他在反思自己陷入孤独愤懑的原因,他承认自己是一个有瑕疵的人。他以这样一种荒诞而幽默的方式来破解这次贬谪旅途,也是整个人生旅途中的苦难与孤独。

当韩愈来到潮州后,他不得不尝试着面对一些奇异的事情。连食物都是陌生的,韩愈以同样的荒诞口吻向朋友诉说,他看到本地人在吃一些长相奇异,甚至恐怖的生物,它们叫作鲎、蚝、蒲鱼、蛤、章举以及马甲柱等。

初南食贻元十八协律
韩愈

鲎实如惠文,骨眼相负行。
蚝相黏为山,百十各自生。
蒲鱼尾如蛇,口眼不相营。
蛤即是虾蟆,同实浪异名。
章举马甲柱,斗以怪自呈。
其余数十种,莫不可叹惊。
我来御魑魅,自宜味南烹。
调以咸与酸,芼以椒与橙。
腥臊始发越,咀吞面汗骍。
惟蛇旧所识,实惮口眼狞。
开笼听其去,郁屈尚不平。
卖尔非我罪,不屠岂非情?
不祈灵珠报,幸无嫌怨并。
聊歌以记之,又以告同行。

出于融入异乡的责任感,韩愈不得不劝自己去尝试这些令他害怕的"南食",因为用的去腥佐料太猛,吃得韩愈汗流满面。

唯独蛇是他见过的，但更不敢吃。当时贬谪在柳州的柳宗元来信告诉他，自己吃过蛤蟆了。韩愈则说自己刚来的时候不敢吃，现在也能够稍稍尝试一点了，但是仍然害怕吃这些东西，担心这样会逐渐养成当地人的习惯，抛弃自己原有的爱好和乐趣："余初不下喉，近亦能稍稍。常惧染蛮夷，失平生好乐。"(《答柳柳州食虾蟆》)处于对"南食"既抗拒又融入的两难之中，是流落异乡的孤独。抗拒是对北方故乡以及他习惯的京城生活的孤独怀念，但是韩愈不是晋代的张季鹰，他不会因思念故乡的"鲈鱼莼菜"就辞官回乡了。融入则是无法回归的孤独，他需要在这里生活下来，不知道还有没有机会回去。融入更是他作为刺史的责任，比习惯"南食"更难的融入，则是他需要面对的工作。在这里，他见到了泷吏用来恐吓他的鳄鱼。如何捕捉鳄鱼竟然成为要处理的公务，这与他在京城刑部任职时是完全不同的。韩愈的处理方式，一如故我地荒诞而幽默，荒诞幽默之中，又隐藏着内心的耿介执拗与孤独：

祭鳄鱼文

韩愈

维年月日，潮州刺史韩愈使军事衙推秦济，以羊一、猪一，投恶溪之潭水，以与鳄鱼食，而告之曰：

昔先王既有天下，列山泽，罔绳擉刃，以除虫蛇恶物为民害者，驱而出之四海之外。及后王德薄，不能远有，则江汉之间尚皆弃之，以与蛮夷楚越。况潮岭海之间，去京师万里哉？鳄鱼之涵淹卵育于此，亦固其所。今天子嗣唐位，神圣慈武，四海之外，六合之内，皆抚而有之。况禹迹所掩，扬州之近地，刺史、县令之所治，出贡赋以供天地宗庙百神之祀之壤者哉？鳄鱼其不可与刺史杂处此土也！

刺史受天子命，守此土，治此民，而鳄鱼睅然不安溪潭，据处食民畜、熊、豕、鹿、獐，以肥其身，以种其子孙，与刺史亢拒，争为长雄。刺史虽驽弱，亦安肯为鳄鱼低首下心，伈伈睍睍，为民吏羞，以偷活于此邪？且承天子命以来为吏，固其势不得不与鳄鱼辩。

鳄鱼有知，其听刺史言：潮之州，大海在其南，鲸鹏之大，虾蟹之细，无不容归，以生以食。鳄鱼朝发而夕至也。今与鳄鱼约：尽三日，其率丑类南徙于海，以避天子之命吏。三日不能，至五日；五日不能，至七日；七日不能，是终不肯徙也，是不有刺史，听从其言也。不然，则是鳄鱼冥顽不灵，刺史虽有言，不闻不知也。夫傲天子之命吏，不听其言，不徙以避之，与冥顽不灵而为民物害者，皆可杀。刺史则选材技吏民，操强弓毒矢，以与鳄鱼从事，必尽杀乃止。其无悔！

这篇《祭鳄鱼文》中，韩愈对待"鳄鱼"的态度，与他在《论佛骨表》中对待迎佛指骨之事是一致的。从韩愈其他的一些诗文中可以看出，他本人并不是反对佛教本身，而是反对"迎佛指骨"导致劳民伤财这一行为。对待鳄鱼也是如此，如果鳄鱼不出来残害乡民牲畜，则可以相安无事。对他所坚持的这种观点，韩愈是孤高耿介，乃至于自负和执拗的。或许是出于对当地民俗的尊重，他在决定捕杀鳄鱼之前，像煞有介事地举行了一场祭拜仪式，也是对于鳄鱼的一种宣示：刺史是不怕它们的，并且要强力地阻止它们继续为害乡里，"不听其言，不徙以避之，与冥顽不灵而为民物害者，皆可杀"。这是一种决绝的行为，对待佛指骨也是如此彻底，"乞以此骨付有司，投诸水火，永绝根本。断天下之疑，绝后代之惑"。这种理直气壮的坚持，来自他对"道"和"规则"的坚守。鳄鱼和"迎佛指骨"都是有害民生的，他不惜身死也要阻止它们。

祭文的最后，韩愈强悍地说"必尽杀乃止"。对并不能听懂刺史之言的鳄鱼来说，七天的宽限日期显得如此荒诞和幽默。很难相信韩愈能够让鳄鱼听懂他的道理而回归大海，也很难相信他们能够悉数捕杀鳄鱼。或许最终，刺史组织的捕杀行为减少了鳄鱼为害乡里的频率，"尽杀乃止"的誓言是落空的。这让《祭鳄鱼文》的宣示成为韩愈孤高执拗的自我表演。真正的听众不是鳄鱼，而是刺史的下属、当地的百姓以及看到这篇祭文的后来者。

三

同年（公元819年）冬天，宪宗皇帝体恤韩愈，将其量移为袁州（今江西宜春）刺史，他在潮州只待了半年多。元和十五年（公元820年），又征为国子监祭酒，转兵部侍郎。从袁州回京的路上，韩愈经过层峰驿，去看望了一年前草草埋葬在山下的女儿：

去岁，自刑部侍郎以罪贬潮州刺史，乘驿赴任。其后家亦谴逐，小女道死，殡之层峰驿旁山下。蒙恩还朝，过其墓，留题驿梁

韩愈

数条藤束木皮棺，草殡荒山白骨寒。
惊恐入心身已病，扶舁沿路众知难。
绕坟不暇号三匝，设祭惟闻饭一盘。
致汝无辜由我罪，百年惭痛泪阑干。

元和十四年（公元819年）初，写下《左迁至蓝关示侄孙湘》的时候，韩愈并不知道，他刚出发不久，有司就以罪人家属不可留京为由，急迫地把他的家人也驱赶了出来，发往潮州。更没有料到的是，他的家人行至商州的层峰驿时，本就生病的小闺女女挐，经受了冰冻的侵袭与路途的颠簸，加之旅途饮食失节，病死在了追赶父亲的路上。女挐抱病远行时，想必会为能见到她的父亲而开心。可悲的是，直到她离世，都没能再次见到父亲。她那位"发言真率、无所畏避"（《旧唐书·韩愈传》）的父亲，那位自知"受性愚陋，人事多所不通"（《旧唐书·韩愈传》）的父亲，正在她的前方赶路，并不知道她在自己的后面紧随。而韩愈，直到四月份达到潮州之后，最迟在次年正月赴任袁州，途经韶州见到妻子和家人之时（家人行至韶州后，由刺史张蒙关照，留在韶州，未去潮州），才知道女挐离世的消息。

诗的前两联为追叙。女挐的母亲将她埋葬了层峰驿山下，棺木非常简陋，女儿一个人孤独地躺在这荒山之中。当初，父亲离

开京城的时候,女孥心中惊恐万分,身体本就生病,沿路扶着轿子,异常艰难地在冰天雪地里追赶。韩愈接着又描述妻子卢氏的追忆,埋葬完女孥之后,卢氏绕坟三匝,痛苦不止。坟前祭奠的,据说也只有一盘冷饭。如今,父亲来看她了,由于父亲的罪过,让无辜的女孥可怜地病死他乡,这是百年不见的惨痛之事,韩愈泪都哭干了。

韩愈是何等倔强之人。因为自己的耿介性格,在此之前就被贬为连州阳山令,也被贬为过太子右庶子。韩愈又是何等刚强果敢之人,他参与了平定淮西叛乱的战事。在元和十五年(公元820年)任兵部侍郎后,还主动请命赴镇州,宣抚叛乱的王庭凑。当别人都以为他会像颜真卿那样死于叛军之手时,他却能安然而归。他的狠劲让很多人敬畏,长庆三年(公元823年),韩愈任京兆尹,六军不敢犯法,底下的人私下说:"是尚欲烧佛骨,何可犯也!"(《资治通鉴》卷第二百四十三)他连皇帝供奉的佛指骨都敢烧,还有什么不敢做的,咱们可别犯在他手里。

《论佛骨表》,韩愈本是冒着必死之心上奏的。没有想到的是,他并没有获得死谏的美名,却间接导致了女儿病死。这让耿介倔强的他,背负了一生的罪与痛。

旧时王谢堂前燕

拾柒

存活于唐诗中的"纸上金陵",
已成历史空间中的幻灭之城,
是唐人走不出的六朝声色,
又是现实中进不去的长安镜像。

人事有代谢,往来成古今。

——孟浩然《与诸子登岘山》

金陵是今天南京的旧称。自西周以来,它的名字便几经变换,金陵、秣陵、建业、建康、江宁、南京。伴随着名字变换的,是朝代的盛衰更迭,以及城市的繁芜消长。六朝时期,是这个城市最为繁华的时代之一。隋唐时期,帝王尊北抑南,这个城市失去帝国的宠爱,被冷落在江南烟雨之中。它的辖域、名字也几经变化,它一度被叫作江宁,从一个繁华的都城,降格为县城,从属于江南东道的润州。

然而,在唐代士人的笔下,这个城市多数时候仍被称作金陵。往回看,这个纸上金陵,是永留于历史空间中的幻灭之城,是走不出的六朝声色。往前瞻,这个纸上的金陵,是唐代士子现实中进不去的长安,又是长安的反面镜像,是想象中长安可能的未来。他们最为担心的是,黄粱梦醒之后,现实的长安突然变成了纸上的金陵,它被取代,从繁华走向荒芜。

现实中的城市随着帝国一起盛衰消长，多少个体生命，发出了被历史和时间推移的悲哀，只能站在金陵这个想象的历史空间中孤独地叹逝。人类在和时间推移的悲哀中无处逃避，且代代如此。这样想时，诗人的孤独感中增加了历史的厚重和命运的无常。

一

当李白来到金陵的凤凰台时，留下了这样孤独的感叹：

> 登金陵凤凰台
> 李白
> 凤凰台上凤凰游，凤去台空江自流。
> 吴宫花草埋幽径，晋代衣冠成古丘。
> 三山半落青天外，二水中分白鹭洲。
> 总为浮云能蔽日，长安不见使人愁。

这首诗，曾经被认为是李白模仿崔颢《黄鹤楼》所作的，他尝试与崔颢的诗一较高下。这种说法未必可信，不过关于两首诗的高下，历来有争论。方回《瀛奎律髓》认为二诗"**格律气势，未易甲乙**"，纪昀却认为"气魄远逊崔诗"。李白并不以七律见长，这首诗并非李白最好的诗歌之一，也有明显模仿崔颢的痕迹。首句起势与崔颢诗类似。相传，南朝刘宋元嘉年间，有异鸟集于金陵凤台山上，被认为是凤凰，遂筑此台。当李白来到凤凰台的时候,传说中的凤凰早已远去。只留下凤凰台空对着日夜奔流不息的长江。颔联思绪沿着飞去的凤凰,延伸到遥远的历史空间之中,东吴、东晋,都曾经在这里建都,当时的金陵,名字是建康、建业。如今,他们的宫殿早已埋没于荒草之中,帝王的躯体与衣冠被埋入坟墓,成为荒丘。无论是当时的成功者——晋代,还是当时的失败者——东吴,都消失于金陵的历史云烟之中。颈联写眼前之景,是现实中的江宁,风物依然是青山绿水,与六朝时期相比并没有太多的变化。诗歌尾联的收束,从怀古的感伤,转回到了自己怀才不遇的孤独愁绪。以浮云蔽日形容奸邪之人阻挡贤良之士,遥远的长安,李白再也回不去了。李白的愁绪并非因思念长安这座城市而起,他是一个云游天下的人,他的孤独愁绪来自历史空间:现实中的长安将会像历史上的金陵一样,象征繁华的宫殿将会消失,帝王与功成名就的王侯将相成为荒草野冢。

这首诗一般认为是作于上元二年(公元761年),此时,李白的生命还剩下最后一年。经历过永王李璘叛乱之后的李白,入仕的理想恐怕早已彻底破灭。晚年来到凤凰台,回顾自己始终怀才不遇的一生,想到自己的生命,最终并没有能够像自己仰慕的古人那样辉煌。"*长安不见使人愁*",这是一种命运被摧折,又无可改变的悲叹,孤独在他的心中渐渐蔓延、放大。

凤凰台上李白的这种孤独,更多是个人被历史推移的孤独感悟。而刘禹锡,则将这种"被推移的悲哀"放置在一个更宏大的视角，它不仅是个体生命自我的孤独，也是人类群体共有的孤独。这种孤独由己及人、由个体向着生命群体蔓延，却又被金陵这座承载着历史烟云的城市，和城边滚滚而过的江水冲淡：人类个体的悲欣放置在群体之中、历史之中，显得渺若尘埃。

西塞山怀古

刘禹锡

王濬楼船下益州，金陵王气黯然收。
千寻铁锁沉江底，一片降幡出石头。
人世几回伤往事，山形依旧枕寒流。
今逢四海为家日，故垒萧萧芦荻秋。

这首诗是长庆四年（公元 824 年），刘禹锡调任和州（今安徽和县）刺史，途经西塞山时所作，也题作《金陵怀古》。《唐诗纪事》载："长庆中，元微之、梦得、韦楚客同会乐天舍，论南朝兴废，各赋《金陵怀古》诗。刘满引一杯，饮已即成，曰：'王濬楼船下益州……'白公览诗，曰：'四人探骊龙，子先获珠，所余鳞爪何用耶？'于是罢唱。"

西塞山在今湖北大冶市，是长江中流要塞。三国时吴国曾在此处设立江防工事，在江中险急之处，以铁锁截断，又在江底暗插一丈多长的铁锥，以抵御上游的来船。司马氏取代曹魏之后，一直试图一统天下。晋武帝派益州刺史王濬监造大型楼船连舫，"方百二十步，受两千余人。以木为城，起楼橹，开四出门，其上皆得驰马来往"（《晋书·王濬传》）。太康元年（公

280年）正月，晋人自益州发兵攻吴。发兵之前，羊祜捕获了吴国的间谍，得知了西塞山江防工事部署。于是，王濬命令善水的士兵乘竹筏先行，江底的铁锥插在竹筏上被拔出。又制作了长达十余丈、宽达数十围的火炬，灌上麻油，放置在船前，遇到铁锁便用火炬烧断。王濬"兵不血刃，攻无坚城，夏口、武昌，无相支抗，于是顺流鼓棹，径造三山"（《晋书·王濬传》）。吴国君主孙皓出城降晋。

诗歌的上半部分咏怀古迹，从攻防两端分写晋灭吴的旧事。首联气势宏荡，势如破竹。古人认为金陵具有帝王之气，战国时期楚威王曾埋金以镇之，这也是金陵一称的来源。颔联是工整巧妙的对仗，以"江底"对"石头"，点出险峻的地势与精密的防备工事，均不足凭恃。"石头"是金陵的旧称，孙权在这里建造了石壁，用以御守。诗的第三句是对第一句的回应，第四句则是对第二句的交代。

诗歌的下半部分思索当下。颈联将历史空间拓展开来，由东吴的建业，历数东晋、宋、齐、梁、陈，据金陵而亡国的，不只东吴一朝。人世间已历经了几回朝代更迭，多少易代的遗民为此感伤。当年的战场早已经湮灭成故迹，而西塞山仍然静静地枕着日夜流淌的江水。"枕"形象地突出了山的岿然不动，西塞山并不为人世间的兴亡之事动容。第七句顺应第六句而来，言当下之事。《史记·高祖本纪》云："天子以四海为家。"当年是天下分裂的局面，如今大唐帝国早已经天下一统。第八句又回应第七句，回看历朝旧事。长江之上，六朝更迭时留下的战争遗迹上，野生的芦荻在萧瑟的秋风中摇荡。

毫无疑问，这是一首经典的怀古诗，刘禹锡本是借思怀西塞山古迹和历史旧事，寄托对当时大唐帝国藩镇割据的担忧。但是刘禹锡突破了怀古咏今的常规路数：颔联"*人世几回伤往事，山形依旧枕寒流*"，既有对朝代更迭、城市兴衰这类古今之"事"的悲伤，也隐藏着伤往事之"人"的孤独。伤往事的人，是作者自己，也包括了历代以来同他一样敏感的人，比如凤凰台上的李白。他将自己的悲欢与孤独，放置到所有"伤往事"之人的悲欢与孤独中。"伤往事"的孤独，来自历史空间的压制：当愤愤不平的自己，伫立于西塞山前，想象的思绪随着王濬的楼船顺流而下，抵达金陵——这是人世间繁芜消长的象征，想象它在数百年里几度繁荣，又几度荒芜。相比之下，人的悲欢与孤独，又是何等的渺小：无论人世如何变换，城市如何兴衰，个体生命如何穷达，不变的是"*山形依旧枕寒流*"。这样想时，沉重的孤独感，或许可以得到一些宽慰和缓释。

刘禹锡从历史变迁和人世代谢中，体味出了个体生命的彻底的孤独。这种孤独感，在其《金陵五题》中，则更加细腻、生动。在刘禹锡自注的引子中，白居易再次充当了孤独的知音，他被诗中寂寞的潮水所折服。这正是刘禹锡书写孤独感的心得：孤独的愁绪本是文字难以直接描述的，它需要借助一个可视、可感的物来传递。这种通感的手法，在《西塞山怀古》中便使用过。"*山形依旧枕寒流*"，既是以象征宇宙空间和自然规律的"山"和象征时间的"江流"来反衬人世间的变幻，也是在描述孤独的形状，孤独如同山和江流一样，它是冷峻的、厚重的，是人力不可改变的。在下面这两首诗(《金陵五题》选其二)中,孤独感外化为了潮水、月与燕子。

金陵五题并引
刘禹锡

余少为江南客,而未游秣陵,尝有遗恨。后为历阳守,跂而望之。适有客以《金陵五题》相示,迫尔生思,欻然有得。它日,友人白乐天掉头苦吟,叹赏良久,且曰:"《石头诗》云:'潮打空城寂寞回。'吾知后之诗人不复措词矣。"余四咏虽不及此,亦不孤乐天之言尔。

石头城

山围故国周遭在,潮打空城寂寞回。
淮水东边旧时月,夜深还过女墙来。

当年石头城的石壁,如今已经成为断壁残垣,仍然残缺地围在城市的周遭。"故国"指的是历史空间里的金陵,是东吴的石头城,是东晋、南朝的建康城。诗人眼前所见的,是地理空间上存续的江宁城,与历史空间中消失的石头城叠加在一起,因六朝湮灭,"故国"已成"空城"。缓慢侵蚀城市的潮水,从六百年前的东吴到现在,一直在寂寞地拍打过来,又拍打过去。而千年不变的月,依旧从城墙的箭垛上照了过来。诗人咏怀历史而起的厚重的孤独感,因青山的环抱、江水的迂回与皓月的普照,而变得广阔起来。

乌衣巷

朱雀桥边野草花，乌衣巷口夕阳斜。
旧时王谢堂前燕，飞入寻常百姓家。

在《金陵五题》的第二首《乌衣巷》中，厚重的历史变得轻盈了一些，它化身为南朝穿越过来的燕子。乌衣巷在金陵秦淮河边，朱雀桥附近，曾是三国时期吴国石头城守军军营驻扎之地，士兵皆服乌衣，故名乌衣巷。晋室东渡后，著名的贵族王、谢两家曾居住在附近。诗歌的首句，以卑微的野草领起，反衬尊贵的王侯贵族的凋谢。人世间无论多么富贵繁华，在历史的空间中也不过是卑微的野草，自荣自枯。燕子成为历史变迁、繁华与荒芜交替的见证者。燕子的来去，如同人事代谢的自然规律，它是如此轻盈、如此若无其事，但是对于营营碌碌的人类和它的个体生命而言，却是难以承受之重。

二

被刘禹锡感叹的纸上金陵，对于旧时王谢来说，则是山河易代的流亡风景。

他们的父辈，和王濬一起，从吴主孙皓手中接过了石头城，宣告了天下一统。仅仅过了三十七年，他们便不得不离开洛阳，仓皇南渡，以失败者的身份，再次来到已是花草埋幽径的吴宫。皇帝和他的王侯，不得不重建这个被他们的先辈所遗弃的宫殿和城市。东晋渡江之初的几年里，皇室竟无力修建宫城，只能修饬孙吴废弃的旧宫。从东晋元帝到明帝，历两代帝王，宫城、都城的城墙居然是竹篱笆围成的，无力新造楼观。直到晋孝武帝太元三年（公元378年），才在谢安的主持下增建宫殿三千五百余间。晋初过江的王侯贵族们，在建康城西南找到了一块叫作新亭的地方。过江之前，他们习惯在洛水边上雅集。如今，他们依样相约在新亭宴饮。当周顗看到新亭的风景与洛水相似的时候，便哭了起来。《世说新语·言语》载：

> 过江诸人，每至美日，辄相邀新亭，藉卉饮宴。周侯中坐而叹曰："风景不殊，正自有山河之异！"皆相视流泪。唯王丞相愀然变色曰："当共勠力王室，克复神州，何至作楚囚相对！"

对于"新亭对泣"的王侯们来说，建康的一草一木都沾染了流亡的孤独与悲哀。此时的建康成为时人对于洛阳的遥远回忆，又成为后世的唐人对于长安的担忧。唐人的担忧是一种预先验证的"空樽之愁"，他们从帝国的衰相中预感到，长安会成为前朝的建康，进而担心自己也将对着流亡的风景而哭泣。不过，与旧时王谢哭泣山河之异不同，唐代士人哭泣的，则多是夹于山河易代、家国兴亡之际的个人命运。他们多半不是旧时王谢这样的国家柱石，他们更关注和自己一样的普通生命个体。

如同刘禹锡的《金陵五题》，杜牧在面对兴亡代谢之时，也将视野从山河之易，移向了家族兴衰，以及个人被历史"推移"

的悲哀与孤独。实际上，杜牧的出身更像是"旧时王谢"。他是当时的高门世族京兆杜氏之后，是京城最显赫的人家，时人称"城南韦杜，去天尺五"。他的远祖可以追溯到西汉御史大夫杜周，其子孙在汉魏六朝世代为官。他与杜甫同是西晋当阳侯、镇南大将军、荆州刺史杜预之后，不过支脉相去较远。入唐之后，杜氏家族也是世居高位。在杜牧出生的贞元十九年（公元803年），他的祖父杜佑拜相，此后十年高居相位，历相三帝。当时杜家的宅第在长安的安仁坊，为朱雀门街东第一街，北数第三坊，正居于长安城的中央。他们家在长安城外三十多里的杜樊乡还有别业，名为樊川，"亭馆林池，为城南之最"（《旧唐书·杜式方杜从郁传》）。不过，在杜牧十岁的时候，杜佑去世。杜牧的父亲、杜佑的三儿子杜从郁，在杜佑过世之后几年内也去世了，当时杜牧才十几岁。杜从郁生前并未做过高官，也没有从杜佑那里分得太多的遗产，他们这一房的经济情况大不如前，导致杜牧在十几岁的时候，家庭由盛而衰，陷入了孤贫。后来，杜牧在《上宰相求湖州第二启》中回忆说：

> 某幼孤贫，安仁旧第置于开元末，某有屋三十间而已。去元和末，酬偿息钱，为他人有，因此移去。八年中凡十徙其居。……长兄以驴游丐于亲旧，某与弟𫖮食野蒿藿，寒无夜烛，默念所记者，凡三周岁。

杜牧家这一房，从祖父杜佑那里分得了安仁坊宅第中的三十间。不过杜从郁死后不久，杜牧大概十七八岁的时候，为

明　李在《山庄高逸图》

了偿还债务,把房子售与他人了。杜牧和他的弟弟杜𫖮,度过了一段依靠吃野菜过活的岁月。大中二年(公元828年),杜牧二十六岁的时候,进士及第,同年通过了吏部关试,制策登科,授予弘文馆校书郎、试左武卫兵曹参军,正式踏上仕途,逐渐告别了少年时期家道衰落的贫苦生活。

开成三年(公元838年)六月,三十六岁的杜牧在宣州幕府中任职时,曾经多次游览宣州的开元寺。这是建造于东晋时期的一座寺庙,原本叫永安寺,唐代改名开元寺。开元寺中的旧迹,让杜牧浮想六朝兴衰:

题宣州开元寺水阁,阁下宛溪,夹溪居人
杜牧
六朝文物草连空,天淡云闲今古同。
鸟去鸟来山色里,人歌人哭水声中。
深秋帘幕千家雨,落日楼台一笛风。
惆怅无因见范蠡,参差烟树五湖东。

六朝的遗迹,如今已经埋没在荒草之中,荒草绵延到远处,与天际相接。远处晴空中白云悠闲飘荡。思绪随着白云,回溯到遥远的六朝。山川风景,与六朝时期并没有什么不同,而人间已经换了几世。这种感慨,新亭对泣的东晋贵族也曾有过,"风景不殊,正自有山河之异"(《世说新语·言语》)。

无论朝代如何更替,世代如何变迁,无知的鸟自顾在山中飞来飞去。水阁之下,宛溪两岸的寻常百姓之家,自顾生活在这里，由生到死，世世代代。相比于钟鸣鼎食的王侯之家，普通百姓人家的一生如此简单而短暂，活着的时候歌唱，死去的时候痛苦，一生便过完了。据《礼记·檀弓下》记载：

> 晋献文子成室，晋大夫发焉。张老曰："美哉轮焉，美哉奂焉。歌于斯，哭于斯，聚国族于斯。"

晋国献文子赵武的新居落成，晋国的大夫们前去送礼祝贺。大夫张老说："真是美极了，这样高大；真是美极了，这样金碧辉煌。既可以在这里祭祀唱诗，也可以在这里居丧哭泣，还可以在这里宴请国宾，聚会宗族。"古今推移、人事代谢，便尽在这世人的一歌一哭之中了。

诗的第三联中，作者让这种来自历史空间的命运之孤独和怅然，与眼前迷离的秋景浑然一体，把抽象的、不可触摸的孤独，具象为可以感触的江南烟雨，可以听闻的缥缈的笛声：深秋的雨如帘幕，笼罩着山下的人家。秋雨是孤冷的，千家是这冷雨中温暖的人间烟火。落日之下，有人独自吹起笛子。风是微弱的，笛声袅袅。"深秋"与"落日"传递出一种生命的迟暮之感；"一笛"在"千家"的衬托下，显得愈加孤独。吹笛子的人仿佛是一个觉醒者，他知道得太多了，他看透了人事的代谢，却又无力从自己的认知世界中解脱。反倒不如沐浴于秋雨中的百姓之家，他们只是毫无知觉地忙碌着，哭着，笑着，过着寻常的日子。

在尾联中，杜牧将目光向着东南方向望去，他希望能够看到春秋时期的范蠡，他功成名就之后，泛舟于太湖周围。只是，他对于孤独的拯救是徒劳的。

这种以寻常百姓之家写人事代谢之孤独的手法，也出现在杜牧的另一首《江南春绝句》里：

> 江南春绝句
> 杜牧
> 千里莺啼绿映红，水村山郭酒旗风。
> 南朝四百八十寺，多少楼台烟雨中。

这首绝句是以金陵为中心，写江南春雨之景。然而，人间最美丽的春景之中，却蕴藏着人事代谢的孤独与惆怅：一、二两句实写当下，莺啼是生生不息的自然，酒旗点出了人世间寻常百姓之家的普通生活。三、四两句实中有虚，以眼前佛寺启发怀古之幽思。前两句是明丽的深景，后两句是水墨色的广景。人事代谢的孤独，隐含在这明丽与晦暗交替的江南春景之中。

在《泊秦淮》一诗中，普通的寻常百姓之家，则具体为金陵秦淮河上的歌女。

> 泊秦淮
> 杜牧
> 烟笼寒水月笼沙，夜泊秦淮近酒家。
> 商女不知亡国恨，隔江犹唱后庭花。

秦淮河流过金陵城中，汇入长江。在隋唐时期，秦淮河两岸酒家林立，喝酒的客人，往往邀请歌妓献歌佐酒，《玉树后庭花》是南朝陈后主所作的舞曲。历来解释这首诗，多是看到了杜牧对于荒淫误国的感叹，诚然如此。如果将关注的主体，从帝王转向商女，将发现商女作为寻常而卑微的百姓之悲哀。此处的"商女"，如同刘禹锡《乌衣巷》里的燕子，自六朝至今，世世代代如此卑贱地生活着，卑贱的生存方式是出于命运的无奈。对商女而言，朝代的更迭、人世的变换，仿佛与她们无关。

《泊秦淮》中的"商女"也好，《乌衣巷》里的"寻常百姓"也好，宛溪两岸"人歌人哭水声中"的偏远之地的野人家也好，他们在诗人的世界里，是愚昧无知的。就像无忧无虑的葛天氏之民，因为无知，而被全知的、孤独的诗人们羡慕。然而，诗人们又觉得他们是碌碌无为的，是被历史推移的生命的尘埃。而诗人自己的悲哀却是，无论如何努力，也不过如此。无论在世间建立多大功业，留下多大名声，也终将和寻常百姓一起，在历史的空间中被推移、逝去。

晋代的羊祜便发出过这样孤独的悲叹，他不知道，在历史的空间中，人将何去何从。《晋书·羊祜传》载：

> 祜乐山水，每风景，必造岘山，置酒言咏，终日不倦。尝慨然叹息，顾谓从事中郎邹湛等曰："自有宇宙，便有此山。由来贤达胜士，登此远望，如我与卿者多矣，皆湮灭无闻，使人悲伤。如百岁后有知，魂魄犹应登此也。"湛曰：

"公德冠四海,道嗣前哲,令闻令望,必与此山俱传。至若湛辈,乃当如公言耳。"

羊祜在岘山上想到了自有宇宙以来,多少人曾经登临岘山,如今都消失于历史的尘埃之中,自己也将如此。后人为了纪念羊祜的功德,在岘山上立了一块"坠泪碑"来纪念他。等到孟浩然再次登临羊祜坠泪的岘山时,已经过去了几百年了。在后来者孟浩然面前,死去的羊祜又成了被生时的羊祜称之为湮没无闻的古人——"贤达胜士"。孟浩然在看到纪念羊祜的坠泪碑时,又会因为羊祜的离世而想到自己的死,陷入盛衰生灭的循环。尽管他们两个人并没有湮没无闻,都为后来的我们所铭记。

与诸子登岘山

孟浩然

人事有代谢,往来成古今。

江山留胜迹,我辈复登临。

水落鱼梁浅,天寒梦泽深。

羊公碑尚在,读罢泪沾襟。

武陵春色玉洞朝霞雲溪壽平

人生独行

自有人类以来，随着历史不断积蓄的看似理性的政治秩序和礼乐文明，并不能帮助人们解决内心的全部问题，人终究还是会感受到来自宇宙——时间和空间，对个体生命的压制。

　　短暂的生命无法抗衡永恒的时间，无法改变自然规律，渺小的人类及其渺小的个体，无法掌握这个无常的世界。在终将到来的毁灭和死亡面前，任何追求最终是徒劳的。

　　这种内在的、自为的孤独，可以说是一种生命的孤独。在唐代诗人的思想世界中，这种生命的孤独无处不在，它有时候指向死亡，以疾病、衰老、返回故乡、憧憬明日以及追忆过去等形式出现；有时候指向信仰，以学佛修道、远游升仙或谈玄等形式出现。

　　无论哪种表现形式，面对生命的孤独，渺小的个体都需要生命意识的觉醒和人格的独立。

灯下草虫鸣

一个渺小的、无力的、孤独的生命，
既自我否定，又倔强坚持。

一

跟李商隐类似，父辈的早逝给韩愈造成了挥之不去的心理阴影，他总觉得自己可能像父亲、兄长一样年寿不永。贞元十八年（公元 802 年），韩愈在《与崔群书》中向自己的朋友吐露了对衰老和死亡的担忧：

> 仆无以自全活者，从一官于此，转困穷甚，思自放于伊颍之上，当亦终得之。近者尤衰惫，左车第二牙无故动摇脱去，目视昏花，寻常间便不分人颜色，两鬓半白，头发五分亦白其一，须亦有一茎两茎白者。仆家不幸，诸父诸兄皆康强早世，如仆者又可以图于久长哉？

当时的韩愈只有三十五岁，身体便已经显示出衰惫的迹象，牙齿脱落、视力下降、须发变白。在这封私信的最后，韩愈说自己恐怕不会长寿。然而，这种判断是犹豫和不甘的。对于中年的韩愈来说,死亡似乎还是遥远的,但已经启程而来。

第二年,又一颗牙齿无故掉落了。衰惫的迹象再次加重,死亡的阴影在韩愈的内心中蔓延,此前的担忧变成了带有自嘲的豁达:

落齿

韩愈

去年落一牙,今年落一齿。
俄然落六七,落势殊未已。
余存皆动摇,尽落应始止。
忆初落一时,但念豁可耻。
及至落二三,始忧衰即死。
每一将落时,懔懔恒在己。
叉牙妨食物,颠倒怯漱水。
终焉舍我落,意与崩山比。
今来落既熟,见落空相似。
余存二十余,次第知落矣。
傥常岁落一,自足支两纪。
如其落并空,与渐亦同指。
人言齿之落,寿命理难恃。
我言生有涯,长短俱死尔。
人言齿之豁,左右惊谛视。
我言庄周云,木雁各有喜。
语讹默固好,嚼废软还美。
因歌遂成诗,持用诧妻子。

牙齿脱落的趋势是止不住了，第一颗牙齿脱落的时候，他还担心缺齿会被人嘲笑。等到第二、三颗开始脱落的时候，他感受到了衰老和死亡的来临。等到牙齿不断无故脱落的时候，他反而习以为常，接受了衰老的事实，剩下的二十几颗牙齿，也必然会次第离开他的身体。他用牙齿脱落的速度来计算着自己的寿命：如果每年脱落一颗的话，还能够支撑二十年。事实也是如此，韩愈终年五十七岁，此时距离死亡还有二十多年。

韩愈逐渐放弃了对牙齿的珍惜，他甚至认为全部一起脱落和渐渐脱落没有什么区别，生命长短也无所谓——这是来自庄子对待生命的智慧，山中的树木因为"不材"而免于被砍伐，大雁却因为"有材"——会鸣叫——而免于被人宰杀，有材与否，并非寿夭的关键。是故，庄子说"周将处乎材与不材之间"。韩愈从庄子这里得到了应对"落齿"的折中办法，面对不可把握的命运和终将到来的死亡，他选择了随遇而安：齿落不便说话，便选择沉默，沉默可以避免"话多必失"；齿落难以咀嚼，便选择吃软的东西。

最终一起陷入无奈甚至荒诞的是《落齿》这首诗本身，韩愈拿这首诗来跟家人一起嘲笑衰老和死亡。的确，《落齿》所承载的对于衰老和死亡的担忧、痛苦直至最后的放弃和释然，对于其他人来说，也不过是一件好笑的事、一份谈资而已——即便是最亲密的妻子和孩子，对于他的落齿/死亡的关心也是有限的。就像陶渊明面对死亡时的彻悟："亲戚或余悲，他人亦已歌。"(《拟挽歌辞》)衰老与死亡，只能一个人孤独地去承认、去接受和面对。

相对于韩愈的聒噪,王维在面对衰老和疾病时则异常安静,他寄希望于宗教信仰,来安顿衰微的肉体和孤独的心灵。

秋夜独坐

王维

独坐悲双鬓,空堂欲二更。

雨中山果落,灯下草虫鸣。

白发终难变,黄金不可成。

欲知除老病,唯有学无生。

在这首《秋夜独坐》中,王维一个人在空空的房间中独坐,类似于禅宗的禅坐,时间已经来到了二更,是现代的晚上九点以后,夜逐渐转深,即将走向一日的终点。白发和黑夜、衰老和黑暗,都预示着死亡的接近,而且这是不可逆转的。黑暗和沉寂中传来的果实坠落和草虫鸣叫的声音,再次印证了这一自然规律:山中的果实在秋天成熟、腐烂、坠落,新的种子埋入土中。草虫在完成生育之后的秋天里哀鸣,在冬天到来之前死亡,完成其短暂的一生。死亡中孕育着新生,这是自然的更迭。正如《晏子春秋》中所记载的,齐景公登临牛山,发出"人为什么会死去"的悲叹时,晏子宽慰他说:

> 使贤者常守之,则太公、桓公将常守之矣。使勇者常守之,则庄公、灵公将常守之矣。数君者将守之,则吾君安得此位而立焉?以其迭处之,迭去之,至于君也。

如果前代的贤者如齐太公、齐桓公，勇者如齐庄公、齐灵公不死，您怎么能够得到现在的君位呢？然而，这并不能让活着的人释然，因为代替死去的前辈而居于君位的"我"，也必将被新生的力量所迭代，这种新生与必将死亡的"我"没有关系。于是，秦汉以来的帝王们，热衷于寻找阻止这种迭代更替的办法。《史记·封禅书》记载，有位方士告诉汉武帝，"黄金可成，而河决可塞，不死之药可得，仙人可致也"。黄金是炼丹所用的一种仙草，王维认识到"黄金不可成"，世上没有长生不老之药，白发不可能再次变黑。要想免除老病之苦，唯有学佛，在佛教的精神世界里，没有死，也没有生。而在自然的世界里，依然是新旧更迭、死生轮回：

雨中山果落，灯下草虫鸣。

二

韩愈从牙齿脱落、王维从双鬓变白中体味到的终将到来"老病"之孤独，更多的是一种"无病呻吟"，是感叹岁月的流逝，是一种精神上的痛苦和孤独。而杜甫则是将真正的疾病和自己不合时宜的"直拙"性情、个人落魄的遭遇融合在一起，将肉体上的痛苦和精神上的孤独融合在一起。杜甫这种由老病而起的孤独，早在旅居长安时期便已经显现，四十多岁便时常自嘲为"野老"。入川之后，随着年龄增长，疾病在杜甫身上也渐多渐重，他感叹自己进入暮年，"岂惟长儿童，自觉成老丑"（《将适吴楚，留别章使君留后，兼幕府诸公，得柳字》)，不光是孩子们长大成人，他意识到自己已成为老丑的老人。

永泰元年（公元765年）五月，五十四岁的杜甫离开成都携家沿江东下以后，真正导致他死亡的重病开始如影随形。他原计划从水路下江南，再取道北上，回到洛阳或者长安。然而，刚出成都便旧疾复发，他一路走走停停，先是因为"消渴"之症，在云安小住半年多，"栖泊云安县，消中内相毒。旧疾廿载来，衰年得无足。死为殊方鬼，头白免短促"（《客堂》）。之后，杜甫来到夔州滞留近两年，其间糖尿病、肺病、风湿并发，两眼昏花，耳朵也逐渐聋了，"眼复几时暗，耳从前月聋"（《耳聋》），在杜甫所写的"夔州诗"中，时常见到疾病、衰老甚至死亡的表述，如《登高》中的"百年多病独登台"、《返照》中的"衰年肺病唯高枕"等。

大历三年（公元768年）初，杜甫离开夔州，移居江陵、公安，于年底来到了岳州。

登岳阳楼
杜甫

昔闻洞庭水，今上岳阳楼。
吴楚东南坼，乾坤日夜浮。
亲朋无一字，老病有孤舟。
戎马关山北，凭轩涕泗流。

这首《登岳阳楼》作于杜甫初到岳州时。本诗的前四句歌咏洞庭湖壮阔的气势，自古以来，歌咏洞庭湖的诗，只有孟浩然的《望洞庭湖赠张丞相》中的"气蒸云梦泽，波撼岳阳城"，可以与杜甫的"吴楚东南坼，乾坤日夜浮"相媲美。孟浩然和杜甫这两句诗，都是从宇宙、天地的宏阔视野来感受洞庭湖的气势。在孟浩然的诗中，洞庭湖散发的云气，笼罩着整个云梦泽，洞庭湖的波涛包围和撼动着岳阳城。在杜甫的诗中，洞庭湖分割了吴楚两地，成为吴楚地理分野的标志，乾坤天地、日月星辰在洞庭湖中日夜浮游，气势浩瀚无边。

本诗上半部分营造出"大"的意象——洞庭湖吞并吴楚、承载乾坤天地的气势，为下半部分书写"小"的意象——渺小的个体生命及其坎坷的身世、孤独的情绪，做了空间上、景观上的铺垫。自乾元二年（公元759年）避乱秦州以来，杜甫在外漂泊了近十年。他的亲人失散多年，生死未卜，"*有弟皆分散，无家问死生*"（《*月夜忆舍弟*》）；他的好友，如李白、郑虔、严武、高适、房琯等，几年内先后谢世。此时的他百病缠身，全部家当只剩下一叶孤舟，这一叶孤舟带着全家老小漂泊在水上。此时此刻，杜甫想到北方战乱未息，国难未靖，无家可归，亲朋失散或者死去，面对包涵宇宙的浩瀚的洞庭湖，年老多病的他深切感受到生命的渺小和孤独：*亲朋无一字，老病有孤舟*。

和《登岳阳楼》相仿，另一首《江汉》也是杜甫生命中最后一两年里的作品。这首诗中，充斥着宇宙浩瀚与个体生命渺小的强烈对比之下的生命的孤独感，也涌动着杜甫对衰老、疾病的抗争。

清　八大山人《荷石水鸟图》

江汉

杜甫

江汉思归客，乾坤一腐儒。
片云天共远，永夜月同孤。
落日心犹壮，秋风病欲疏。
古来存老马，不必取长途。

  进入暮年的杜甫，彻底认识到自己不过是一个不合时宜的"腐儒"，因为自己的个性不容于社会而显得孤独。杜甫将迂腐直拙的自己耿介地置于乾坤之下，仿佛是以一己之力对抗着"乾坤"，对抗着宇宙自然空间和人类社会空间：当"腐儒"与宇宙自然空间对抗时，让他这个代表人类的个体显得愈加渺小，进而产生一种生命的孤独之感；当"腐儒"与人类社会空间对抗时，让他这个代表"正确"道义的一方，显得势单力薄，进而产生一种道德的孤独感。这种复杂的孤独感，在本诗的第二联中通过云、月物化了。他，一个渺小的、无人理解的"腐儒"，他的精神如云一样高远、纯净，与月一样清朗、光明，同样也如同云、月一样孤独。云是易散的，月却是永恒的。

  在本诗的后半部分，"腐儒"变得更加耿介，他从孤独一人对抗乾坤，转入对抗衰老和疾病，对抗自然规律。他从落日、秋天——这些接近消失的景物之中，看到了死亡来临之前的壮美。老马——衰老的腐儒，虽然不能够胜任走长途的任务，但是它有胜于年轻马匹的经验，它见多识广，善于辨别方向。"**落日心犹壮**"的想法，是面对必然而至的死亡的最后反抗，是必将孤独地消失的自己做出的最后努力。杜甫的这种执着抗争，是对曹操《短歌行》中"老骥伏枥，志在千里"的修正，"志在千里"暴露出面对死亡的有心无力之感。与曹操这种一代枭雄的壮心相比，晚年的杜甫对自己残存生命的留恋更加务实，他希望能够做一些可以把握的、实际的事情。

　　他面对疾病、衰老做出的生命中的最后努力，是在死亡来临之前对自己过往一生做出总结和反思。杜甫意识到自己的一生终究是"乾坤一腐儒"，一个渺小的、无力的、孤独的生命，既自我否定，又倔强坚持。这种矛盾心理，在现代诗人穆旦的诗歌中出现的时候，显得有些突然：

冥想（节选）

穆旦

把生命的突泉捧在我手里，
我只觉得它来得新鲜，
是浓烈的酒，清新的泡沫，
注入我的奔波、劳作、冒险。
仿佛前人从未经临的园地
就要展现在我的面前。
但如今，突然面对着坟墓，
我冷眼向过去稍稍回顾，
只见它曲折灌溉的悲喜
都消失在一片亘古的荒漠，
这才知道我的全部努力

不过完成了普通的生活。

那些曾被珍惜地捧在手里的、曾经新鲜的生命，以及生命中那些自以为是热烈的、迥异于芸芸众生的事情，在死亡面前，都变成永恒的荒漠，都变得如众人一样普通不过。

大历四年（公元769年）初，杜甫接到衡阳刺史韦之晋的邀请，便再次登舟启程，离开岳州，经潭州，辗转到了衡州。然而，刚到衡州，韦之晋却被调到潭州。杜甫又不得不返回潭州，然而，还没有见到韦之晋，韦之晋就已经病逝了。杜甫再次失去了依靠，一家人只能寄居在小舟上，漂泊在潭州的江水之中。第二年（公元770年）春天，湖南兵马使臧玠作乱，杜甫携家避难衡州。当时，他的亲戚崔玮在郴州（今湖南郴州）担任刺史。杜甫本想去投靠崔玮。然而，不幸的是，舟行至耒阳（今湖南耒阳）时，江水泛滥，无法通行。潇湘漂流的这一年里，杜甫的眼睛愈加昏花，"*老年花似雾中看*"（《小寒食舟中作》），耳聋、胳膊麻痹，"*右臂偏枯半耳聋*"（《清明二首·其二》），而且衣食无着，"*终日忍饥西复东*"（《白凫行》）。杜甫有时候只能寄居在驿站，一度五天没有进食，直到耒阳县令送来了酒肉给他，他才没有饿死。然而，江水迟迟不下，杜甫只能乘船再次回到潭州。秋天的时候，他计划北回中原，入冬之后却一病不起。在疾病和饥饿的摧折之下，杜甫死在自潭州返回岳州的船上。

悲苦半生的杜甫，终于离开了这个乱世。

拾玖 天长地久有时尽

> 活着的人通过梦见死去的人，
> 来纾解内心的痛苦和孤独。
> 如果死者的魂魄不愿意入梦而来，
> 则是对尚存者极大的折磨。

我们的岸很低，死亡只需要上涨两厘米，我就会被淹没。

——特朗斯特罗姆《卡丽隆》

东汉建安二十二年（公元217年），一场瘟疫横行南北，夺走了很多人的生命。曹植日后在《说疫气》中提及这场瘟疫时便说："建安二十二年，疠气流行，家家有僵尸之痛，室室有号泣之哀。或阖门而殪，或覆族而丧。"逝去的生命中，便包括当时闻名的"建安七子"中的五位——王粲、陈琳、徐干、应玚、刘桢。七子之中的另外两位，孔融此前被杀，阮瑀早逝。至此，"建安七子"全部凋零。次年，曹丕写信给他的朋友吴质，追思这些曾经最为亲密的朋友（《与吴质书》）：

> 昔年疾疫，亲故多离其灾，徐、陈、应、刘，一时俱逝，痛可言邪！昔日游处，行则连舆，止则接席，何曾须臾相失。每至觞酌流行，丝竹并奏，酒酣耳热，仰而赋诗，

> 当此之时，忽然不自知乐也。谓百年已分，可长共相保。何图数年之间，零落略尽，言之伤心。顷撰其遗文，都为一集，观其姓名，已为鬼录。追思昔游，犹在心目，而此诸子，化为粪壤，可复道哉！

曹丕说，想到"七子"在世之时，大家一起出游，同车联席，朝夕相处，每每流觞赋诗。那时候，大家并不知道自己身处不可再得的欢乐之中。还以为活到一百岁是自己应得的，朋友们可以永远相聚在一起。谁料不过几年的时间而已，"七子"零落殆尽，令人悲伤不已。我想为他们整理作品集，再看到他们的姓名时，他们的名字已经登录上了鬼簿，身体已经化为土壤。

在评论"七子"的文学成就之后，曹丕又想到了自己的死亡：

> 昔伯牙绝弦于钟期，仲尼覆醢于子路，痛知音之难遇，伤门人之莫逮。诸子但为未及古人，自一时之俊也，今之存者，已不逮矣。后生可畏，来者难诬，然恐吾与足下不及见也。

过去，俞伯牙在钟子期死后，不复弹琴，他悲叹知音难遇；孔子听闻学生子路被剁成肉酱后，便让人把要吃的肉酱倒掉，他恸哭于子路是其他弟子不能比及的。"七子"虽然比不上古人，却也是一世俊杰，如今活着的人，已经赶不上他们了。至于后来的人如何，恐怕我和你来不及看到了。

> 年行已长大,所怀万端。时有所虑,至通夜不瞑,志意何时复类昔日?已成老翁,但未白头耳。光武言:"年三十余,在兵中十岁,所更非一。"吾德不及之,年与之齐矣。以犬羊之质,服虎豹之文,无众星之明,假日月之光,动见瞻观,何时易乎?恐永不复得为昔日游也。少壮真当努力,年一过往,何可攀援,古人思秉烛夜游,良有以也。

如今,我年龄渐长,常怀万千愁绪,以至于通宵不寐,精神意志不如以前,已经成了老人,只是还没有白头而已。光武帝刘秀曾经说,他三十岁的时候,已经行军十年,经历丰富。我的德行不及光武帝,而如今也到了光武帝当时的年纪,以我犬羊一样的平平资质,却得到了虎豹的华丽皮纹。我没有众星的光耀,不过是借助了日月(曹操)的光辉而已。我的一举一动,都被众人看着,这种情况何时才能结束?

书信的最后,曹丕感慨道:我恐怕永远也不能回到以前跟大家一起游玩的日子了。年轻时真应当努力,时光一去,无法挽留。古人说要及时行乐,晚间都燃着蜡烛到处游赏,那的确是有原因的。

一

亲人的故去,让人痛彻心肝,又无可奈何。

在写下《落齿》的同一年,韩愈的侄子韩老成因病早逝。在得闻消息之后的第七天,远在异乡的韩愈委托家人帮他置办祭品，代为告慰侄子韩老成的灵魂。在纪念侄子韩老成的这篇《祭十二郎文》中，韩愈使用了第二人称"汝"，他要在自己的笔下，与刚刚死去的侄子面对面说话：

> 年月日，季父愈闻汝丧之七日，乃能衔哀致诚，使建中远具时羞之奠，告汝十二郎之灵：
>
> 呜呼！吾少孤。及长，不省所怙，惟兄嫂是依。中年，兄殁南方，吾与汝俱幼，从嫂归葬河阳。既又与汝就食江南。零丁孤苦，未尝一日相离也。吾上有三兄，皆不幸早世。承先人后者，在孙惟汝，在子惟吾。两世一身，形单影只。嫂尝抚汝指吾而言曰："韩氏两世，惟此而已！"汝时尤小，当不复记忆；吾时虽能记忆，亦未知其言之悲也。
>
> 吾年十九，始来京城。其后四年，而归视汝。又四年，吾往河阳省坟墓，遇汝从嫂丧来葬。又二年，吾佐董丞相于汴州。汝来省吾，止一岁，请归取其孥。明年丞相薨，吾去汴州，汝不果来。是年吾佐戎徐州，使取汝。使者始行，吾又罢去，汝又不果来。吾念汝从于东，东亦客也，不可以久。图久远者，莫如西归，将成家而致汝。呜呼！孰谓汝遽去吾而殁乎！

韩老成是韩愈的次兄韩介的儿子，过继给了长兄韩会。韩愈很小的时候，他父亲便去世了。长兄如父，韩会承担了"父亲"的责任，将他和韩老成一起抚养成人。韩愈家族中的男丁多数早夭，他的三位兄长相继过世。韩氏后人，子辈只剩下韩愈一人，孙辈只剩下韩老成一人。长兄韩会病死于南方的时候，韩愈和侄子韩老成尚未成年，只得由兄嫂继续抚养。兄嫂曾指着他们两个人说，"韩氏两世，惟此而已"。只是，年少的韩愈和幼小的韩老成并不能感悟到大人的这份悲凉与孤寂。在古代，男丁是一个家庭的经济支柱，一个妇女需要付出很多艰辛，才能扛起抚养丈夫的弟弟以及名义上的儿子的重担。

韩愈十九岁离开家乡赴京，一去四年，才得以回家探望养育他的嫂子，以及一起长大的侄子十二郎韩老成。又过了四年，韩愈再次回家凭吊先祖坟墓的时候，韩老成正护送他的养父母、韩愈兄嫂的灵柩来河阳老家安葬。对韩愈而言，兄嫂去世后，家族至亲之人只剩下侄子韩老成了。又过了两年，韩愈在汴州任职时，十二郎来看望他，住了一年。不曾料到，这是自韩愈离家之后，两人相处最长的一段时光了。韩愈本想让十二郎回家把他的妻儿一并接过来，一起居住。然而，第二年，韩愈的幕主去世，他不得不离开汴州，十二郎一家因此未能来汴州。这一年，韩愈来到徐州任职，安顿之后，想要去接韩老成一家来住。接的人刚出发，韩愈又被免官离职了。两次迁居的计划落空之后，韩愈意识到漂泊无定，难以长久团圆，不如自己先在西边安家之后，再把侄子十二郎一家接过来，两家居住在一起。没想到十二郎却突然离世，这让韩愈照顾侄子一家的愿望落空了。

> 吾与汝俱少年，以为虽暂相别，终当久相与处。故舍汝而旅食京师，以求斗斛之禄。诚知其如此，虽万乘之公相，吾不以一日辍汝而就也。

韩愈总觉得他们两个人还年轻，来日方长。这种想法让韩愈一直忙于自己的公务，四处奔波，阖家同住的计划一再推迟：当时以为这是一件平常的事情，不妨稍做推迟，如今侄子的突然离世，让韩愈背负了一丝内疚和后悔。如果当时早做打算，提前将十二郎一家接到汴州、徐州，或者自己有能力提前在他所说的"西边"安家——可能是长安，多年以后，韩愈入京为官，将家安置在了长安——或许愧疚会减轻一点，作为十二郎的叔父，他感到自己没有照顾好曾经相依为命的侄子。如果预知结局的话，韩愈说自己宁可选择放弃追求仕途和理想，就算是命运期许他日后位居宰相公侯，也不足以让他离家而去。

> 去年，孟东野往。吾书与汝曰："吾年未四十，而视茫茫，而发苍苍，而齿牙动摇。念诸父与诸兄皆康强而早世。如吾之衰者，其能久存乎？吾不可去，汝不肯来，恐旦暮死，而汝抱无涯之戚也！"孰谓少者殁而长者存，强者夭而病者全乎？

在去年写给侄子十二郎的信中，他再次提到对自己身体衰老的担忧。然而，眼花、发白、齿松的自己没有死去，反倒是年轻强壮的侄子先他而去了。韩愈对于上天这种无常的安排提出了质疑，他感到不合常理，难以置信，以至于怀疑死亡消息的真实性，他觉得自己可能是在做梦：

> 呜呼！其信然邪？其梦邪？其传之非其真邪？信也，

> 吾兄之盛德而夭其嗣乎？汝之纯明而不克蒙其泽乎？少者、强者而夭殁，长者、衰者而存全乎？未可以为信也。梦也，传之非其真也，东野之书，耿兰之报，何为而在吾侧也？呜呼！其信然矣！吾兄之盛德而夭其嗣矣，汝之纯明宜业其家者不克蒙其泽矣！所谓天者诚难测，而神者诚难明矣；所谓理者不可推，而寿者不可知矣！

怀疑来自人们对"天行有常"的信任，有德行的人、纯明的人，应该得到上天的眷顾，作恶的人才应该得到惩罚。如果这个法则是正常运行，十二郎便不应该早逝，因为他的父亲是有盛德的人，他的子嗣理应享受由此带来的好处。十二郎也是纯明之人，不应该蒙受灾祸的惩罚。然而，朋友孟郊、家人耿兰报丧的信件摆在了面前，击碎了韩愈想要借助"天道"和"神明"挽回十二郎生命的梦。最后的假象也破灭了，随之一同破灭的，是对天理的信任：天不可测，神明并不总是公正清明的。稍微清醒过来的韩愈，终于承认了一个自己本就清楚知道的事实：好人并不一定长命。在死亡的偶然性面前，理性失去作用，寿命是不可推理和预测的。

> 虽然，吾自今年来，苍苍者或化而为白矣，动摇者或脱而落矣。毛血日益衰，志气日益微，几何不从汝而死也。死如有知，其几何离？其无知，悲不几时，而不悲者无穷期矣。

从对侄子死亡的悲痛中，韩愈再次预感到自己的死亡。如果死而有灵，他将再次和十二郎见面，而且不会再分离，不会再感到丧失的孤独。如果死后一切消失寂灭，那也就连同悲伤一起消失了。无论是否死后有灵，自己都会从目前的悲痛中解脱出来。

> 汝之子始十岁，吾之子始五岁。少而强者不可保，如此孩提者又可冀其成立邪？呜呼哀哉！呜呼哀哉！

韩愈的担忧开始从自己向他最珍惜的人延伸：他的孩子和侄子十二郎的孩子，都如此弱小，很像幼年的他，一个已经失去了父亲，另一个的父亲，也就是韩愈自己，随时可能中年早逝。死亡的阴影在韩氏家族中延续了三代，有可能继续延续到第四代人。

> 汝去年书云："比得软脚病，往往而剧。"吾曰："是疾也，江南之人，常常有之。"未始以为忧也。呜呼！其竟以此而殒其生乎？抑别有疾而至斯极乎？
>
> 汝之书，六月十七日也；东野云，汝殁以六月二日；耿兰之报无月日。盖东野之使者不知问家人以月日；如耿兰之报，不知当言月日。盖东野与吾书，乃问使者，使者妄称以应之耳。其然乎？其不然乎？
>
> 今吾使建中祭汝，吊汝之孤与汝之乳母。彼有食可守以待终丧，则待终丧而取以来；如不能守以终丧，则遂取以来。其余奴婢并令守汝丧。吾力能改葬，终葬汝于先人之兆，然后惟其所愿。

呜呼！汝病吾不知时，汝殁吾不知日。生不能相养以共居，殁不得抚汝以尽哀，敛不凭其棺，窆不临其穴。吾行负神明，而使汝夭。不孝不慈，而不得与汝相养以生，相守以死。一在天之涯，一在地之角。生而影不与吾形相依，死而魂不与吾梦相接。吾实为之，其又何尤！彼苍者天，曷其有极！

自今已往，吾其无意于人世矣！当求数顷之田于伊颍之上，以待余年。教吾子与汝子，幸其成；长吾女与汝女，待其嫁。如此而已。

呜呼，言有穷而情不可终，汝其知也邪？其不知也邪？

呜呼哀哉！尚飨。

韩愈不知道十二郎因何病而殁，也不知道殁于何时。而且，在得知死讯之后，他也不能立即回乡祭奠，只能委托一位叫建中的家人代为处理。他能够聊以补偿的，便是收养他的家人。同时再做出另一个许诺，等自己有能力的时候，将他迁葬于老家祖坟。这个许诺，让人联想到在汴州、徐州时邀请十二郎举家迁来同住的许诺，是否能如愿，就不得而知了。

丧亲的悲痛，让韩愈感到自己没有尽到一个长辈的职责：侄子生前没能够照顾好侄子，他再次提到自己没有能够跟十二郎一起居住，这可能是他最后悔的一件事情。死的时候，没有能够抚摸着他、陪伴着他。入殓、落葬都没能参与。自责在继续，韩愈觉得自己的行为辜负了神明，这个失误让神明降罪于十二郎，致使他早逝。对上不孝、对下不慈，活着的时候不能相互照顾，死的时候不能一起死去，二人远隔天涯海角。自责在加重，韩愈自言自语地说，你活着的时候不能与我形影相依，死后灵魂又不到我的梦里来，这都是我造成的罪过，又能怪谁呢？孤独无助至极的时候，只能询问苍天，这种悲痛何时是尽头？

祭文的最后，韩愈说自己没有心思在世上奔波了，此前的奔波让他错过了与侄子一起居住，现在又因为奔波错过了他的葬礼。现在，韩愈只剩下一个心愿，回到故乡，抚养子女成人。

"生而影不与吾形相依，死而魂不与吾梦相接。"活着的人，觉得死去的亲人会怪自己当初不够关心。于是，活着的人通过祭品来进行物质的补偿，又通过祭文来说出在生前没有来得及说出的话。活着的人通过梦见死去的人，来纾解内心的痛苦和孤独。如果死者的魂魄不愿意入梦而来，则是对尚存者极大的折磨。《红楼梦》后八十回的续写中，其实不乏妙笔。比如，宝玉在黛玉死后的一系列反应的细节描写，是比较到位的。续书的第一百零九回里，宝玉想在梦里见到刚刚死去的黛玉，就跟宝钗说要在外间睡，不跟宝钗同房，可是连续两晚上没有梦到。书里写道：

> 岂知一夜安眠，直到天亮。宝玉醒来，拭眼坐起来想了一回，并无有梦，便叹口气道："正是'悠悠生死别经年，魂魄不曾来入梦'。"……却说宝玉晚间归房，因想昨夜黛玉竟不入梦，"或者他已经成仙，所以不肯来见我这种浊人也是有的；不然就是我的性儿太急了，也未可知"。便想了个

主意,向宝钗说道:"我昨夜偶然在外间睡着,似乎比在屋里睡的安稳些,今日起来心里也觉清静些,我的意思还要在外间睡两夜,只怕你们又来拦我。"

到了第二天晚上,宝玉还是梦不到黛玉,还是睡不着,看到丫鬟五儿在服侍,因为五儿长得像极了死去的晴雯,宝玉竟把对黛玉的思念,转移到了对晴雯的思念上去,又将这份思念,落在了五儿身上:

> 那知宝玉要睡越睡不着,见她两个人在那里打铺,忽然想起那年袭人不在家时晴雯、麝月两个人伏侍,夜间麝月出去,晴雯要唬他,因为没穿衣服着了凉,后来还是从这个病上死的。想到这里,一心移在晴雯身上去了。忽又想起凤姐说五儿给晴雯脱了个影儿,因又将想晴雯的心肠移在五儿身上。自己假装睡着,偷偷地看那五儿,越瞧越像晴雯,不觉呆性复发。
>
> ……
>
> 说到这里,忽然想起五儿没穿着大衣服,就怕他也像晴雯着了凉,便说道:"你为什么不穿上衣服就过来!"五儿道:"爷叫得紧,那里有尽着穿衣裳的空儿。要知道说这半天话儿时,我也穿上了。"宝玉听了,连忙把自己盖的一件月白绫子棉袄儿揭起来递给五儿,叫他披上。五儿只不肯接,说:"二爷盖着罢,我不凉。我凉我有我的衣裳。"说着,回到自己铺边,拉了一件长袄披上。又听了听,麝

月睡的正浓,才慢慢过来说:"二爷今晚不是要养神呢吗?"宝玉笑道:"实告诉你罢,什么是养神,我倒是要遇仙的意思。"五儿听了,越发动了疑心,便问道:"遇什么仙?"宝玉道:"你要知道,这话长着呢。你挨着我来坐下,我告诉你。"五儿红了脸笑道:"你在那里躺着,我怎么坐呢。"宝玉道:"这个何妨。那一年冷天,也是你麝月姐姐和你晴雯姐姐顽,我怕冻着他,还把他搅在被里渥着呢。这有什么的!大凡一个人总不要酸文假醋才好。"五儿听了,句句都是宝玉调戏之意。哪知这位呆爷却是实心实意的话儿。

黛玉的死,让宝玉陷入了无边的孤独思念。然而,对于旁观者五儿来说,只不过是增添了一些她上夜服侍宝玉时的麻烦而已。这便是人生的孤独和无奈,死去的人死去了,活着的亲友,纵然悲伤孤独,生活还要继续。大观园戏班里的藕官,每年给死去的菂官烧纸祭奠。后来,她又补了蕊官,和蕊官成为一对恋人。藕官还是每年给菂官烧纸:

> 或有必当续弦者,也必须要续弦为是。便只是不把死的丢过去不提,便是情深义重了。若是一味因死的不续,孤守一世,妨了大节,也不是理,死者反不安了。

二

当陌生人死去,人们会给予心理上的悲悯,或者物质上有限的帮助，以慰藉自己由此而生的生命渺小和命运无常的孤独之感。这种孤独，来自一个认知：死亡意味着失去已经获得的一切，以及想要继续获得什么的可能性。这"一切"包括物质的，那些人世间珍贵的好物。

这里所说的死去的陌生人，既包括偶遇的、今世的陌生人，就像白居易写《简简吟》，也包括听闻的、历史上的陌生人，就像白居易写《长恨歌》。白居易曾经遇见一位名叫苏简简的女孩，生得美丽，又心灵手巧，是一位人见人爱的女孩。然而，在她十三岁正准备第二年出嫁的时候就亡故了。白居易对此非常痛惜，他安慰女孩的母亲，说这个孩子是天人下凡，注定了只能活到十三岁，"恐是天仙谪人世，只合人间十三岁"。在这首《简简吟》中，白居易是一位富有同情心的旁观者，在安慰逝者的家人的同时，又因简简的死亡而悲恸世事的无常，他将女孩比喻成一件珍贵而易碎的物品，他感受到"大都好物不坚牢，彩云易散琉璃脆"。

在《长恨歌》里，白居易再次担当了这种孤独感的同情者。如苏简简一样，杨贵妃与白居易也没有任何亲属关系。杨贵妃是一个比苏简简更大规模的"好物"，大到可以象征一个强盛的帝国。这个"好物"是人间奢华的极致，"汉皇重色思倾国，御宇多年求不得"，她是举全国之力，耗费多年才找到的，她的美足以倾国。君王对她的迷恋无以复加，以至于放弃了国事，"春宵苦短日高起，从此君王不早朝"。忘记了时间，希望美好能够永驻，"承欢侍宴无闲暇，春从春游夜专夜"。即便镇日沉迷于此，也无法满足，"缓歌慢舞凝丝竹，尽日君王看不足"。东西越是珍贵，丧失的孤独感越是强烈。因沉迷声色而埋藏的祸端终于爆发了，

明 吴伟《琵琶美人图》

杨贵妃成为君王的替代品——这是周代以来就有的历史逻辑,君王是被"好物"所迷惑的无辜的一方。除了君王之外,没有人不希望她自缢。君王成了真正的孤独的"寡人",极致的奢华、极心爱的"好物"眼睁睁地失去了,即便是拥有人间极致的权力,也无可奈何,只能陷入年复一年的孤独思念之中。植物的季节性变化提醒着时间的流逝,"春风桃李花开夜,秋雨梧桐叶落时。西宫南苑多秋草,落叶满阶红不扫"。退位的君王移居到了一处冷清的宫殿里,以前为他和贵妃演奏舞蹈和乐器的梨园子弟、侍候他们的太监和宫女跟随着他移居过来,跟着他一起老去。如今翡翠衾被中只有他一个人,孤独地思念着贵妃,彻夜难眠,"梨园弟子白发新,椒房阿监青娥老。夕殿萤飞思悄然,孤灯挑尽未成眠。迟迟钟鼓初长夜,耿耿星河欲曙天。鸳鸯瓦冷霜华重,翡翠衾寒谁与共?"

"悠悠生死别经年,魂魄不曾来入梦。"如今生死两隔,唯一的相见,恐怕只能在梦中了,可是过了多少年了,从来没有梦到过贵妃。宝玉梦不到黛玉时,找到另一个依托五儿。在《长恨歌》里,君王最后只能寄托于法术:临邛道士鸿都客,能以精诚致魂魄。在法术的帮助之下,君王的使者在仙界找到了贵妃。贵妃让使者把自己"旧物"——钗钿带给君王,"但令心似金钿坚,天上人间会相见",若是两人心似金钿一样坚定,总会相见。"临别殷勤重寄词,词中有誓两心知。七月七日长生殿,夜半无人私语时",寄希望于心灵的相通来解决相思的孤独,"在天愿作比翼鸟,在地愿为连理枝。天长地久有时尽,此恨绵绵无绝期"。思念的孤独,长于生命,长于天地。

明武宗正德元年(公元 1506 年),兵部主事王阳明(1472—

1529)因抗疏救人,被宦官刘瑾下狱,后被贬到龙场(今贵州修文县)担任一个驿站的驿丞。在赶往谪所的途中,刘瑾暗中派人加害王阳明。王阳明写下《绝命诗》,并设计了投江自尽的假象,躲过死劫。当时的龙场是蛮荒之地,瘴疠虫毒横行,初来此地的北方人,往往会大病一场,甚者命悬一线,王阳明很幸运地适应过来。然而,另外一位从京城贬来的小官吏则没有这样幸运了,他们主仆三人死于瘴气。王阳明并不认识他们,出于同情心替他们处理了后事。过路陌生人的暴卒,对王阳明触动较大,他特意撰写了一篇《瘗旅文》,以慰藉客死异乡者孤独的灵魂:

> 维正德四年秋月三日,有吏目云自京来者,不知其名氏,携一子一仆,将之任,过龙场,投宿土苗家。予从篱落间望见之,阴雨昏黑,欲就问讯北来事,不果。明早,遣人觇之,已行矣。
>
> 薄午有人自蜈蚣坡来,云:"一老人死坡下,傍两人哭之哀。"予曰:"此必吏目死矣。伤哉!"薄暮复有人来云:"坡下死者二人,傍一人坐叹。"询其状,则其子又死矣。明日,复有人来,云:"见坡下积尸三焉。"则其仆又死矣,呜呼伤哉!

吏目是对掌管官府文书的低级官员的称呼。王阳明隔着篱笆望见了他们,与这位吏目同行的,还有他的一子一仆。他们只是路过龙场驿,投宿在驿站边上的土苗家。他出于某种原因,没有入住驿站。如果入住的话,或许王阳明在他死后会稍稍安心一些,在他生前能够给予这个北方来的人一点照顾。他们的到来，引发了王阳明对京城——他熟知和向往的社会空间——的怀念，他想要向他们了解北方的事情，以便慰藉身处异乡荒蛮之地的孤独寂寞。因为天黑了，而且还在下雨，没有去成。这原本也是寻常的一次关于延迟的决定，却成了永远无法挽回的事。第二天派人去察看问询的时候，他们已经出发了。

将近中午的时候，有个人从蜈蚣坡来，告诉王阳明说，有一位老人死在了坡下，一旁有两个人哭得非常悲痛。王阳明知道，肯定是昨晚的那位北方来的吏目死了。傍晚的时候，坏消息再次传来，他的儿子也死去了。第二天，跟随他们的仆人也死在了坡下。

念其暴骨无主，将二童子持畚、锸往瘗之。二童子有难色然。予曰："嘻！吾与尔犹彼也！"二童悯然涕下，请往。就其傍山麓为三坎，埋之。又以只鸡、饭三盂，嗟吁涕洟而告之曰：

"呜呼伤哉！繄何人？繄何人？吾龙场驿丞余姚王守仁也。吾与尔皆中土之产，吾不知尔郡邑，尔乌为乎来为兹山之鬼乎？古者重去其乡，游宦不逾千里。吾以窜逐而来此，宜也。尔亦何辜乎？闻尔官吏目耳，俸不能五斗，尔率妻子躬耕可有也。乌为乎以五斗而易尔七尺之躯？又不足，而益以尔子与仆乎？

呜呼伤哉！尔诚恋兹五斗而来，则宜欣然就道，胡为乎吾昨望见尔容，戚然盖不胜其忧者？夫冲冒雾露，扳援崖壁，行万峰之顶，饥渴劳顿，筋骨疲惫，而又瘴疠侵其外，忧郁攻其中，其能以无死乎？吾固知尔之必死，然不谓若是其速，又不谓尔子、尔仆亦遽尔奄忽也。皆尔自取，谓之何哉？吾念尔三骨之无依而来瘗尔，乃使吾有无穷之怆也。

呜呼痛哉！纵不尔瘗，幽崖之狐成群，阴壑之虺如车轮，亦必能葬尔于腹，不致久暴露尔。尔既已无知，然吾何能为心乎？自吾去父母乡国而来此，二年矣，历瘴毒而苟能自全，以吾未尝一日之戚戚也。今悲伤若此，是吾为尔者重，而自为者轻也，吾不宜复为尔悲矣。吾为尔歌，尔听之！"

王阳明怜悯他们没有亲人收殓，决定带着两位童仆去埋葬他们。两位童仆应该也是跟随王阳明从北方来到这里的，他们的为难，或许是因为这三个人死于瘴气，害怕被传染，或许仅仅是因为污秽和不吉利。童仆的想法也是王阳明内心的另一面：死去的三个陌生人，与我没有任何交往，唯一可能产生交往的机会在第一天晚上就错过了，他们与我更没有任何亲故关系。在这个遥远的蛮荒之地，他们三个没有任何亲友可以依靠，跟他们关系最亲密的，就是王阳明自己。他们之间的唯一相似之处是人生遭遇：都曾在京城为官，又同样被贬到这里。于是，王阳明告诉童仆，"吾与尔犹彼也"。我们三个人，如同他们三个人。我们也不知道自己能不能活着回到北方，如果也死于瘴气，暴骨荒野，不知道有没有人帮忙收殓尸骨。陌生人的死亡，让王阳明联想到了自己，他借由吏目孤独地暴毙异乡想到了自己的命运。

接下来的悼念之词中，王阳明何尝不是在反思和悲叹自己。古人游宦不超过千里，我是被人陷害来到这里的，是应该的。你不过是一个吏目，俸禄只有五斗，你带着妻儿在家耕种也能够获得这样的收入，为何为了五斗的俸禄断送了自己的七尺之躯，还赔上了自己的儿子和仆人呢？如果真的是为了这一点俸禄（或者隐含之意是，为了完成不得不完成的事情，或者自己的前途理想），你应该很高兴地来到这里才对。但是我看到你是一副忧伤、不堪忍受的样子。一路走来，天气恶劣，山路险峻，饥渴劳苦，筋骨疲惫。外有瘴疠之气的侵袭，内有忧愁烦闷的折磨，岂能不死？我知道你一定会死去，但是没有想到这么快，更没有想到你的儿子和仆人也猝死于此。这一切，都是你自找的啊，还有什么好说的呢？

即使我不去安葬他们，他们也会被成群的野狐和车轮一样粗的蛇吃掉，葬于它们的腹中，不至于长久暴露在野外。死去的他们虽然已经没有知觉，不知道生者世界的变化，但是我又怎么能够忍心不管呢？安葬陌生路人的行为，给王阳明带来了极大的麻烦：在王阳明看来，在瘴疠之地陷入悲痛，会让自己像这三位陌生人一样猝死。不去忧伤，是王阳明在这里经历瘴气之后仍能够勉强存活下来的心得。如今的悲伤，是为陌生的死者着想得太多，而为自己着想得少了。想到这里，王阳明意识到，是时候跟死者彻底告别了：收起自己的悲伤。

于是，接下来为死去的陌生人所唱的悼念之挽歌中，悲伤化作了对生命无常的默然接受以及对死后世界的安详的想象：

歌曰："连峰际天兮，飞鸟不通。游子怀乡兮，莫知西东。莫知西东兮，维天则同。异域殊方兮，环海之中。达观随寓兮，奚必予宫。魂兮魂兮，无悲以恫。"

又歌以慰之曰："与尔皆乡土之离兮，蛮之人言语不相知兮。性命不可期，吾苟死于兹兮，率尔子仆，来从予兮。吾与尔遨以嬉兮，骖紫彪而乘文螭兮，登望故乡而嘘唏兮。吾苟获生归兮，尔子尔仆，尚尔随兮，无以无侣悲兮！道旁之冢累累兮，多中土之流离兮，相与呼啸而徘徊兮。餐风饮露，无尔饥兮。朝友麋鹿，暮猿与栖兮。尔安尔居兮，无为厉于兹墟兮！"

在第一首挽歌中，王阳明宽慰陌生人和自己：异乡路途遥远，分不清西东。虽然身在遥远的异域，但是仍然是在四海之内，何必非要住在自己的家乡呢？魂魄啊魂魄，不用再悲痛。在第二首挽歌的开端，王阳明再次感叹了两人共有的孤独：异乡、没有语言相通的朋友。基于共同的孤独感受，王阳明决定继续关照他：如果自己也同他一样孤独地死在这里，他允诺吏目可以带领着他的儿子和仆人的灵魂，来追随他，一起遨游嬉戏，驾着紫色的猛虎和彩色的蛟龙，登上高处遥望故乡。这样，陌生人死后的灵魂不至于孤独。如果自己能够侥幸活着离开这里，吏目还有儿子和仆人做伴，不至于孤单。何况，道路边上埋葬的多数是中原流落来此的人，他们结伴同游，餐风饮露，与麋鹿为友，与猿猴同寝。这样的安排，王阳明觉得足以使死去的灵魂安息，不至于化为厉鬼为害这个山丘。

这何尝不是写给孤独的自己的挽歌。

日暮乡关何处是

贰拾

> 对于漂泊的游子而言,身在异域时,那些欢快的时刻中也浸透着孤独的底蕴。这些承载童年和故乡记忆的景致风物,在旅人的眼中消失,又在记忆中重现,成为慰藉乡愁之孤独与伤感的唯一解药。

妈妈又坐在家乡的矮凳子上想我。
——海子《母亲》

一

在王阳明写给陌生人又是写给自己的《瘗旅文》中,能否返回故乡,成为焦虑和孤独的根源。善待离世的人的尸骨是活着的人帮助死者的灵魂返回故乡的唯一办法。李商隐和韩愈,都曾经为迁葬亲人的骨殖付出了巨大的心血,独处异乡的王阳明则是将擦肩而过的北方人当成亲友来安葬。故乡总是能够给人以温暖的安慰,它是孤独的游子最渴望的归宿,它总是能够抚慰游子在异乡遭遇的心灵创伤。

令崔颢的这首《黄鹤楼》闻名于后世的,是来自宋人记载的传闻。胡仔《苕溪渔隐丛话》载,李白游黄鹤楼,本想题诗一首,当他看到崔颢题于楼上的这首题诗之后,他自愧不如,说:"眼前有景道不得,崔颢题诗在上头。"无论真伪,故事本身就看出了后人对这首诗的赞赏。或许是因为，它道出了一种浩渺时空之下的生命之渺小和孤独。面对这种孤独，生命需要故乡的安慰，然而此刻故乡又是遥不可及的：

黄鹤楼

崔颢

昔人已乘黄鹤去，此地空余黄鹤楼。

黄鹤一去不复返，白云千载空悠悠。

晴川历历汉阳树，芳草萋萋鹦鹉洲。

日暮乡关何处是，烟波江上使人愁。

元　夏永《黄鹤楼图》

游子崔颢来到黄鹤楼前，他想到了《南齐书》中记载的故事，曾有仙人在这个地方休息。如今，仙人早已乘着黄鹤而去了，只留下一座空空的黄鹤楼，让后人感怀。登楼而上，崔颢的目光随着想象中的黄鹤，望向了天空。他仿佛是在看驾鹤而去的仙人，却什么也没有看到，只看到悠悠飘荡的白云。这白云千百年来都是这样悠游自在，不顾人世间的盛衰与悲欢，也不知人间经历了几世。只有仙人才能超越时间、超越人世间的变迁。崔颢不惧重叠，两次用了"空"字，似乎在说，今人与古人，是同在一个宇宙空间之中，同在悠悠白云之下。

颈联以工整的律诗格律，分享着异乡的春日美景：目光接续着首联，从黄鹤楼望到天空，继而移向了天水相接的最远处，他看到了汉阳江边的树木，看到了江中鹦鹉洲上的芳草。这让他想到了《楚辞·招隐士》中的"王孙游兮不归，春草生兮萋萋"：旧时的王孙看到春天茂盛的花草，突然思念自己的家乡。"白云千载空悠悠"的宏阔气象，被突然升起的乡愁收敛了一分：尾联中，太阳快要落山了，他还在极目远望，期望能够看到自己的故乡汴州。诗人希望通过思绪返回故乡，来慰藉因"仙人驾鹤"与"白云悠悠"而生起的生命的渺小与孤独之感，但是宦游异乡的他，此刻只能看到江上升起的薄雾，故乡被隔断了。

对于漂泊的游子而言，身在异域时，那些欢快的时刻中也浸透着孤独的底蕴：

绝句

杜甫

两个黄鹂鸣翠柳,一行白鹭上青天。

窗含西岭千秋雪,门泊东吴万里船。

从字面上看,这是一首情绪明快、色彩鲜艳的诗。蜀中春来的景致是令人愉悦的,四句诗一句一景,两两相对:栖止的黄鹂与飞行的白鹭,冰封的雪山与将行的船舶,在动作上,是一动一静的对比,色彩上是一暖一冷的对比。后两句加入了人的因素之后,显得生机勃发:窗和门是人活动的空间,雪是千年的镇定,船是万里待发,动静之间,积蓄着一股无形的力量,欲冲破枷锁,喷薄迸出。

如果是关心杜甫的读者,从这首风格明亮的《绝句》中不难读出隐约其中的孤独乡愁。清代浦起龙便是这样一位能够理解杜甫此刻孤独心境的人,在《读杜心解》中,浦起龙说:

鹂止鹭飞,何滞与旷之不齐也?今西岭多故,而东吴可游,其亦可远举乎?盖去蜀乃公素志,而安蜀则严公本职也。蜀安则身安,作者有深望焉。上兴下赋,意本一串,注家以四景释之,浅矣。

浦起龙所说的"西岭多故",便是认为"窗含西岭千秋雪",暗指当时吐蕃进犯西蜀边境,蜀中不安。虽然古人也讲"诗无达诂",因为文本的开放性,诗歌给予了读者更多想象的空间,合理的解释和猜测都不为过。但是,浦起龙这种解释方式,像汉代经学家注释《诗经》那样过度曲解附会，并将这些没有证据的看法下了定论。

尽管浦起龙的推论有些武断，但是需要承认，他揭开了隐藏在这首诗美丽的风景之后的、那份来自杜甫内心的孤独感：剑外数年的生活虽然相对安逸，但是西蜀不靖必然影响着他客居的心境。杜甫始终没有终老蜀中的安排，他一直计划着沿江东下，去"东吴"，去江南。或许，他还要从江南北上，回到他出生的中原。杜甫一路辗转来到蜀中避乱，他的家乡已遭兵焚，京畿也不安宁，秦州、同谷、益州也都处在战争的边缘。这种悲凉，潜藏在"门泊东吴万里船"这一句中，"泊"字暴露了杜甫的犹豫，东吴只是一个想象的去处。在这样的乱世里，他是无家可归、无地可留的。在另一首诗《破船》中，杜甫的犹豫在继续，他指望着去往东吴的船已经废弃很久了。"船舷不重扣，埋没已经秋"，这说明船早就被准备好了，却一直没有用到。面对如今已经破旧的船——它一再提醒着他那些被搁浅的计划，杜甫有些为难："故者或可掘，新者亦易求。所悲数奔窜，白屋难久留。"（杜甫《破船》）破船可以废弃，新船也不难买到，即便是江边的草堂也难以保留下来，何况一条小船。舟是多年的漂泊，是理想中的不停行走，是回归故乡的可能；"白屋"则是现实中异乡的滞留。真正让他悲哀的是，故乡已然难以回去，异乡也只能是四处流离奔窜，暂时栖身的"白屋"也将会同破船一样无法保留。

这种近乎无路可走的孤独，可以从同时期的其他诗作中得到多次印证。如果说这首《绝句》是用明丽的风景隐藏了孤独，同时期的另一首《绝句》，则是明丽的风景中生起孤独的薄雾：

绝句

杜甫

江碧鸟逾白，山青花欲燃。

今春看又过，何日是归年？

    同上一首绝句一样，本诗的前两句依然是美丽的蜀中春景。后两句则发生了变化，一个是因看到江上的船，引发了离蜀东下，进而回家的想法，但是这种想法又是欲言又止的；另一个则是直抒胸臆，是轻轻叹息：什么时候才能回家。诗人将自己与异乡美丽的春天隔绝了，他既无法融入异乡的春天，也无家可归。这让他的欢乐成为暂时和表面，孤独始终如影随形。

    "门泊东吴万里船"，因为现实的无力感，乡愁的孤独之舟被黏滞在异乡的门前江畔。而返乡的思绪时刻躁动着，"泊"字中仿佛积蓄着千钧之力，积蓄着长江从蜀中直下东吴的万里奔腾之力。一旦有机会，它就要冲破这种现实的禁锢。

    广德元年（公元763年）的春天，当在梓州避乱的杜甫得知史思明之子史朝义自杀，叛军投降，陷入贼中近八年之久的河南、河北被官军收复时，泊在门前的这股千钧之力，如开闸的江水崩泻而下。

闻官军收河南河北

杜甫

剑外忽传收蓟北，初闻涕泪满衣裳。

却看妻子愁何在，漫卷诗书喜欲狂。

元　赵孟頫《水村图》

白日放歌须纵酒，青春作伴好还乡。
即从巴峡穿巫峡，便下襄阳向洛阳。

虽然身在剑门关之外，杜甫却是时时刻刻挂念着"蓟北"，那个安史之乱爆发的地方，以及战乱波及的河南、河北，河南是他的故乡，洛阳有他的庄园。在这首诗下，杜甫自注"余田园在东京"。自写下《晦日寻崔戢李封》的那个春天开始，七年多来，他日思夜梦的事情终于成真。突然得闻这个消息，杜甫不禁老泪纵横，衣衫尽湿。欣喜若狂之际，他去跟妻子和儿女分享，他们的愁绪也一扫而空。战争结束了，他们首先想到的便是可以回到洛阳老宅了。积蓄了多年的苦闷不知如何发泄，于是他胡乱卷起自己的诗稿和书籍，这里收拾收拾，那里收拾收拾——他这是要收拾东西准备回中原，无意识中首选收拾自己的诗和书。

收拾了一会儿东西，仍然不能发泄自己的兴奋，杜甫下意识地去让自己的狂欢仪式升格：狂歌和纵酒。这似乎并不是一个已经开始生病的、五十二岁老人应有的放纵，这是少年式的

放纵。管他呢，此刻他要回到年轻的时候，"痛饮狂歌空度日，飞扬跋扈为谁雄"（杜甫《赠李白》），这是他三十四岁在齐鲁壮游时赠给李白的诗，他自己内心深处又何尝不是"飞扬跋扈"？何况，在这样一个美好的春天里，传来这样一个令人振奋的消息。借着酒的抚慰，杜甫开始畅想，但也无须细想，在成都草堂时就盘算着乘舟东下，如今似乎可以马上付诸行动了：我马上就乘船从巴县一带的江峡出川，很快穿过巫峡，出蜀入楚，由襄阳北上洛阳，很快就会回到家。而且更美好的事情是，我这一路都有春日的鸟语花香做伴。春天真是一个适合回家的好时节。

后人的评论认为，这是杜甫生平第一快诗。虚词和形容词的巧妙运用，"忽""初""却""漫""须""好""即""便"，呈现出喜气活泼的情景，读来酣畅淋漓。然而作为预知了结局的我们，读到"便下襄阳向洛阳"的时候，实在不忍心告诉他真相：同年（公元763年）秋天的时候，吐蕃趁着西边兵力空虚，掠夺了河西陇右的土地。吐蕃又纠集党项羌、氐、吐谷浑等二十多万民众，洗劫了长安，唐代宗出奔。尽管长安很快被收复，但是帝国一病不起,此后更是陷入了藩镇割据此起彼伏的战争泥潭之中。日后闻知长安再陷敌手的消息后,杜甫在一首《释闷》中痛惜道:"四海十年不解兵,犬戎也复临咸京。"战乱已经延续了十年了,连吐蕃都能够攻陷长安了;"豺狼塞路人断绝,烽火照夜尸纵横",帝国已经混乱成了这个样子,朝廷却仍是奸人当道,"但恐诛求不改辙,闻道嬖孽能全生"。春天的时候,自己还幻想着"青春作伴好还乡",那样的狂喜,如今看来是一个可悲又可笑的错误:"江边老翁错料事,眼暗不见风尘清。"

从"门泊东吴万里船"的隐藏、"便下襄阳向洛阳"的欣喜,到"何日是归年"的轻叹,思乡(包括思念长安、河南河北)的孤独愁绪不断加重,在跳动中跌落谷底。杜甫终于登上了泊在门前的万里归舟,然而回乡之路,竟成死亡之旅。

二

故乡,承载着个体生命中最初的那些美好事物,比如故乡的梅花,"春日春盘细生菜,忽忆两京梅发时"(杜甫《立春》);故园的果蔬,"一辞故国十经秋,每见秋瓜忆故丘"(杜甫《解闷十二首·其三》);母亲坐于门前的小板凳,"妈妈又坐在家乡的矮凳子上想我"(海子《母亲》)。这些承载童年和故乡记忆的景致风物,在旅人的眼中消失,又在记忆中重现,它们成为旅人游子在异乡慰藉乡愁之孤独与伤感的唯一解药。在王维的《杂诗三首》中,乡愁与爱慕之孤独的思念,化作一枝梅。

杂诗三首

王维

其一

家住孟津河,门对孟津口。
常有江南船,寄书家中否?

其二

君自故乡来,应知故乡事。
来日绮窗前,寒梅著花未?

其三

已见寒梅发,复闻啼鸟声。
心心视春草,畏向阶前生。

诗人不会告诉读者,这是他在思念故乡,还是拟写他所听闻的一则女子怀人的故事。如今,诗歌的背景已经消失了,只能从字里行间猜想。当读者在猜想中加入自己的经历,便会生出不同的解释。

若将这三首诗作为组诗,合而观之,一幅幅幽致并且带着梅花一样暗香的伤感画面便出现了:家住孟津边上的女子,坐在门前,思念远下江南的良人。河上往来江南运粮的船只很多,她期待着江南来的船上载有他的书信。有时候,她也会托南下的船捎信过去。信到了南方,他接到信后,询问送信的人,你从故乡来,应该知道家里发生的一些事情。你来的时候,那个谁家的窗前,梅花可曾开了?北方捎信的人回答说,我看到梅花已经开了,春天的鸟也开始鸣叫了。你想问的那个人,她整日里对着阶前长出的青草，草越长越高，越长越多，恐怕要长到台阶上来了。

关于这首诗，历来讨论最多的便是，为什么是问"寒梅著花未"？面对着从北方捎信来的人，一般人的反应，首先是问问家里人的情况，是否平安，最近是否有事发生，这才是人之常情。初唐的王绩旅居京城时，十分想念故园，见有同乡来访，便急切地追着对方，连问十四个问题，每个问题都是家中琐细之事，可见连王绩这样一个因为太乐有人善于酿酒，便请求去担任"非士职"的太乐丞的狂人，面对故乡也是如同常人一样不能免俗：

在京思故园见乡人问

王绩

旅泊多年岁，老去不知回。
忽逢门前客，道发故乡来。
敛眉俱握手，破涕共衔杯。
殷勤访朋旧，屈曲问童孩。
衰宗多弟侄，若个赏池台？
旧园今在否，新树也应栽？
柳行疏密布，茅斋宽窄裁？
经移何处竹，别种几株梅？
渠当无绝水，石计总生苔？
院果谁先熟，林花那后开？
羁心只欲问，为报不须猜。
行当驱下泽，去剪故园莱。

王绩见到家乡来的人，蹙眉破涕，悲喜不胜，他首先问的是家乡的人，朋友们过得怎么样了，他们的孩子可好？然后才问家中物，池台庭院、树木梅竹、院果林花有没有什么变化？他事无巨细地、如连珠炮一般地问出来。最后，他说我会回家去看看的，去剪故园的菜，好久没有吃到家乡菜了，所以你要据实回答，不用迟疑，不用猜测我的心思。诗到此居然就结束了，没有等到对方的回答。实际上，这十四个问题，即使知道了答案，对于思乡之人来说，也是暂时的缓解。思乡之人，真正想要的是还乡，是"去剪故园菜"，回去吃到家乡野菜，见到家乡人，家乡的一草一木。

在王维的《杂诗三首》里，发问的顺序发生了变化，远方的良人，思念故乡的她，却不敢开口问，不先去问人，却先去问绮窗前的梅花。当然，这首先是王维这位高手对诗歌写作技巧方面的考量，这种写法自然是脱俗的，也是他一贯的清淡风格。抛开这个因素不谈，我假设诗中的君子见到捎信的人，第一句问的就是"寒梅著花未"，这是诗人王维的后期加工，呈现出几种深情而有趣的解释。

有一种可能，这位远游江南的君子，心思是何等的细密，性格又是何等的腼腆羞涩。面对"外人"——他和女子之外的人，他是不想吐露太多的，所以欲言又止。无论他和女子是恋人关系，还是新婚夫妇，他都不太希望别人窥探太多他们之间的私密，但又非常想知道女子的情况，便想到了窗前的梅花，也许两人仅仅是恋人的关系，那更不方便开口直接问女孩的情况。想必这梅花中，有他们之间共有的小秘密。绮窗前的梅花，便是心中的她。他是一个细腻的人，情感丰富而内心纯净，在江南的日日夜夜里,他思念她,连同她窗下的梅花,便委婉地问他们家窗前的梅花开了没有。

  本书第二章中提及的张枣《镜中》的故事,或许就是王维这个故事的悲剧版。如果将《杂诗三首》作为组诗,在王维的第三首诗里,梅花开了,"已见寒梅发",这多半预示着事情是一个圆满的结局。虽然他们还是远隔南北,守着相思之苦,最终的结局想必是圆满的。在张枣这里,结局是令人后悔的,而且是一生都无法改变的后悔。"只要想起一生中后悔的事 / 梅花便落了下来"(《镜中》),看上去是淡淡的哀伤,或者是哀伤经过了时间的抚慰之后,变得如落梅的暗香一样淡。但是,事情终究是无法逆转的。张枣在诗中透露了远行之人的一种担心,这也可以看作是对于王维这首诗的另一种可能的解释。当他问"寒梅著花未"的时候,他担心"梅花便落了下来",担心成为他一生中后悔的事。

人生代代无穷已

贰拾壹

> 张若虚是少年的你我,《春江花月夜》是青春觉醒的孤独。
> 这孤独,见宇宙,见众生。

问余何适,廓而忘言。华枝春满,天心月圆。

——李叔同

一

武则天万岁通天元年(公元696年),契丹人居住的地区发生大饥荒,百姓食不果腹。刚愎的营州(今辽宁朝阳)都督赵文翙,不但不救济契丹百姓,还像对待奴隶一样对待他们的首领,屡屡侮辱契丹人。五月,忍无可忍的松漠都督府都督、契丹人李尽忠与孙万荣叛变,起兵南下,一举攻陷了营州,杀死了赵文翙。李尽忠自称可汗,定都营州,招兵买马,十天左右,就聚集了上万兵力。

消息传来,武则天下令将他们两人的名字改为李尽灭、孙万斩,发兵征讨契丹。这年八月,朝廷的官兵行至硖石谷,遭遇埋伏,全军皆没。武则天怒不可遏,任命她的侄子,同州刺史、建安王武攸宜为右武威卫大将军,充清边道行军大总管,领兵再次讨伐契丹。

次年（公元697年），武攸宜的军队行至渔阳（今河北蓟县）时，前军败溃的消息传来。武攸宜犹豫不决，他原本是以外戚的身份得到升迁，并无实际的军事才干。当时，三十五岁的右拾遗陈子昂正在武攸宜军中任参谋。据《新唐书·陈子昂传》记载，陈子昂多次向武攸宜进谏出兵：

> 子昂多病，居职不乐。会武攸宜讨契丹，高置幕府，表子昂参谋。次渔阳，前军败，举军震恐，攸宜轻易无将略，子昂谏曰："陛下发天下兵以属大王，安危成败在此举，安可忽哉？今大王法制不立，如小儿戏。愿审智愚，量勇怯，度众寡，以长攻短，此刷耻之道也。夫按军尚威严，择亲信以虞不测。大王提重兵精甲，顿之境上，朱亥窃发之变，良可惧也。王能听愚计，分麾下万人为前驱，契丹小丑，指日可禽。"攸宜以其儒者，谢不纳。居数日，复进计，攸宜怒，徙署军曹。子昂知不合，不复言。

他说，皇帝陛下让大王您领天下之兵征讨契丹，安危成败，在此一举，岂能玩忽职守？现在，大王没有确定的法制，发号施令如同儿戏。希望大王辨别谁是智慧的，谁是愚蠢的，谁是勇猛的，谁是胆怯的，什么是多的，什么是少的，以我们的长处，攻击敌人的短处，这才是洗刷耻辱的方法啊。领兵打仗需要崇尚威严，要选择可信之人以预防不测。现在您在边境屯集了重兵和精锐的武器，却迟迟不出兵。战国时期，魏国的大将晋鄙就是这样按兵不动，结果被信陵君的属下朱亥锤死了。我担心这样可怕的事情会发生在您身上。希望大王您能够听从我的建议，让我带领一万人作为前驱，攻打契丹，擒拿叛将，胜利指日可待。武攸宜以为陈子昂不过是一个书生儒者，并没有接纳他的建议。几天里，陈子昂多次进谏，惹怒了武攸宜，将他贬为军曹。陈子昂知道自己与武攸宜不是一路人，便不再进言。

郁郁不得志的陈子昂，在行军的间隙游览了燕国旧都。他登临蓟丘、轩辕台、黄金台这些已经芜没的古燕国史迹，想到了燕昭王招揽乐毅、邹衍等贤才兴燕伐齐的历史，同时也想到了轩辕黄帝征讨蚩尤的上古传说，想到自己不为重用的遭遇，不禁慨然仰叹，写下一些诗篇纾解胸中不快。他把其中七首诗寄给了好友卢藏用，向朋友倾诉自己的不得志。后人将这七首诗编为《蓟丘览古赠卢居士藏用七首》。在组诗的序言中，陈子昂向朋友倾诉了作诗的缘起：

> 丁酉岁，吾北征。出自蓟门，历观燕之旧都，其城池霸业，迹已芜没矣。乃慨然仰叹。忆昔乐生、邹子，群贤之游盛矣。因登蓟丘，作七诗以志之。寄终南卢居士。亦有轩辕之遗迹也。

在《蓟丘览古赠卢居士藏用七首》中，陈子昂感慨道，哪个时代没有人才涌现呢？只有生逢其时，人才方能显得宝贵。得遇燕昭王这样赏识他的明君，郭隗何其幸运。

蓟丘览古赠卢居士藏用七首·郭隗
陈子昂

逢时独为贵，历代非无才。

隗君亦何幸，遂起黄金台。

据《战国策·燕策》载，求贤若渴的燕昭王向郭隗请教如何延揽天下才俊。郭隗向他的君王讲述了一个"千金买马骨"的故事：有位君主派他的宦官拿着千两黄金求购千里马，当宦官找到一匹千里马的时候，马已经死了。这位宦官用五百两黄金买下马骨带了回来。君主非常不解，宦官解释说，如果天下人知道您舍得用五百两黄金买马骨，还愁得不到千里马吗？果然，不到一年，人们便献来好多匹千里马。郭隗对燕昭王说，请让我做您的马骨吧。燕昭王便延郭隗为师，为其筑造宫殿，也有种说法是筑高台，置千金于上招揽贤才，后人称之为"黄金台"。黄金台筑成之后，吸引了像乐毅、邹衍这样的贤人来归顺燕国。在他们的辅佐下，燕国日渐强大，最终夺回被齐国占领的土地，并攻克了齐都临淄，连下齐国七十余城，齐王仅避走莒县、即墨。燕昭王一雪前代之耻。

蓟丘览古赠卢居士藏用七首·燕昭王
陈子昂

南登碣石坂，遥望黄金台。

丘陵尽乔木，昭王安在哉。

霸图怅已矣，驱马复归来。

然而,九百年后的陈子昂来到燕国古都时,见到黄金台早已不复旧时,燕昭王的陵墓唯余森森乔木。屡屡进言而不得用的陈子昂,不知道何时才能遇到自己的燕昭王。

在写下《蓟丘览古赠卢居士藏用七首》的同时,陈子昂还留下了他最为著名的诗——《登幽州台歌》:

前不见古人,后不见来者。
念天地之悠悠,独怆然而涕下。

这首只有二十二个字的古体诗,虽然如今广为流传,当时并不为人所推崇。它不在陈子昂的作品集里——陈子昂死后,挚友卢藏用承担起对其诗集整理和传播的义务,如今能读到陈子昂的诗歌,多半要归功于卢藏用。然而,卢藏用所编的《陈伯玉集》,并没有将这二十二个字作为诗作收录进来,而是出现在他为陈子昂所写的传记里:

(陈子昂)因登蓟北楼,感昔乐生、燕昭之事,赋诗数首。乃泫然流涕而歌曰:"前不见古人,后不见来者。念天地之悠悠,独怆然而涕下。"时人莫知之也。

有人依据卢藏用所写的"泫然流涕而歌曰",将这二十二个字解读为陈子昂登临幽州台时所唱的歌,而非所写的诗,"赋诗数首"指的是《蓟丘览古赠卢居士藏用七首》。也就是说,今天公认的陈子昂的代表作《登幽州台歌》,极有可能并不是陈子昂所作的一首诗，而是卢藏用结合陈子昂《蓟丘览古赠卢居士藏用七首》所写的一段歌词。这种怀疑目前没有定论，不过也为我们了解孤独的陈子昂提供了很好的注脚。

"前不见古人。"陈子昂在幽州台上想到的古人，便是《蓟丘览古赠卢居士藏用七首》里面提到的七位人物：黄帝、燕昭王、乐毅、燕太子、田光、邹衍、郭隗，他们七位都与幽州这个地方有关，传说中黄帝曾在这里大战蚩尤，另外的六位曾在这片土地上让燕国恢复强盛。或许，陈子昂此时想到的不止他们七位，还有更多的功绩足以彪炳史册的"古人"。

"后不见来者。"燕昭王、乐毅这样的明君贤才，古曾有之，后世亦当有之。然而，陈子昂有生之年恐怕不得相见了。此时的陈子昂已经进入三十六岁之年，尚未能成就"古人"那样的壮业，恐怕也不如后来者有作为——自己始终不得志，即便获得机遇，也已经青春老大。他感受到了夹杂于古人和来者之间的痛苦，感受到了生不逢时的孤独。

"念天地之悠悠，独怆然而涕下。"此时，陈子昂的视野和思绪从早已掩没于蓬蒿的土丘，从载覆着有名之士和无名众生的燕国大地越过，驰骋于更为广阔的天地和更加浩渺的宇宙。他想到，纵有燕昭、乐毅之宏图霸业，不过是浩瀚宇宙中的尘埃一粒，是悠悠古今中的弹指一刹。他孤立于幽州台上，以其渺小而短暂的有涯之身，孤独于无涯的时间和空间之中。这种孤独无处逃避，他从屈原、阮籍留存于时间中的诗句里寻找一丝温暖的慰藉，然而终究还是无所适从，无可言说，只剩下孤独地怆然流涕。

终其一生，性格褊躁的陈子昂都在为这种命运之孤独所缠绕。《唐诗纪事》援引了《独异记》中记载的一则陈子昂"千金碎琴"的故事：

> 子昂初入京，不为人知。有卖胡琴者，价百万，豪贵传视无辨者。子昂突出，谓左右：辇千缗市之。众惊问，答曰："余善此乐。"皆曰："可得闻乎？"曰："明日可集宣阳里。"如期偕往，则酒肴毕具，置胡琴于前。食毕，捧琴语曰："蜀人陈子昂，有文百轴，驰走京毂，碌碌尘土，不为人知。此乐，贱工之役，岂宜留心？"举而碎之，以其文轴，遍赠会者。一日之内，声华溢都。

陈子昂初到京城时，没有名气，不为人所知。有一天，他在街市上看到一个卖胡琴的人，要价百万，京城的有钱人争相传看，却不能辨别真伪。此时，陈子昂突然站出来说自己要买下，并说自己擅长弹琴，众人请他弹奏一曲，他说，明天在宣阳里弹琴，请大家来观看。第二天，大家如期前来。陈子昂在琴前摆放了酒菜，吃完之后，捧着琴说，我蜀人陈子昂，有诗文百轴，遍访京城，却无人赏识；弹奏乐器，是乐工的下贱工作，怎么能够痴迷于这些东西呢？说罢便将琴摔碎，将自己的诗文赠送给前来观看的人，一日之间，陈子昂声名传遍京城。故事的真实性已经无法判断，其中隐含着故事传颂者对陈子昂怀才不遇的怜悯。有意思的是，两《唐书》还记载了另一则故事：陈子昂所作的《感遇诗》，被京兆司功王适所欣赏，王适惊曰："此子必为天下文宗矣。"陈子昂由此知名于京城。

　　无论这两则故事是否真实发生过，都可以看到，青年陈子昂初入京洛曾尝试以诗博名。两则故事也都符合陈子昂的性格特点和所作所为，在他已经看不到的"后来者"的眼中，陈子昂是"资褊躁，然轻财好施"（《新唐书·陈子昂传》）的富家子弟的样子，他少年时期崇尚侠义，喜欢打斗、赌博，直到十八岁后才知道悔改，入乡学读书。相对于他只有四十一年的生命来说，人生将要过半才迷途知返。他二十一岁出川，赴洛阳参加进士考试，却并未得到赏识。或许是因为褊躁的性格，以及对事功的过度热衷，陈子昂一直热衷于积极上疏谏事。作为平民的他，就唐高宗陵寝如何安置的事情，献策于朝廷，得到武则天的赏识和召见，由此获得了麟台正字的职位。后来，陈子昂又转任右拾遗，其间又多次上疏陈事。实际上，陈子昂的仕宦生涯始终是忠于武周的，他还曾写过《周受命颂》，以媚悦武后。

　　被王适所欣赏的《感遇诗》三十八首，被后人认为是奠定了陈子昂文学史地位的一组诗。《感遇诗》明显地向着陈子昂崇尚的"汉魏风骨"致敬，在主题上，组诗多半是写"贤人失志"，贤人在不得志的世界里愤懑、孤独，难以排解。有一部分诗中，贤人最终以求仙、隐逸的形式，逃离这个被他们看来短暂而腐朽的世界。《感遇诗》的第三十四首应该是作于幽州期间的，与《登幽州台歌》《蓟丘览古赠卢居士藏用七首》是同时期的作品。这首诗，才真正显示了幽州台上的陈子昂有着怎样的孤独：

感遇诗三十八首·第三十四首
陈子昂

朔风吹海树,萧条边已秋。
亭上谁家子,哀哀明月楼。
自言幽燕客,结发事远游。
赤丸杀公吏,白刃报私仇。
避仇至海上,被役此边州。
故乡三千里,辽水复悠悠。
每愤胡兵入,常为汉国羞。
何知七十战,白首未封侯。

契丹李尽忠刚刚叛变时,武则天曾下令豁免在押犯人,招募士庶家奴充兵攻打契丹。对此,陈子昂上疏武后,极力反对。据《资治通鉴》卷第二百五十载:

(陈子昂)上疏曰:恩制免天下罪人及募诸色奴充兵讨击契丹,此乃捷急之计,非天子之兵。且比来刑狱久清,罪人全少,奴多怯弱,不惯征行,纵其募集,未足可用。况今天下忠臣义士,万分未用其一,契丹小薛孽,假命待诛,何劳免罪赎奴,损国大体!臣恐此策不可威示天下。

罪犯和家奴不是"天子之兵",而且,近年来罪人不多,家奴多数性格怯弱,不能够担此大任。就算强行招募充兵,也不好用。况且，如今天下忠义之士，征用的不到万分之一，区区契丹，何必烦劳赦免罪人和赎买家奴呢？这样是有损国体的，无法立威信于天下。然而，陈子昂的这一建议未被采纳。

或是有感于军中的囚犯和色奴的侠义故事，陈子昂在这首《感遇》诗中幻化出一个快意恩仇的幽燕客，这类游侠故事，是少年时期"尚气决"的陈子昂所激赏的。幽燕客就是少年的自己，他幻想着能够仗义行事，效仿汉代的长安少年，"赤丸杀公吏"。《汉书·尹赏传》里记载，汉代长安城中有一个专门谋杀官吏的少年组织。在行事之前，少年们抽取"赤、黑、白"三色丸，抽到赤丸的，负责杀武吏；抽到黑丸的，负责杀文吏；抽到白丸者，负责为死去的同伴料理后事。然而，少年侠客陈子昂想要许身报国，却终不为所用，如同李广，平生与匈奴七十余战，功勋无数，却终不能封侯。

从幽州战场回来的第二年，陈子昂便以父亲病重为由，辞官回到四川家中。

公元702年，陈子昂孤愤而死。据卢藏用的说法，陈子昂是被当地县令陷害而死的，然而有人认为卢藏用掩盖了一起跟政治有关的谋杀事件。后来者就无从知道了。开启盛唐诗歌的一代文宗，就此孤独愤懑地陨落了。

> 子昂父在乡，为县令段简所辱，子昂闻之，遽还乡里。简乃因事收系狱中，忧愤而卒，时年四十余（《旧唐书·陈子昂传》）。

二

　　一千三百多年前一个寻常的春日，一位扬州少年独自伫立在江畔。傍晚时分，江中的潮水不知不觉地涨起来，江面广阔如海，他仿佛看到，江水汇入远方宁静的海。不知何时，月亮从潮水中涌出，水面银光滟滟。浩瀚广宇，千万里之外的每一条春天的江上，都涌动着这同一轮明月的影子。江流涌动，转过芳草之洲，月光洒在花林上，花白如雪珠。月光弥漫如霜，分不清是汀上的白沙，还是月光。

春江花月夜
张若虚

春江潮水连海平，海上明月共潮生。
滟滟随波千万里，何处春江无月明。
江流宛转绕芳甸，月照花林皆似霰。
空里流霜不觉飞，汀上白沙看不见。

江天一色无纤尘，皎皎空中孤月轮。
江畔何人初见月？江月何年初照人？
人生代代无穷已，江月年年只相似。
不知江月待何人，但见长江送流水。

白云一片去悠悠，青枫浦上不胜愁。
谁家今夜扁舟子，何处相思明月楼。

可怜楼上月徘徊，应照离人妆镜台。
玉户帘中卷不去，捣衣砧上拂还来。
此时相望不相闻，愿逐月华流照君。
鸿雁长飞光不度，鱼龙潜跃水成文。

昨夜闲潭梦落花，可怜春半不还家。
江水流春去欲尽，江潭落月复西斜。
斜月沉沉藏海雾，碣石潇湘无限路。
不知乘月几人归，落月摇情满江树。

此时张若虚的内心是孤独而平静的，平静之下，却又有微澜暗涌。在他的视野里，本应冰冷的潮水，因"春"而温暖；本是汹涌的潮水，因入"夜"而温顺。潮平月涌，一切都很安静，却又含着无限的生机。"何处春江无月明"，它是如此的雄阔而悠远，如此的空灵而温暖。温暖来自月下之芳甸、花林；空灵来自这月光，月光无处不在，却又似霰如霜，不可触及。孤独便从这月的空灵中生出来，人孑然独立，月却影印千江。孤独的人，内心里怀想着月，也便是怀着宇宙；怀想着"千万里"，"千万里"不只是月色笼罩的辽阔空间，也是春夜笼罩的温暖人间，月色空灵中有人间的烟火气。

江天一色无纤尘，皎皎空中孤月轮。
江畔何人初见月？江月何年初照人？
人生代代无穷已，江月年年只相似。

> 不知江月待何人，但见长江送流水。

月亮渐渐从江面升上来了，江面与夜空浑然一色，没有一丝的微云。皎洁的夜空中，只剩下孤单的一轮明月。张若虚的胸中无一丝纤尘，下笔也便"无纤尘"，若是胸中污秽，眼中便浑浊，即便眼前是"江天一色无纤尘"，也是无感的；因太清无尘，便生发出心中原本的纯真。唯有纯真的少年，才能有对月之问："江畔何人初见月？江月何年初照人？"张若虚以人月初逢，追问了一个终极问题：人是什么时候有的？宇宙是什么时候存在的？彼时独自伫立于月下的张若虚并没有刨根问底的打算——面对这样的"天问"，任何的回答都是没有意义的。张若虚选择了缄默，这缄默如月，他的思绪尽在一句"但见长江送流水"之中。同时，"江水"也为诗歌的上半部分，做了绵远悠长的结束。

> 白云一片去悠悠，青枫浦上不胜愁。

"问月"既不得解，张若虚又陷入了相思离别的"怀人"之苦中，思绪从天上之月，转入地上之人。此刻，他想到了离家的游子，或许他便是这游子。"白云一片去悠悠"，月夜之下，诗人却想到了白日的云，白云便是游子，这是自汉魏以来诗歌里惯用的隐喻。他以"白云"起兴的时候，或许是想从《古诗十九首》中的无名之士，或者从曹丕等有名诗人那里得到一丝慰藉："西北有浮云，亭亭如车盖……吹我东南行,行行至吴会。"(曹丕《杂诗二首·其二》)张若虚这么想的时候,孤独中便会有一丝温情的关怀,如同雨夜灯烛。这关怀来自久已逝去的古人,古人身形已殁,却留下诗歌来慰藉那些将同样经受"怀人"之苦的孤独的来者。

这游子又身在何处?是青枫浦?现实中的青枫浦,应该是在江南西道的潭州,在浏水之滨。是他此刻伫立于青枫浦,还是他所思慕之人在遥远的青枫浦,他们曾经在青枫浦告别?这些没有答案的推测,后人不得而知。

谁家今夜扁舟子,何处相思明月楼。

诗人的思绪从青枫浦生起,又随着月光转入千家万户,"谁家""何处",他从自己的愁绪中冷静地抽离出来,置于人世间共有的离别相思之中,自己只是天下苦于离别的千万人之一,青枫浦只是千百年来人们送别游子的千万处之一。

可怜楼上月徘徊,应照离人妆镜台。
玉户帘中卷不去,捣衣砧上拂还来。

明　唐寅《悟阳子养性图卷》

> 此时相望不相闻，愿逐月华流照君。
> 鸿雁长飞光不度，鱼龙潜跃水成文。

  由思念而起的孤独愁绪，就如同月光一样，随着离人上楼、梳妆、卷帘、捣衣，它无处不在，它挥之不去。看到了月亮，却看不到离人，书信不传，断无消息，唯有追逐月华才能到达离人的身边。这是张若虚的离愁，是亘古以来，千万年以后，所有人的离愁。

  然而，张若虚没有李商隐《无题》中那样郁郁其中、不可自拔的深情。他的孤独，是深情而淡远的，是被月光、被时间洗刷过的。这淡远又如春潮，微澜浮动。

> 昨夜闲潭梦落花，可怜春半不还家。
> 江水流春去欲尽，江潭落月复西斜。
> 斜月沉沉藏海雾，碣石潇湘无限路。
> 不知乘月几人归，落月摇情满江树。

  "昨夜"是在提醒着，一夜将尽，曲入终章。月西斜，春欲尽，北海碣石与南国潇湘远隔千里，人世间不知能有几人可以乘月色归来。一夜的孤独与离愁，随落月弥漫在江边的树上。

张若虚是孤独的。当后人尝试对张若虚做更多的了解,将会坠入月夜一般的迷局。我们无法知道他一生写过多少首诗。他的作品,在唐代似乎就没有被编辑成书,在唐人的诗歌总集、选本、杂记和小说中也不见流传。清代编纂的《全唐诗》里面仅存了他两首诗,另外一首叫作《代答闺梦还》,平常到可以忽略不看。很遗憾,张若虚几乎消失于现存的史料中,连野史传说也没有,后人不知道他生于何年,殁于哪月。只知道他大概是扬州人,好像做过兖州兵曹。

《春江花月夜》也是孤独的,它的流传几经坎坷。《春江花月夜》的名字,并不专属于张若虚,它原本是陈后主创作的一首曲子的名字。在张若虚之前,隋炀帝等人都为这首乐曲填过歌词。虽然张若虚只是借用了这个题目,但它还是被认为是"宫体诗"的旧制,不为当时人认可。它最先出现在宋代人郭茂倩编纂的《乐府诗集》里,被列在"清商曲辞"之"吴声歌曲"中,也仅仅是作为一篇曲辞存目而已。直到明嘉靖时期,时人"文必秦汉,诗必盛唐",它的美才渐渐为人所称赏。晚清王闿运称之为"孤篇横绝,竟为大家"。直到闻一多先生将它称作是"诗中的诗,顶峰上的顶峰",认为"一切的赞叹都是饶舌,几乎是亵渎"(《唐诗杂论》),至此,《春江花月夜》才获得了今天的地位。

后人何其有幸,能够从历史的尘埃中遇见一颗被尘封的明珠。真实的张若虚已然消失于宇宙洪荒,不朽的《春江花月夜》却伴随着它歌咏的永恒之月,温情地抚摸着人间亘古不变的悲喜。

读罢《春江花月夜》,自然要跟刘希夷的一首《代悲白头翁》对比一番。

代悲白头翁

刘希夷

洛阳城东桃李花，飞来飞去落谁家。
洛阳女儿惜颜色，行逢落花长叹息。
今年花落颜色改，明年花开复谁在。
已见松柏摧为薪，更闻桑田变成海。
古人无复洛城东，今人还对落花风。
年年岁岁花相似，岁岁年年人不同。
寄言全盛红颜子，应怜半死白头翁。
此翁白头真可怜，伊昔红颜美少年。
公子王孙芳树下，清歌妙舞落花前。
光禄池台开锦绣，将军楼阁画神仙。
一朝卧病无相识，三春行乐在谁边。
宛转蛾眉能几时，须臾鹤发乱如丝。
但看古来歌舞地，惟有黄昏鸟雀悲。

刘希夷的这首《代悲白头翁》，以"落花起兴"，采用了歌行体的复沓结构，既是入乐的需要，也增强了情感的表述。可惜的是，复沓的形式让诗句显得繁复，也降低了诗的思想高度和情感品格。

刘希夷对于宇宙、时间和生命的态度，始终是怀有一丝伤感和无奈的，对于"桃李花"和"洛阳女儿"，对于青春，他是爱与痛惜并存；对于"花落"和"白头"，他却是伤感与无奈的。除了以复沓反复地提醒大家，也是提醒自己"年年岁岁花相似，岁岁年年人不同"之外，刘希夷便无能为力了。

相比之下,卢照邻面对时间的易逝做出了猛烈的抗争。在《长安古意》里,卢照邻将长安帝子王侯之家的繁华一一铺陈,将人间极致的权力与极致的快乐极力渲染。诗的终章,他又让这世间的繁华与人生的喜乐,消逝在时间的尘埃里。然而卢照邻却没有刘希夷那样的哀伤与无奈,明知美好的事情终将幻灭,他仍然飞蛾扑火式地抗争:得成比目何辞死,愿作鸳鸯不羡仙。"求仙"是秦汉以来帝王家孜孜不倦的事,《长安古意》却宣告对孤独的憎恨,不能忍受一人独处,为了短暂的美好,放弃对永生的追求,放弃对人间至上权力的追逐。这是欲望的放纵,也是青春的勃发,它是恶的,又是美的,它是"癫狂中有战栗,堕落中有灵性"(闻一多《唐诗杂论》)。

面对命运的孤独,张若虚回以"渊默的微笑",这微笑中有青春的迷惘与满足;刘希夷抱以一声叹息,叹息中有对青春的痛与爱惜。卢照邻则是飞蛾扑火。刘希夷是卑的,卢照邻是亢的,张若虚是不卑不亢的,如青春少年一般未经世事的纯净。

张若虚是少年的你我,《春江花月夜》是青春觉醒的孤独。这孤独,见宇宙,见众生。这孤独,是这诗中幽远的月,是"江天一色无纤尘":

> 司马太傅斋中夜坐,于时天月明净,都无纤翳,太傅叹以为佳。谢景重在坐,答曰:"意谓乃不如微云点缀。"太傅因戏谢曰:"卿居心不净,乃复强欲滓秽太清耶?"(《世说新语·言语》)

参考文献

基本典籍

1. 毛诗正义 [M]. [汉] 毛亨，传；郑玄，笺；[唐] 孔颖达，疏. 北京：北京大学出版社，1999 年.

2. [南朝宋] 刘义庆. 世说新语校笺 [M].[南朝梁] 刘孝，标注；杨勇校，笺. 北京：中华书局，2006.

3. [南朝梁] 刘勰. 文心雕龙注 [M]. 范文澜，注. 北京：人民文学出版社，1958.

4. [南朝梁] 萧统编. 文选 [M]. 李善，注. 上海：上海古籍出版社，1992.

5. [唐] 杜佑. 通典 [M]. 北京：中华书局，1988.

6. [唐] 陈子昂. 陈子昂集 [M]. 徐鹏，校点. 上海：上海古籍出版社，2013.

7. [唐] 高适. 高适集校注 [M]. 孙钦善，校注. 上海：上海古籍出版社，2019.

8. [唐] 岑参. 岑参集校注 [M]. 陈铁民，侯忠义，校注. 上海：上海古籍出版社，2014.

9. [唐] 王维. 王右丞集笺注 [M].[清] 赵殿成，笺注. 上海：

上海古籍出版社，1998.

10. [唐]杜甫.读杜心解[M].[清]浦起龙，注.北京：中华书局，1961.

11. [唐]杜甫.杜诗详注[M].[清]仇兆鳌，注.北京：中华书局，1979.

12. [唐]杜牧.樊川诗集注[M].[清]冯集梧，注.上海：上海古籍出版社，1962.

13. [唐]孟浩然.孟浩然诗集校注[M].李景白，校注.北京：中华书局，2018.

14. [唐]柳宗元.柳河东集[M].北京：上海古籍出版社，2008.

15. [唐]刘禹锡.刘禹锡全集编年校注[M].陶敏，陶红雨，校注.北京：中华书局，2019.

16. [唐]元稹.元稹集[M].冀勤，点校.北京：中华书局，2010.

17. [唐]白居易.白居易诗集校注[M].谢思炜，校注.北京：中华书局，2006.

18. [唐]韦应物.韦应物诗集编年校笺[M].孙望，笺注.北京：中华书局，2002.

19. [唐]韩愈.韩愈文集汇校笺注[M].刘真伦，岳珍，校注.北京：中华书局，2010.

20. [唐]韩愈.韩愈诗集编年笺注[M].[清]方世举，笺注；郝润华，丁俊丽整理.北京：中华书局，2019.

21. [唐]李商隐.李商隐诗歌集解[M].刘学锴，余恕诚，集解.北京：中华书局，2004.

22. [唐] 司空图. 诗品集解 [M]. 郭绍虞, 集解. 北京：人民文学出版社, 1963.

23. [日] 遍照金刚. 文镜秘府论 [M]. 周维德, 点校. 北京：人民文学出版社, 1975.

24. [后晋] 刘昫等. 旧唐书 [M]. 北京：中华书局, 1975.

25. [宋] 欧阳修, 宋祁. 新唐书 [M]. 北京：中华书局, 1975.

26. [宋] 司马光编著, 资治通鉴 [M].[元] 胡三省, 音注. 北京：中华书局, 1956.

27. [宋] 苏轼. 苏轼词编年校注 [M]. 邹同庆, 王宗堂, 校注. 北京：中华书局, 2007.

28. [宋] 李清照. 李清照集笺注 [M]. 许培均, 笺注. 上海：上海古籍出版社, 2002.

29. [宋] 严羽. 沧浪诗话 [M]. 郭绍虞, 校释. 北京：人民文学出版社, 1961.

30. [明] 许学夷. 诗源辨体 [M]. 北京：人民文学出版社, 1987.

31. [清] 彭定求等编. 全唐诗：增订本 [M]. 北京：中华书局, 1999.

32. [清] 王夫之辑. 古诗评选：《船山遗书》本 [M]. 李英侯, 总勘, 张告吾等辑校. 上海：上海太平洋书店, 1935.

33. [清] 王先谦. 庄子集解 [M]. 北京：中华书局, 1987.

34. [清] 沈德潜. 古诗源 [M]. 北京：中华书局, 1963.

35. [清] 徐松. 登科记考 [M]. 孟二冬, 补正. 北京：北京燕山出版社, 2003.

36. 唐诗三百首 [M].[清] 蘅塘退士, 选；金性尧, 注；金文男,评.北京：人民教育出版社，2018.

37. [宋]苏轼.苏轼诗集[M].[清]王文浩，辑注；孔凡礼，点校.北京：中华书局，2007.

38. [清]袁枚.续诗品注[M].郭绍虞，集注.北京：人民文学出版社，1963.

39. [清]曹雪芹，无名氏续.红楼梦[M].北京：人民文学出版社，1982.

40. [清]俞樾.茶香室丛钞[M].卓凡，顾馨，徐敏霞，点校.北京：中华书局，1995.

41. [唐]卢照邻.卢照邻集校注[M].李云逸，校注.北京：中华书局，1998.

42. [唐]李白.李太白全集[M].王琦，注.北京：中华书局，1977.

43. [唐]王维.王维集校注[M].陈铁民，校注.北京：中华书局，1997.

44. [宋]苏轼.苏轼诗集[M].王文浩，辑注；孙凡礼，点校.北京：中华书局，1982.

45. [宋]苏轼.苏轼文集[M].毛维，编；孙凡礼，点校.北京：中华书局，1986.

46. [唐]柳宗元.柳宗元集[M].北京：中华书局，1979.

47. [唐]白居易.白居易文集校注[M].谢思炜，校注.北京：中华书局，2011.

48. [唐]杜牧.杜牧集系年校注[M].吴在庆，校注.北京：中华书局，2008.

49. [唐]李白.李太白全集[M].王琦,注.北京:中华书局,1977.

今人著作

50. 陈寅恪.金明馆丛稿初编[M].北京:生活·读书·新知三联书店,2001.
51. 陈寅恪.隋唐制度渊源略论稿[M].北京:生活·读书·新知三联书店,2001.
52. 高步瀛.文选李注义疏[M].曹道衡,沈玉成,点校.北京:中华书局,1985.
53. 闻一多.唐诗杂论[M].北京:生活·读书·新知三联书店,2012.
54. 谭其骧编.中国历史地图集[M].北京:中国地图出版社,1982.
55. 严耕望.严耕望史学论文集[M].上海:上海古籍出版社,2009.
56. 顾随.中国古典诗词感发[M].北京:北京大学出版社,2012.
57. 傅璇琮.唐代诗人丛考[M].北京:中华书局,2003.
58. 陈仲安,王素.汉唐职官制度研究[M].北京:中华书局,1993.
59. 吴小如.吴小如讲杜诗[M].天津:天津古籍出版社,2012.
60. 卞孝萱,卞敏.刘禹锡评传[M].南京:南京大学出版社,1996.

61. 卞孝萱. 元稹年谱 [M]. 济南：齐鲁书社，1980.
62. 周勋初. 李白评传 [M]. 南京：南京大学出版社，2005.
63. 孙昌武. 柳宗元传论 [M]. 北京：中华书局，2019.
64. 缪钺. 杜牧传 [M]. 石家庄：河北教育出版社，1999.
65. 陈贻焮. 杜甫评传 [M]. 北京：北京大学出版社，2011.
66. 褚斌杰. 白居易评传 [M]. 北京：北京大学出版社，1994.
67. 刘学锴. 李商隐传论 [M]. 合肥：安徽大学出版社，2002.
68. 葛晓音. 杜诗艺术与辨体 [M]. 北京：北京大学出版社，2018.
69. 葛晓音. 杜甫诗选评 [M]. 上海：上海古籍出版社，2019.
70. 葛晓音. 山水田园诗派研究 [M]. 沈阳：辽宁大学出版社，1993.
71. 葛晓音. 诗国高潮与盛唐文化 [M]. 北京：北京大学出版社，1998.
72. 葛晓音. 八代诗史：修订版 [M]. 北京：中华书局，2012.
73. 莫砺锋. 杜甫评传 [M]. 南京：南京大学出版社，2019.
74. 莫砺锋. 莫砺锋讲杜诗 [M]. 桂林：广西师范大学出版社，2019.
75. 阴法鲁. 古文观止译注 [M]. 北京：北京大学出版社，2017.
76. 蒋寅. 大历诗风 [M]. 南京：凤凰出版社，2009.
77. 曾枣庄. 苏轼评传 [M]. 成都：巴蜀书社，2018.
78. 孟二冬. 孟二冬文存 [M]. 北京：高等教育出版社，2007.
79. 杜晓勤. 初盛唐诗歌的文化阐释 [M]. 北京：东方出版社，1997.

80. 杜晓勤.齐梁诗歌向盛唐诗歌的嬗变[M].北京：北京大学出版社，2009.

81. 阎步克.士大夫政治演生史稿[M].北京：北京大学出版社，1996.

82. 施蛰存.唐诗百话[M].上海：上海人民出版社，2019.

83. 马茂元.唐诗选[M].上海：上海古籍出版社，1999.

84. 林庚.唐诗综论[M].北京：商务印书馆，2019.

85. 陆建德.自我的风景[M].广州：花城出版社，2015.

86. 赖瑞和.唐代高层文官[M].北京：中华书局，2017.

87. 赖瑞和.唐代中层文官[M].北京：中华书局，2011.

88. 赖瑞和.唐代基层文官[M].北京：中华书局，2008.

89. 田晓菲.秋水堂论《金瓶梅》[M].天津：天津人民出版社，2014.

90. 田晓菲.神游——早期中古时代与十九世纪中国的行旅写作[M].北京：2015.

91. 穆旦.穆旦诗文集[M].北京：人民文学出版社，2006.

92. 郑毓瑜.文本风景——自我与空间的相互定义[M].台北：麦田出版，2014.

93. 曾祥波.杜诗考释[M].上海：上海古籍出版社，2016.

94. 陈忠实.白鹿原[M].北京：人民文学出版社，1997.

95. 蒋勋.孤独六讲[M].桂林：广西师范大学出版社，2009.

96. 谢冕总编.中国新诗总系[M].北京：人民文学出版社，2010.

97. 谢冕.百年中国新诗史略[M].北京：北京大学出版社，2010.

98. 张枣.颜炼军编选.张枣随笔选[M].北京：人民文学出版社，2012.

99. 张枣.张枣的诗[M].北京：人民文学出版社，2010.

100. 姜涛.巴枯宁的手[M].北京：北京大学出版社，2010.

101. 阿美·克莱默·理查兹，露希尔·斯派拉，亚瑟·林奇编.穿越孤独——精神分析师眼中的孤独与孤单[M].曹思聪，蓝薇，童俊译；李小龙审校.北京：世界图书出版公司，2016.

研究论文

102. 张伯伟.宫体诗的自赎与七言诗的自振——文学史上的《春江花月夜》[J].文学评论，2018（5）.

103. 程千帆.张若虚《春江花月夜》的被理解和被误解[J].文学评论，1982（4）.

104. 查正贤.暮归的诗学：孟浩然的诗艺习得与超越[J].文学遗产，2006（4）.

105. 李芳民.空间营构、创作场景与柳宗元的贬谪——以谪居永州时期的生活与创作为中心[J].清华大学学报，2019（1）.

106. 刘宁.晚唐诗学视野中的右丞诗——司空图对王维的解读[J].北京大学学报，2014（6）.

107. 李智君.五凉时期移民与河陇学术的盛衰：兼论陈寅恪"中原魏晋以降之文化转移保存于凉州一隅"说[J].中国史研究，2006（1）.

108. 史睿.北周、隋、唐初的士族政策与政治秩序的变迁[J].首都师范大学学报，1998（3）.

109. 李智君.诗性空间：唐代西北边塞诗意象地理研究[J].宁夏社会科学，2004（6）.

110. 孟二冬.唐代"边塞诗派"质疑[J].烟台大学学报，1988（3）.

111. 王树森.唐蕃角力与盛唐西北边塞诗[J].北京大学学报，2014（4）.

112. 李丹婕.白居易笔下的元宗简——兼谈长安东南隅与中唐文人的交游空间[J].文献，2018（2）.

113. 蒋寅.自成一家之体，卓为百代之宗：韦应物的诗史意义[J].社会科学战线，1995（1）.

114. 陶敏.韦应物生平再考[J].文学遗产，2010（1）.

115. 管琴.论王维诗中不遇感书写方式的新变[J].华南师范大学学报，2016（2）.

116. 西渡.心灵的纹理：骆一禾、海子情爱主题和孤独主题比较研究[J].江汉学术，2014（4）.

汉学文献

117. ［美］宇文所安.初唐诗[M].贾晋华，译.北京：生活·读书·新知三联书店，2014.

118. ［美］宇文所安.盛唐诗[M].贾晋华，译.北京：生活·读书·新知三联书店，2014.

119. ［美］宇文所安.晚唐：九世纪中叶的中国诗歌（827-860）[M].贾晋华，钱彦，译.北京：生活·读书·新知三联书店，2014.

120. ［美］宇文所安.中国"中世纪"的终结[M].陈引驰，陈磊，译.北京：生活·读书·新知三联书店，2014.

121. ［美］宇文所安.他山的石头记[M].田晓菲，译.北京：生活·读书·新知三联书店，2019.

122. ［美］宇文所安.迷楼[M].程章灿，译.北京：生活·读书·新知三联书店，2014.

123. ［美］宇文所安.追忆：中国古典文学中的往事再现[M].郑学勤，译.北京：生活·读书·新知三联书店，2014.

124. ［美］宇文所安.中国早期古典诗歌的生成[M].胡秋蕾，王宇根，田晓菲，译.北京：生活·读书·新知三联书店，2014.

125. ［美］宇文所安.中国传统诗歌与诗学[M].陈小亮，译.北京：中国社会科学出版社，2013.

126. ［日］谷川道雄.隋唐帝国形成史论[M].李济沧，译.北京：上海古籍出版社，2004.

127. ［日］内藤湖南.概括的唐宋时代观[M].黄约瑟，译.//日本学者研究中国史论著选择：第一卷.北京：中华书局，1992.

128. ［日］松浦友久.李白的客寓意识及其诗思——李白评传[M].刘维治，尚永亮，刘崇德，译.北京：中华书局，2001.

129. ［日］斯波六郎.中国文学中的孤独感[M].刘幸，李曌宇，译.北京：北京师范大学出版社，2019.

130. ［日］黑川雅之.日本的八个审美意识[M].王超鹰，张迎星，译.北京：中信出版集团，2018.

附录 各章节诗文篇目

谁见幽人

花间一壶酒

杜甫《赠李白》

李白：《将进酒》《月下独酌四首·其一》《独酌》

孤云独去闲

王维：《渭川田家》《终南别业》

王绩：《野望》

李白：《独坐敬亭山》

恨无知音赏

孟浩然：《秋登兰山寄张五》《夏日南亭怀辛大》《宿建德江》《春晓》

天地一沙鸥

杜甫：《宿府》《旅夜书怀》《返照》《江亭》

独钓寒江雪

柳宗元：《永州龙兴寺西轩记》《永州龙兴寺东丘记》《始得西山宴游记》《钴鉧潭西小丘记》《溪居》《江雪》

惆怅旧欢

一寸相思一寸灰

李商隐:《无题·紫府仙人号宝灯》《碧城三首》《无题·重帏深下莫愁堂》《重过圣女祠》《无题·昨夜星辰昨夜风》《无题·相见时难别亦难》《无题·飒飒东风细雨来》

只是当时已惘然

李商隐:《日射》《无题·凤尾香罗薄几重》《锦瑟》《月》《春雨》《柳枝五首》《燕台诗四首》《嫦娥》《瑶池》

郑愁予:《错误》

王昌龄:《闺怨》

李白:《怨情》

李清照:《金石录后序》(节选)

张枣:《镜中》

浮世本来多聚散

李商隐:《房中曲》《七月二十九日崇让宅宴作》《正月崇让宅》《悼伤后赴东蜀辟至散关遇雪》

元稹:《遣悲怀三首》

曹雪芹著、无名氏续:《红楼梦》(节选)

陈忠实:《白鹿原》(节选)

聚散有时

世事两茫茫

杜甫：《赠卫八处士》《醉时歌》《天末怀李白》《梦李白二首》

李白：《鲁郡东石门送杜二甫》《戏赠杜甫》

把君诗卷灯前读

白居易：《舟中读元九诗》《同李十一醉忆元九》《梦微之》《武关南见元九题山石榴花见寄》《与微之书》

元稹：《闻乐天授江州司马》《使东川·梁州梦》《酬乐天频梦微之》《酬乐天武关南见微之题山石榴花诗》《得乐天书》

巴山楚水凄凉地

刘禹锡：《元和十年，自朗州承召至京，戏赠看花诸君子》《再授连州至衡阳酬柳柳州赠别》《重至衡阳伤柳仪曹》《酬乐天扬州初逢席上见赠》《再游玄都观绝句》

柳宗元：《衡阳与梦得分路赠别》《登柳州城楼，寄漳、汀、封、连四州》

白居易：《醉赠刘二十八使君》

空山松子落

韦应物：《淮上喜会梁川故人》《寄全椒山中道士》《同德寺雨后寄元侍御李博士》《秋夜寄丘二十二员外》《逢杨开府》

王维：《山中与裴秀才迪书》

苏轼：《记承天寺夜游》

天涯倦旅

愿作鸳鸯不羡仙

卢照邻:《长安古意》

杜甫:《奉赠韦左丞丈二十二韵》、《自京赴奉先县咏怀五百字》(节选)

孤城遥望玉门关

王之涣:《凉州词》

王昌龄:《从军行七首》(选其二)

岑参:《走马川行奉送封大夫出师西征》《白雪歌送武判官归京》《热海行送崔侍御还京》

王翰:《凉州词》

高适:《燕歌行》

漂泊西南天地间

杜甫:《秦州杂诗二十首》(选其二)、《江村》、《登楼》、《登高》、《阁夜》

夕贬潮州路八千

韩愈:《论佛骨表》、《左迁至蓝关示侄孙湘》、《泷吏》(节选)、《初南食贻元十八协律》、《祭鳄鱼文》、《去岁,自刑部侍郎以罪贬潮州刺史,乘驿赴任。其后家亦谴逐,小女道死,殡之层峰驿旁山下。蒙恩还朝,过其墓,留题驿梁》

旧时王谢堂前燕

李白:《登金陵凤凰台》

刘禹锡:《西塞山怀古》、《金陵五题》(选其二)

杜牧：《题宣州开元寺水阁，阁下宛溪，夹溪居人》《江南春绝句》《泊秦淮》

孟浩然：《与诸子登岘山》

人生独行

灯下草虫鸣

韩愈：《落齿》

王维：《秋夜独坐》

杜甫：《登岳阳楼》《江汉》

穆旦：《冥想》(节选)

天长地久有时尽

曹丕：《与吴质书》

韩愈：《祭十二郎文》

曹雪芹著、无名氏续：《红楼梦》(节选)

白居易：《长恨歌》

王阳明：《瘗旅文》

日暮乡关何处是

崔颢：《黄鹤楼》

杜甫：《绝句·两个黄鹂鸣翠柳》《绝句·江碧鸟逾白》《闻官军收河南河北》

王维：《杂诗三首》

王绩：《在京思故园见乡人问》

人生代代无穷已

陈子昂:《登幽州台歌》、《蓟丘览古赠卢居士藏用七首》(选其二)、《感遇诗三十八首·第三十四首》

张若虚:《春江花月夜》

刘希夷:《代悲白头翁》